# 飞花令

东篱子◎编著

## 全鉴

中国纺织出版社有限公司 | 国家一级出版社
全国百佳图书出版单位

# 内 容 提 要

飞花令，是古代文人墨客饮酒助兴的一种高雅游戏，吟诵的诗句不超过七个字，输者罚酒。这种饮酒行令，既是古人好客传统的表现，又是他们饮酒艺术与聪明才智的结晶，很受文人雅士们的喜爱。因唐代诗人韩翃的名诗《寒食》中有"春城无处不飞花"一句，故名"飞花令"。在中央电视台举办的文化类节目《中国诗词大会》中，飞花令这个环节给观众留下了深刻印象。本书依据飞花令的行令规则以及现代人的阅读习惯，编写了此书。书中精心遴选了约二百首诗词，对每首作品进行注释和赏析，由此引领读者走上赏心悦目的文化旅程。

## 图书在版编目（CIP）数据

飞花令全鉴 / 东篱子编著. -- 北京：中国纺织出版社有限公司，2020.10
　　ISBN 978－7－5180－7857－8

　　Ⅰ.①飞…　Ⅱ.①东…　Ⅲ.①古典诗歌—诗歌欣赏—中国　Ⅳ.①I207.2

　　　中国版本图书馆CIP数据核字（2020）第172657号

---

责任编辑：段子君　　责任校对：高　涵　　责任印制：储志伟

中国纺织出版社有限公司出版发行
地址：北京市朝阳区百子湾东里 A407 号楼　邮政编码：100124
销售电话：010—67004422　传真：010—87155801
http：//www.c-textilep.com
中国纺织出版社天猫旗舰店
官方微博 http://weibo.com/2119887771
佳兴达印刷（天津）有限公司印刷　　各地新华书店经销
2020 年 10 月第 1 版第 1 次印刷
开本：710×1000　1/16　印张：20
字数：270 千字　定价：48.00 元

---

　　唐诗宋词，是中华民族文化的瑰宝，是闪耀着异彩光芒的明珠，它以凝练的语言、深刻的含义、高度的艺术性传承于历史岁月的长河中，给人以心灵的润泽，气质的濡养，情操的陶冶。在潜移默化间，对中国文化产生极其深远的影响。

　　诗歌作为一种人们最喜欢的文学形式，早在春秋时期就开始流行，如"当筵歌诗""投壶赋诗"便是古代士大夫们雅致的体现。投壶，为投箭入壶的简称，是古代士大夫宴饮时进行的一种游戏。投壶前往往要先赋诗一首，这也是中国最原始、也最流行的一种"斗诗"形式。自此，开了宴席行酒令的先河。

　　中国作为一个诗的国度，古典诗歌发展到唐代时，迎来了一个巅峰时期。诗体完备，名家辈出，诗作充栋，风格多样，可谓是"诗的唐朝"。行酒令赋诗的情形也呈现出了别致的新样，飞花令便是由此而来。

　　飞花令，是古代文人墨客饮酒助兴的一种高雅游戏，吟诵的诗句不超过七个字，输者罚酒。这种饮酒行令，既是古人好客传统的表现，又是他们饮酒艺术与聪明才智的结晶，很受文人雅士们的喜爱。

　　飞花令最早得名于唐代诗人韩翃《寒食》中的"春城无处不飞花"。当然，飞花令的关键字并不局限于"花"，诗词里常出现的"天""月""酒""江"等都可以作为关键字。一般而言，古代的行令规则，对关键字在诗词中的位置等都有要求，它考察着一个人的诗词积累和临场反应能力，以及参与者的才情，同时也体现了古人的诗词之趣。

近年来，在中央电视台举办的文化类节目《中国诗词大会》中，飞花令这个环节给观众留下了深刻印象。随着岁月的推移和时代的发展，其"飞花令"环节的规则与古时相比，有了较大改变，它放宽了一定的约束与限制。正是如此，使"飞花令"的形式显得更加通俗，更加接地气，由此更能唤起普通大众对于古典诗词的记忆与热爱，从而极好地弘扬中国传统文化的精粹。鉴于此，我们精心编写了《飞花令全鉴》一书。

本书选取了古代诗词中出现的高频字进行谋篇，如"山花海树、云空星月、天光霞彩、江水碧影"等八句三十二个字，在书中以字引诗，以诗解字，并依据飞花令的行令规则和现代人的阅读习惯编撰而成。全书精心遴选了近二百首诗词，对每首作品进行注释、译文、赏析，并设置了"诗句扩展"版块来延伸阅读，丰富相关诗句，以适应或符合飞花令需要大量积累诗词联句这一特点，由此引领读者更好地享受古诗词的美好与神韵。

编译者

2020 年 7 月

# 目录

树

云

空

# 山

## 早发白帝城① 唐·李白

**【原文】**

朝辞白帝彩云间②，千里江陵一日还③。

两岸猿声啼不住④，轻舟已过万重山⑤。

**【注释】**

①白帝城：故址位于现今重庆市奉节县的白帝山上，原名子阳城，为西汉末年割据蜀地的公孙述所建。

②彩云间：因白帝城在白帝山上，地势高耸，从山下仰望，仿佛耸入云间。

③江陵：又名荆州城，今天湖北省的荆州市。还：返回。

④猿：猿猴。啼：鸣叫声。住：停息。

⑤万重山：重重叠叠的山峰。

**【译文】**

清晨辞别朝霞缭绕的白帝城，一日间行程千里回到江陵。

两岸猿啼声还在耳边不停地响起，轻快的小船已越过万重青山。

**【赏析】**

这首诗是诗人于乾元二年（759）所写。在这一年，李白因为受永王李璘牵连，被流放夜郎，在行走到白帝城的时候，得到唐肃宗宣布大赦的消息，自己也在被赦免之中。他不由惊喜交加，像鸟儿飞出樊笼一样，随即乘舟东下江陵。此诗便是在乘舟东还江陵时而作。

诗的首句描写白帝城地势之高，为全篇描写轻舟飞快这一动态蓄势。次句以空间之远与时间之短作悬殊对比，不仅表现出诗人"一日"而行"千里"的神速，也透露出逢凶化吉的喜悦。

第三句的境界更为神妙，坐船行驶之中，耳听两岸的猿啼声，又看见两旁的山影，使得啼声和山影在耳目之间成为"浑然一片"。为了形容船快，诗人除了用猿声山影来烘托，末句还给船的本身添上了一个"轻"字。直说船快，那便显得笨拙；而这个"轻"字，却别有一番意蕴。最后两句，既是写景，又是比兴；既是个人心情的表达，又是人生经验的总结，

全诗锋棱挺拔，一泻直下，轻舟快意，给人以空灵飞动之感，洋溢着诗人经过艰难岁月之后突然迸发的一种激情与欢悦。

## 望岳　唐·杜甫

【原文】

岱宗夫如何①？齐鲁青未了②。

造化钟神秀③，阴阳割昏晓④。

荡胸生层云，决眦入归鸟⑤。

会当凌绝顶⑥，一览众山小。

【注释】

①岱宗：泰山也叫岱山或岱岳，居五岳之首，故又名岱宗，在今山东省泰安市城北。

②齐鲁：春秋战国时代的两个国名。古代齐鲁两国以泰山为界，齐国在泰山北，鲁国在泰山南。青未了：指苍茫的山色无边无际，没有尽头。

③造化：天地，大自然。钟：赋予、集中。神秀：指山色的奇丽。

④阴阳：此指山北山南。割：划分。

⑤决眦（zì）：形容极目远视的样子。决：张大。眦：眼角，眼眶。入归鸟：目光追随归鸟。

⑥会当：必须，定要。凌绝顶：登上最高峰。

【译文】

巍峨的泰山，到底有什么样的壮观景象呢？在齐鲁大地上，那青翠的山色没有尽头。

大自然将神奇秀丽的美景都汇聚到了这里，山南山北分隔出清晨和黄昏。

瞭望层层云气升腾，令人胸怀荡涤；追看飞鸟回归山林，眼眶极力睁大。

一定要登上泰山顶峰，豪情满怀地俯瞰群山。

【赏析】

这首诗是杜甫青年时代的作品，充满了诗人青年时代的浪漫与激情。诗中通过描绘泰山雄伟磅礴的气象，抒发了诗人不怕困难、敢于攀登的豪情，洋溢着蓬勃向上的朝气。

首联写乍见泰山时，那种揣摩之心和难以言喻的惊叹仰慕之情，以及经过一番揣摩后得出的答案。"夫如何""青未了"，此处一问一答的写法，非常传神。颔联写近望中所见泰山的神奇秀丽和巍峨高大的形象。"钟神秀"极言泰山集大自然之美于一身；"割昏晓"，则写出了高大的泰山一种主宰的力量，泰山以其高度将山南山

北的阳光割断，形成不同的景观，突出泰山遮天蔽日的形象。颈联写望中生情，诗人睁大眼睛要把眼前这神奇迷人的景致看个明白、看个够，尽管是归鸟还巢的薄暮之时，可诗人还在凝望，于此蕴藏着诗人对祖国河山的热爱和赞美之情。尾联两句，写诗人并不满足看岳而是想登上山顶一览盛景的心情，表现出诗人敢攀绝顶、俯视一切的雄心和气概。"会当凌绝顶，一览众山小"两句，千百年来一直广为人们传诵。

全诗以诗题中的"望"字统摄全篇，句句写望岳，但通篇并无一个"望"字，而能给人以身临其境之感，可见诗人的谋篇布局和艺术构思非常精妙奇绝。

# 钱塘湖春行　唐·白居易

【原文】

孤山寺北贾亭西①，水面初平云脚低②。

几处早莺争暖树③，谁家新燕啄春泥④？

乱花渐欲迷人眼⑤，浅草才能没马蹄⑥。

最爱湖东行不足⑦，绿杨阴里白沙堤⑧。

【注释】

①孤山寺：寺院名，南朝陈文帝天嘉初年建，名承福，宋时改名广化，在西湖白堤孤山上。贾亭：唐代杭州刺史贾全所建的贾公亭，在西湖，建于唐贞元年间。

②初平：远远望去，西湖水面仿佛刚好和湖岸及湖岸上的景物齐平。

③莺：黄鹂，鸣声婉转动听。暖树：向阳的树。

④新燕：春时初来的燕子。啄（zhuó）：衔取。

⑤乱花：纷繁开放的春花。迷人眼：使人眼花缭乱。

⑥浅草：刚刚长出地面，还不太高的春草。才能：刚够上。

⑦湖东：以孤山为参照物，白沙堤在孤山的东北面。行不足：百游不厌。

⑧阴：同"荫"，指树荫。白沙堤：即今白堤，又称沙堤，在西湖东畔。

【译文】

从孤山寺的北面到贾亭的西面，湖水与堤岸已经齐平，远望天边的白云与湖面连成一片。

有几处早出的黄莺争相飞往向阳的树木，谁家新飞来的燕子忙着筑巢衔泥？

五颜六色的花朵使人眼花缭乱，生长的青草刚刚够得上遮住马蹄。

最爱看湖东的美景而百游不厌，行走在杨柳绿荫中的白沙堤上真是令人心旷神怡。

【赏析】

这首诗是诗人任杭州刺史时所作，生动地描绘了早春漫步西湖时所见的明媚风光和新鲜感受。诗中紧紧抓住环境和季节的特征，把刚刚进入春天的西湖，写得生机盎然，恰到好处。

诗的首联紧扣题目，写钱塘湖春水新涨，与岸齐平，湖面上水气荡漾，云气低垂，水色天光交相辉映，连成了一片，简单勾勒出了湖上早春的轮廓。颔联中，诗人选择了周遭事物的典型，以细致入微的笔触，描绘了一幅完整的画面：几只初春早飞的黄莺，争先抢占向阳的树木；不知谁家燕子，为筑新巢来衔春泥。说"几处"，可见不是"处处"；说"谁家"，可见不是"家家"。因"早莺"与"新燕"的稀少，引起人们一种乍见的惊奇和喜悦，表现了诗人细腻的心理活动，并使读者由此产生丰富的联想。

颈联写俯察所见到的花草。因为是早春，还未到百花盛开之时，故而眼前所见并不是一片姹紫嫣红，而是东有西无，三三两两，团团簇簇，所以用一个"乱"字来形容。而春草也还没有长得丰茂，仅仅只有没过马蹄那么长，所以用一个"浅"字来形容。此联中的"渐欲"和"才能"又是诗人观察、欣赏的感受和判断，这就使客观的自然景物化为带有诗人主观感情色彩的眼中景物，使读者受到感染。尾联抒写诗人对湖东沙堤的喜爱，但见绿杨荫里，平坦而修长的白沙堤静卧在碧波之中，走在堤上游春的人来往如织，尽情享受春日的美景。诗人饱览湖光山色之美景，心旷神怡，并以"行不足"来说明沉醉其中和游兴未艾。

全诗语言平易浅近，清新自然，用白描手法展现出了早春西湖的蓬勃生机。

# 登鹳雀楼①　　唐·王之涣

【原文】

白日依山尽②，黄河入海流。

欲穷千里目③，更上一层楼。

【注释】

①鹳（guàn）雀楼：旧址在今山西省永济县，楼高三层，前可瞻望中条山，下可俯视黄河。因常有鹳雀栖其上，故有此名。后被河水冲没。

②白日：太阳。依：依傍。

③欲：想要，希望。千里目：眼界宽阔。

【译文】

太阳依傍着高山慢慢落下，黄河水浩浩荡荡东流入海。

若想把千里的风光景物看够，就努力地登上那更高的层楼吧。

【赏析】

这是一首登高望远诗，表现了诗人宽阔的胸襟和远大的抱负，也反映了盛唐时期人们积极向上的进取精神。首句写远景，诗人登楼远眺，遥望一轮落日在远处连绵起伏的群山中渐渐西下，于视野的尽头而消沉。次句写的是诗人目送滚滚的黄河之水，远流天边而产生的意象之景，这是一种把当前景与意中景融合为一的写法，如此能增加画面的广度和深度。后面二句，表达了诗人不断探索追求的愿望，阐明了要想看到视线所能达到的更远的地方，就必须站得更高的道理。

全诗朴实简练，言浅意深，寥寥数语，把眼前之景写得浩瀚壮阔，气魄雄浑，并且蕴含了深刻的哲理。另外，此诗在写法上还有一个特点：即全篇采用对仗的手法。前两句"白日"和"黄河"两个名词相对，"白"与"黄"两个色彩相对，"依"与"入"两个动词相对。后两句也如此，构成了形式上的完美。"欲穷千里目，更上一层楼"一联，被作为积极进取、力求突破、追求理想境界的座右铭，成为千古传诵的名句。

# 秋夜寄丘员外① 唐·韦应物

【原文】

怀君属秋夜②，散步咏凉天。

空山松子落，幽人应未眠③。

【注释】

①丘员外：名丹，苏州人，曾拜尚书郎，后隐居平山上。

②属：正值。

③幽人：幽居的人，指丘员外。

【译文】

怀念你在这悲凉的秋夜，我独自漫步咏叹着凉爽的秋天。

寂静的山谷中能听到松子落地的声音，我想你现在应该也没有睡吧。

【赏析】

这是一首秋夜怀友诗。诗中采用了虚实结合的手法，把眼前景与意中景同时并列，使怀人之人与所怀之人两地相连，进而表达了异地相思的深情。

前两句点明了当时正是秋天的晚

上，诗人因怀念友人而夜不能眠，独自徘徊在这秋凉之夜；后两句是诗人对朋友此时状况的想象，揣摩朋友是否也像自己一样孤枕难眠，一个人静静地听着空山松子落地的声音。

整首诗下笔从容，语言平淡，却是言简意长，使人感到韵味悠远，回味无穷。

## 寻隐者不遇　唐·贾岛①

**【原文】**

松下问童子②，言师采药去③。

只在此山中，云深不知处④。

**【注释】**

①贾岛（779—843），字浪仙（一作阆仙），范阳（今北京市一带）人。早年为僧，法号无本，后还俗。应进士试，屡试不中。唐文宗时任长江主簿，故被称为"贾长江"。以"苦吟"著称于世。诗格清苦，与孟郊并称为"郊寒岛瘦"。有《长江集》传世。

②童子：没有成年的孩子。

③言：回答，说。药：这里指方术之士所服用的茯苓、柏实之类养生药物。

④云深：云雾缭绕。处：行踪，所在。

**【译文】**

我在山林的松树下向童子询问他师父的去向，童子说师父采药去了。

只知道他就在这座山中，可是山里云雾缭绕，根本不知道他具体在哪儿。

**【赏析】**

这是一首寓问于答的五言绝句，诗人选取了寻访隐者过程中的一个小片段，通过与隐者门下小童的简单对话，描绘出一个超凡脱俗、行踪飘忽的隐者形象。诗的情节非常简单，首句写寻者问童子，即诗人在苍松下，向年少的学童询问；后三句都是童子的答话，童子回答说，师傅进山中采药去了。只知道他就在这座大山里，可是林深云密，不知道他的行踪在哪儿。全诗寥寥二十字，诗人将寻访不遇的焦急心情，表现得淋漓尽致，意味深长。

这首诗的魅力，不仅在于简练，还在于抒情。其抒情的特色在于平淡之中见深沉。一般访友，打听之后知道他不在，也就扫兴而返了。但这首诗中，一问之后并不作罢，而是接连再三询问，分明是很期待得到一种具体的讯息。对于这些较多问询的言辞，诗人用笔则非常简练，可谓是以简笔写繁情，不愧为是以"推敲"两字而出名的苦吟诗人。

【诗句扩展】

明月出天山，苍茫云海间。——唐·李白《关山月》

江城如画里，山晚望晴空。——唐·李白《秋登宣城谢朓北楼》

蓬山此去无多路，青鸟殷勤为探看。——唐·李商隐《无题》

不识庐山真面目，只缘身在此山中。——宋·苏轼《题西林壁》

青山遮不住，毕竟东流去。——宋·辛弃疾《菩萨蛮·书江西造口壁》

待从头、收拾旧山河，朝天阙。——宋·岳飞《满江红·写怀》

山重叠。悬崖一线天疑裂。——清·纳兰性德《忆秦娥·山重叠》

独到山下宿，静向月中行。——唐·白居易《山下宿》

但使龙城飞将在，不教胡马度阴山。——唐·王昌龄《出塞》

黄河远上白云间，一片孤城万仞山。——唐·王之涣《凉州词》

山重水复疑无路，柳暗花明又一村。——宋·陆游《游山西村》

采菊东篱下，悠然见南山。——晋·陶渊明《饮酒》

千山鸟飞绝，万径人踪灭。——唐·柳宗元《江雪》

斟残玉瀣行穿竹，卷罢黄庭卧看山。——宋·陆游《鹧鸪天·家住苍烟落照间》

风休住，蓬舟吹取三山去。——宋·李清照《渔家傲·天接云涛连晓雾》

日净山如染，风暄草欲薰。——宋·王安石《题齐安壁》

驾长车，踏破贺兰山缺。——宋·岳飞《满江红·写怀》

# 花

## 寄李儋元锡① 唐·韦应物

【原文】

去年花里逢君别②，今日花开又一年。

世事茫茫难自料③，春愁黯黯独成眠④。

身多疾病思田里⑤，邑有流亡愧俸钱⑥。

闻道欲来相问讯⑦，西楼望月几回圆⑧。

【注释】

①李儋（dān）：字元锡，曾任殿中侍御史，作者的好友。

②逢君别：与你相逢又分别。

③料：预测，估计。

④春愁：因春季来临而引起的愁绪。黯黯（àn àn）：低沉黯淡之意。

⑤田里：田园故里，这里有归隐之意。

⑥邑有流亡：指在自己管辖的地区内还有百姓流亡。愧俸钱：感到愧对国家的俸禄。

⑦闻道：听说。问讯：探望。

⑧西楼：指苏州的观风楼。

【译文】

去年，我与你在春天开花时相逢又分别，今年的花朵再度盛开，又是一年。

世上的事本来就说不清，难以猜测，春天勾起愁怀让人心情黯淡，难以成眠。

我身体素来多病总想归隐田园。但我所管辖的城镇中还有许多流离失所的百姓，享有俸禄真让我内心抱愧。

听到你要来探望我，我翘首盼望着，西楼上的月亮已经圆了好几回。

【赏析】

这首诗在《全唐诗》中，诗题又叫作《答李儋元锡》。作者大约于唐德宗贞元初年（785）在滁州任刺史时所写。诗题中的李儋，字元锡，当时在京师任殿中侍御郎，与作者是好友。公元783年，韦应物离开长安，被调到滁州任刺史，他们分别后，李儋曾托人问候韦应物。次年春天，韦应物写了这首诗寄赠以答。

诗中表达了与友人分别后的思念，并通过对花开花落的描写，引出对茫茫世事的喟叹，抒发了国乱民穷所造成的内心矛盾。

首联表述自去年春天在长安分别以来，已经一年。以花里相逢又相别起句，即景勾起往事，而以花开一年比衬，不仅显出时光匆匆，更流露出别后境况萧索的感慨。颔联写自己的烦恼苦闷。世事茫茫，难以预料，当时长安尚为朱泚盘踞，皇帝逃难在奉先，消息不通，情况不明。这种形势下，诗人不禁感慨自己无法料想国家及个人的前途。由此，眼前虽然是美好的春天，但却春愁满怀，百无聊赖，心神黯淡，难以入眠。颈联表露了诗人内心的矛盾，因为空怀壮志，却又一筹莫展，无所作为，所以多病之躯更促使他想辞官归隐。尾联则说诗人目睹社会动荡艰危，百姓贫穷逃亡，觉得自己任职一方，却未尽职责，于国于民都愧疚于心，所以他不能一走了之。在如此进退两难的矛盾苦闷处境下，诗人很想见到老朋友，并得到慰勉。所以在诗的末尾写到，听说你要来探望我，我常在西楼上眺望，月儿圆了又圆，却还不见你到来。由此可见，诗人希望友人尽快到来相逢的心情是多么殷切。

全诗感情真挚，处处能让人感受到诗人的一片真诚，也正是这一份真诚，使这首诗显得更为独特，也更加感人。另外，该诗具有较高的思想境界，尤其是"身多疾病思田里，邑有流亡愧俸钱"两句，自宋代以来，甚受赞扬。范仲淹叹为"仁者之言"，朱熹盛称"贤矣"。这些评论都是从思想性着眼的，于此赞美的是诗人的思想品格。

# 江畔独步寻花（其六） 唐·杜甫

**【原文】**

黄四娘家花满蹊①，千朵万朵压枝低。

留连戏蝶时时舞②，自在娇莺恰恰啼③。

**【注释】**

①黄四娘：杜甫住成都草堂时的邻居。蹊（xī）：小路。

②留连：即留恋，舍不得离去。

③恰恰：象声词，形容鸟叫声音和谐动听。

**【译文】**

在黄四娘家周围的小路边开满了五颜六色的花，千万朵花把枝条都压得低垂了。

飞舞的蝴蝶在花丛中恋恋不舍地盘旋，自由自在的黄鹂鸟儿在花间动听地欢唱。

**【赏析】**

上元元年（760），杜甫卜居成都西郭草堂，在饱经离乱之后，开始有了安身的处所，诗人为此感到欣慰。在一个春光明媚之日，杜甫走出草堂，独自到村庄外面散步，看到不远处黄四娘家一路的花朵，开得那么娇艳，不由诗兴大发。写下了这首诗作。

首句"黄四娘家花满蹊"，点明寻花的地点是在"黄四娘家"的小路上。"花满蹊"是说繁花盛开，将小路都连成片了。此句以人名入诗，生活情趣较浓，颇有民歌味道。次句"千朵万朵压枝低"，描绘了春花繁密，又大又多，沉甸甸地把枝条都压弯了的情景，极言花之厚实。第三句"留连戏蝶时时舞"，写面对如此花境，蝴蝶盘旋飞舞，飞来绕去，舍不得离开，这句从侧面写出了春花的鲜艳芬芳。其实诗人也被万紫千红的春花所吸引而留连忘返。但他也许并未停步，而是继续前行，因为风光无限，美景尚多。第四句"自在娇莺恰恰啼"，是说正当诗人赏花时，恰巧传来一串黄莺动听的歌声，将沉醉花丛中的诗人唤醒，由此自然地将眼前的意境描摹得更加丰满迷人。此句与上句的表述方法一样，都是移情于物的写法，以使物我交融，情景相生。

全诗寥寥四句，别有情趣，从静态的花朵写到压枝的微颤，再写到彩蝶飞舞，从形、色、味等视觉与嗅觉写到声音的感觉，调动读者的各种感觉器官，使人的心灵受到美的陶冶。诗中语言充满了口语化色彩，读起来亲切自然，从中我们可以读出诗人在这个春天里的快乐和轻松的感受。

# 玄都观桃花①　唐·刘禹锡

**【原文】**

紫陌红尘拂面来②，无人不道看花回③。

玄都观里桃千树④，尽是刘郎去后栽⑤。

**【注释】**

①玄都观：道教庙宇名，在长安城南崇业坊（今西安市南门外）。

②紫陌：京城长安的道路。红尘：尘埃，人马往来扬起的尘土。拂面：迎面、扑面。

③看花回：看完桃花回来。

④桃千树：形容桃树之多。

⑤刘郎：诗人自指。

**【译文】**

京城的大道上行人车马川流不息，扬起的灰尘扑面而来，人们都说自己是刚从玄都观里看完桃花回来的。

那玄都观里上千棵的桃树，都是在我被贬离京城以后种下的。

**【赏析】**

这是一首政治讽刺诗，该诗在《全唐诗》中，诗题又叫作《元和十年自朗州承召至京戏赠看花诸君子》。公元805年（永贞元年），刘禹锡被贬为朗州司马。到了公元815年（元和十年），朝廷有人想起用他，于是他从朗州被召回到京城。这首诗就是他从朗州回到长安时所写的，由于刺痛了当权者，同年又被贬往连州。

此诗通过描写人们在玄都观看花的事，巧妙地讽刺了当时掌管朝廷大权的新官僚。诗的前两句讲述人们去玄都观看花的情景，展示出大道上熙熙攘攘、川流不息的热闹场面，呈现出人们看花归来、心满意足的神态。这里不写花本身之动人，而写看花的人为花所动，既巧妙又简练。后两句写玄都观里的桃树有上千棵，都是在自己被贬离京城后才种下的。这是结合自己的遭遇而抒发的感慨，影射这十年以来由于投机取巧而在政治上越来越得意的新贵，表达了诗人对趋炎附势、攀高结贵之徒的讽刺与蔑视之情。

# 水龙吟·次韵章质夫杨花词①　宋·苏轼

**【原文】**

似花还似非花，也无人惜从教坠②。抛家傍路，思量却是，无情有思③。

萦损柔肠④，困酣娇眼⑤，欲开还闭。梦随风万里，寻郎去处，又还被莺呼起。

不恨此花飞尽，恨西园、落红难缀。晓来雨过，遗踪何在？一池萍碎。春色三分，二分尘土，一分流水。细看来，不是杨花，点点是离人泪。

**【注释】**

①次韵：用原作之韵，并按照原作用韵次序进行创作，称为次韵。

②从教：任凭。

③无情有思：言杨花看似无情，却自有它的愁思。

④柔肠：柳枝细长柔软，故以柔肠为喻。

⑤困酣：困倦之极。娇眼：美人娇媚的眼睛，比喻柳叶。古人诗赋中常称初生的柳叶为柳眼。

**【译文】**

好像是花又好像不是花，没有人怜惜任凭它衰零飘落地。把它抛离在家乡路旁，看似无情，实际上自有它的愁思。娇柔的柳枝，犹如思妇受尽离愁折磨的柔肠，那嫩绿的柳叶，好像思妇迷离的娇眼，想要开放却又紧紧闭上。本想梦中把远方的心上人寻觅，却又被黄莺儿的叫唤声惊扰。

不恨这种花儿飘飞落尽，只是抱怨愤恨那个西园、满地落红枯萎难再重缀。清晨雨后到哪里寻找落花遗踪呢？早飘入池中化成一池浮萍。如果把春色姿容分三份，其中的二份化作了尘土，一份坠入流水而没有踪影。细看来，那全不是杨花啊，是那离人愁思的眼泪。

**【赏析】**

这是一首非常有名的咏物词，是苏轼谪居黄州时所作。词的上片主要写杨花的飘忽不定的际遇和不即不离的神态。

首句"似花还似非花"出手不凡，耐人寻味。它既咏物象，又写人言情，准确地把握住了杨花那"似花非花"的独特"风流标格"：说它"非花"，它却名为"杨花"，与百花同开同落，共同装点春光，送走春色；说它"似花"，它色淡无香，形态细小，隐身枝头，从不为人注目爱怜。

次句承以"也无人惜从教坠"。一个"坠"字，赋杨花之飘落；一个"惜"

字，有浓郁的感情色彩。"无人惜"，是说天下惜花者虽多，惜杨花者却少。此处用反衬法暗蕴缕缕怜惜杨花的情意，并为下片雨后觅踪伏笔。

"抛家傍路，思量却是，无情有思"三句承上"坠"字写杨花离枝坠地、飘落无归情状。不说"离枝"，而言"抛家"，貌似"无情"，犹如韩愈所谓"杨花榆荚无才思，惟解漫天作雪飞"（《晚春》），实则"有思"，一似杜甫所称"落絮游丝亦有情"（《白丝行》）。咏物至此，已见拟人端倪，亦为下文花人合一张本。"萦损柔肠，困酣娇眼，欲开还闭"，这三句由杨花写到柳树，又以柳树喻指思妇、离人，可谓咏物而不滞于物，匠心独具，想象奇特。

以下"梦随"数句化用唐人金昌绪《春怨》诗意，借杨花之飘舞以写思妇由怀人不至引发的恼人春梦，咏物生动真切，言情缠绵哀怨，可谓缘物生情，以情映物，情景交融，轻灵飞动。

下阕开头"不恨此花飞尽，恨西园、落红难缀"，苏轼在这里以落红陪衬杨花，曲笔传情地抒发了对于杨花的怜惜。继之由"晓来雨过"而问询杨花遗踪，进一步烘托出离人的春恨。"一池萍碎"即是回答"遗踪何在"的问题。

以下"春色三分，二分尘土，一分流水"，这是一种想象奇妙而兼以极度夸张的手法。这里，数字的妙用传达出苏轼的一番惜花伤春之情。至此，杨花的最终归宿，和词人的满腔惜春之情水乳交融，将咏物抒情的题旨推向高潮。篇末"细看来，不是杨花，点点是离人泪"一句，总收上文，既干净利索，又余味无穷。可谓虚中有实，实中见虚，虚实相间，妙趣横生。

苏词向来以豪放著称，但通过这首词，我们也可以领略其婉约风格的一面。


# 晓出净慈寺送林子方① 　宋·杨万里

【原文】

毕竟西湖六月中②，风光不与四时同③。

接天莲叶无穷碧④，映日荷花别样红⑤。

【注释】

①晓出：太阳刚刚升起。净慈寺：原名净慈报恩光孝禅寺，与灵隐寺为杭州西湖南北山两大著名佛寺。林子方：林枅，莆田人，官居直阁秘书。

②毕竟：到底。

③四时：四季，此处指夏季以外的三季。

④接天：像与天空相接。无穷碧：比喻莲叶面积很广，呈现无边无际的碧绿。

⑤别样红：红得特别出色。

【译文】

到底是六月里的西湖风景，与其他季节明显不同。

碧绿的荷叶一望无际，仿佛与天相接，在骄阳映照下的荷花，显得格外艳丽。

【赏析】

这首诗大约作于宋孝宗淳熙十四年（1187），诗题中所说的林子方为举进士后，曾担任直阁秘书，诗人杨万里是他的上级兼好友。在林子方将要赴福州任职时，杨万里清晨从杭州西湖附近的净慈寺送别林子方，经过西湖边时写下了一组诗，共两首，该诗为组诗中的第二首。

诗中通过对西湖盛夏时荷叶与荷花的描写，呈现出一幅视觉美感很强的画面——碧绿的荷叶无边无际，艳丽的荷花分外妖娆。开头两句质朴无华的诗句，说明夏天西湖景色的与众不同，表达了诗人对六月里西湖的感受。接着写眼前的画面，那湖面伸展铺满到尽头的荷叶与蓝天融合在一起，呈现了一幅碧绿无边的背景。全诗在谋篇转化上，虽然跌宕起伏，却没有突兀之感。看似平淡的笔墨，却展现了令人回味的艺术境地，是一首诗中有画，画中有诗的典范作品。

# 卜算子·不是爱风尘　宋·严蕊

【原文】

不是爱风尘①，似被前缘误②。花落花开自有时，总赖东君主③。

去也终须去，住也如何住。若得山花插满头，莫问奴归处。

【注释】

①风尘：古代称妓女为沦落风尘。

②前缘：前世的因缘，命中注定如此。

③东君：司春的神，借指主管妓女的地方官吏。

【译文】

我并非是生性喜好风尘生活，沦落风尘只是前生的因缘所致。花落花开自有一定的时候，这只能依靠司春之神东君来做主。

风尘般的生活不可能长久，终究要离此而去，留下来也简直不知道如何生活下去。如果有朝一日，能将山花插在满头的鬓发上，过着一般妇女的生活，不需要问我归向什么地方。

【赏析】

作者是南宋中期的女词人，原名周幼芳，出身贫寒，从小学习乐礼诗书，后沦为台州营妓，改艺名为严蕊。她善于操琴、弈棋、歌舞、丝竹、书画，学识通晓古今，诗词语意清新。

关于这首词的背景大致是这样的，时任台州太守的唐仲友（字与正）和严蕊交往颇多，经常让严蕊在酒宴上作陪。唐仲友和朱熹在学术上观点相左，互有不屑。加之有人从中挑拨，结怨更多。

南宋淳熙九年（1182），朱熹做了浙东赈灾和恢复农业生产的提举使，他到台州巡察时，有人向他投诉唐太守的劣绩，于是朱熹带着心中的忌恨，开始搜罗唐仲友的罪证，并先后向朝廷呈上了六封奏折，弹劾唐仲友。其中，就有论及唐仲友与严蕊的风化之罪。于此，朝廷下令黄岩通判抓捕严蕊，希望从她身上打开突破口。他们把她关押起来，施以鞭笞之刑，逼严蕊招供，可是严蕊受尽威逼利诱，却不肯嫁祸唐仲友。后来朱熹被派以别的公务，由岳霖任提点刑狱，他对严蕊的遭遇非常同情，释放严蕊，并问其归宿。让她作词自陈，于是，作者这首《卜算子》由此而来。

这是一首在长官面前陈述心声的词作。全词以不是爱风尘为题，叙述自己并不是贪念风尘之人，表达了一种无可奈何的心情。上片叙述自己沦落红尘并非自己所愿，可又找不到自己沉沦的根源，便归结为命运的捉弄。下片则说自己无法掌握自己的命运，并抒发了对幸福自由的无限向往。

全词语不雕琢，自然吐露，直抒情怀，是一位身处卑贱之中，但尊重自己人格的风尘女子一番内心的自白。

**【诗句扩展】**

花近高楼伤客心，万方多难此登临。——唐·杜甫《登楼》

感时花溅泪，恨别鸟惊心。——唐·杜甫《春望》

云鬓花颜金步摇，芙蓉帐暖度春宵。——唐·白居易《长恨歌》

中有一人字太真，雪肤花貌参差是。——唐·白居易《长恨歌》

故人西辞黄鹤楼，烟花三月下扬州。——唐·李白《黄鹤楼送孟浩然之广陵》

白雪却嫌春色晚，故穿庭树作飞花。——唐·韩愈《春雪》

春城无处不飞花，寒食东风御柳斜。——唐·韩翃《寒食日即事》

商女不知亡国恨，隔江犹唱后庭花。——唐·杜牧《泊秦淮》

停车坐爱枫林晚，霜叶红于二月花。——唐·杜牧《山行》

人间四月芳菲尽，山寺桃花始盛开。——唐·白居易《大林寺桃花》

去年今日此门中，人面桃花相映红。——唐·崔护《题都城南庄》

夜来风雨声，花落知多少。——唐·孟浩然《春晓》

任酒花白，眼花乱，烛花红。——宋·苏轼《行香子·秋与》

小楼一夜听春雨，深巷明朝卖杏花。——宋·陆游《临安春雨初霁》

借问酒家何处有？牧童遥指杏花村。——唐·杜牧《清明》

世情薄，人情恶，雨送黄昏花易落。——宋·唐婉《钗头凤·世情薄》

辇路生秋草，上林花满枝。——唐·李昂《宫中题》

未必素娥无怅恨，玉蟾清冷桂花孤。——宋·晏殊《中秋月》

沾衣欲湿杏花雨，吹面不寒杨柳风。——宋·志南《绝句·古木阴中系短篷》

兴尽晚回舟，误入藕花深处。——宋·李清照《如梦令·常记溪亭日暮》

露浓花瘦，薄汗轻衣透。——宋·李清照《点绛唇·蹴罢秋千》

# 海

## 送杜少府之任蜀州①　唐·王勃

【原文】

城阙辅三秦②，风烟望五津③。

与君离别意，同是宦游人④。

海内存知己⑤，天涯若比邻⑥。

无为在歧路⑦，儿女共沾巾⑧。

【注释】

①杜少府：王勃的友人，其名不详。少府，唐人对县尉的尊称。之：到、往。蜀州：今四川崇州。

②城阙（què）：唐代的都城长安。阙：宫门前的望楼。辅：护卫。三秦：指长安城附近的关中一带。秦朝末年，项羽破秦，将秦国故地分作雍、塞、翟三个国家，故有"三秦"之称。

③风烟：风尘烟岚，指极目远望时所见到的景象。五津：指岷江的五个渡口，白华津、万里津、江首津、涉头津、江南津。此处泛指蜀川。

④宦游（huàn yóu）：出外做官。

⑤海内：四海之内，指天下。

⑥天涯：天边，此处比喻极远的地方。

⑦无为：无须、不必。歧路：岔路，指分手之处。

⑧沾巾：泪水沾湿衣服和腰带。意为伤感流泪。

【译文】

三秦之地护卫着长安，风烟迷茫中遥望蜀川。

和你离别心中有无限的感慨，你我都是在仕途上奔走的游子。

人世间只要有你这个知己，纵然远在天涯也好像近邻一样。

不要在分手时伤心地哭泣，像多情的儿女一样让泪水沾湿了衣裳。

【赏析】

这是一首送别的佳作，也是王勃的代表作，大约是他二十岁前在长安作朝散郎和任沛王府修撰时所写。"少府"，是唐代对县尉的通称。这位姓杜的友人将离开长安到四川去履职上任，于此分别之际，王勃在临别相送时写下此诗赠给对方。

首联交待送别的地点与友人出发地的形势和风貌，隐含送别的情意，遥望之中尽显壮阔意境；额联为宽慰之辞，点明为官飘流、宦游离别的必然性，以散调相承，以实转虚，文情跌宕；颈联奇峰突起，高度地概括了"友情深厚，江山难阻"的情景，气象由狭小转为宏大，情调从凄恻转为豪迈，使友情升华到一种更高的美学境界；尾联点出"送"的主题，这是对朋友的叮咛，也是自己内心情怀的吐露。

通览全篇，从字里行间能领略到两人之间的真挚友情，表达出诗人对杜少府将要远行千里的不舍，以及各自相隔一方彼此怀念与珍重的宽慰。全诗开合顿挫，气脉流通，意境旷达，一改古代送别诗中的悲凉凄怆之气，音调爽朗，清新高远，独树诗风。诗中"海内存知己，天涯若比邻"两句，成为远隔千山万水的朋友之间表达深厚情谊的不朽名句，至今常被人们引用。

## 望月怀远① 唐·张九龄

【原文】

海上生明月，天涯共此时。

情人怨遥夜②，竟夕起相思③。

灭烛怜光满④，披衣觉露滋。

不堪盈手赠⑤，还寝梦佳期。

【注释】

①怀远：怀念远方的亲人。

②情人：多情的人，指作者自己；一说指亲人。遥夜：长夜。

③竟夕：终宵，即一整夜。

④怜：爱。怜光满：爱惜满屋的月光。

⑤盈手：满手，指把月光抓满手。

【译文】

在茫茫的大海上，一轮皎洁的明月徐徐升起，你我远隔天涯，此时却都在翘首望月。

多情的人怨恨漫漫长夜，整夜相思难眠。

熄灭蜡烛后，更爱这皎洁的月色，披衣走到屋外徘徊，感到了深夜露水浸润的凉意。

不能把这满手的月光送给你，还是回去睡觉吧，希望与你在梦里相见。

【赏析】

唐玄宗开元二十一年（733），在朝中任宰相的张九龄遭奸相李林甫诽谤排挤后，于开元二十四年（736）罢相。这首诗大约写于开元二十四年张九龄遭贬荆州长史以后。

本诗是作者远离家乡望月思念远方亲人及妻子而写的一首诗。月亮在古代是美的化身，朦胧的月光，皎洁的月色，多变的月形使月亮成了诗人们眼中的宠儿，或衬托景物，或寄托相思，成为了一个有灵性的意象。本诗望月怀远，直接点题，阐发情思。

诗人通过对望月时思潮起伏变化的描写，表达了对远方亲人及妻子的殷切怀念之情。首联意境雄浑阔大，点明题中的"望月"，并由景入情，转入"怀远"；颔联直抒对远方友人的思念，以至于彻夜难眠，埋怨漫漫长夜；颈联承接颔联，描绘了彻夜难眠的情境；尾联暗用晋代陆机"照之有余辉，揽之不盈手"两句诗意，翻古为新，传唱出悠悠不尽的情思。

全诗意境雄浑清幽，语言形象逼真，情景交融，温婉含蓄，令人回味无穷。其中"海上生明月，天涯共此时"为千古佳句。

## 春怨　唐·李白

【原文】

白马金羁辽海东①，罗帷绣被卧春风。

落月低轩窥烛尽②，飞花入户笑床空。

【注释】

①辽海东：指今辽东半岛。

②低轩：低矮的窗户。

【译文】

你骑着佩戴金羁的白色骏马，奔驰在辽东半岛的疆场，留下我独自在家，守着绣帐锦被，只有寂寂春风的相伴。

月下西山，透过低矮的窗户溜进一缕月光，偷偷地看着那将要燃尽的蜡烛，怜惜我为何还没有睡意；那凋零纷扬的花瓣，乘着春风飞入室内，也笑话我屋里的床上空寥，只有我一人。

【赏析】

此诗疑作于盛唐时期。那段时间，李白曾在军中随行过一段时间，亲眼目睹了当时唐朝在对外战争中的屡屡取胜，李白被当时唐朝军民的万众一心所震撼，但同时也被征夫从军在外遭受疆场之苦而征妇在家独守空房的现状所触动，并触景生情写下了多篇类似诗作。

本诗描写了一个妇人在月下的夜晚，思念那远在辽海之东从军的丈夫，空房独守，孤寂难遣，无法入睡。"落月低轩窥烛尽，飞花入户笑床空"，采用了拟人化的写作手法，将月亮与飞花赋予鲜活的生命特征。意思是月亮西落，月光透过低矮的窗户斜照进来，偷偷地看着将要燃尽的蜡烛，凋谢的花瓣随着春风飘进室内，也笑我独自床空，表现出妇人因思念丈夫而内心苦闷的愁情，表达了诗人对于这种怨情的同情与无奈。

# 登柳州城楼寄漳汀封连四州　唐·柳宗元

## 【原文】

城上高楼接大荒①，海天愁思正茫茫。

惊风乱飐芙蓉水②，密雨斜侵薜荔墙③。

岭树重遮千里目④，江流曲似九回肠⑤。

共来百粤文身地⑥，犹自音书滞一乡⑦。

## 【注释】

①大荒：泛指荒僻的边远地区。

②惊风：急风；狂风。乱飐（zhǎn）：吹动。

③薜荔：一种蔓生植物，也称木莲。

④重遮：层层遮住。千里目：这里指远眺的视线。

⑤江：指柳江。九回肠：愁肠九转，形容心中愁绪难解。

⑥共来：指和韩泰、韩华、陈谏、刘禹锡四人同时被贬远方。百粤：泛指五岭以南的少数民族。

⑦音书：音信。滞：阻隔。

## 【译文】

从城上的高楼远眺空旷冷清的荒野，愁绪像茫茫海天一般奔涌而来。

急风狂乱地吹动水中的荷花，密密的暴雨袭打在长满薜荔的墙上。

远山上的树木重重遮住了远望的视线，弯弯曲曲的柳江如同百结的愁肠。

我们一起来到这荒凉边远的百越纹身之地，想不到连音书都隔绝难通。

## 【赏析】

这首诗大约作于唐宪宗元和十年（815）秋天在柳州时。柳宗元与韩泰、韩晔、陈谏、刘禹锡四人都因参加王叔文领导的永贞革新运动而受牵连被贬。

后来朝廷大臣中有人主张起用他们，于是五人都被召回，但最终还是因为有人作梗，由此再度被贬为边州刺史。这首诗就是这时候写下的。他们的际遇相同，休戚相关，因而诗中表现出一种真挚的友谊，虽天各一方，而相思之苦，无法平抑。

诗的首联写登楼的所见所感，作者长途跋涉，好容易才到柳州，却急不可耐地登上高处，为的是要遥望战友们的贬所，足见思之甚切。颔联写的是近处所见，描绘了风急雨骤的景象。芙蓉与薜荔，正象征着人格的美好与芳洁。颈联由近景过渡到远景，于内心触发的联想中着笔。看到目前自己所处的情境，想到好友们的处境又是如何呢？于是心驰远方，目光也随之移向那漳、汀、封、连四州。"岭树""江流"两句，同写遥望，却一仰一俯，视野各异。试看起伏连绵的层峦叠嶂，这是西南地区风景的写实，也象征着顽固势力的层层包围和禁锢；江流曲折盘旋，寓示着作者人生道路与前途的许多阻碍与挫折，可谓景中寓情，愁思无限。尾联除了表现对好友处境的关怀和望而不见的惆怅外，还有更深一层叹息，即望而不见，自然会想到互访或互通音讯，然而山岭重叠，水路迢迢，江流纤曲，不要说互访不易，连互通音讯也十分困难。如此境况，百般无奈。

全诗构思精密，含蓄蕴藉，通过登柳州城楼所见景物的描写，曲折地谴责了当时朝廷保守势力对革新人士的打击和迫害，委婉地表达了诗人的悲愤心情和对友人们的深切怀念。情调虽较低沉，却极富感染力量，是一首情景交融的佳作。

# 赠婢　唐·崔郊

【原文】

公子王孙逐后尘①，绿珠垂泪滴罗巾②。

侯门一入深如海③，从此萧郎是路人④。

【注释】

①后尘：后面扬起来的尘土。指公子王孙争相追求的情景。

②绿珠：西晋富豪石崇的宠妾，非常漂亮，这里喻指被人夺走的婢女。罗巾：丝制手巾。

③侯门：指有权势的门户。

④萧郎：诗词中习用语，泛指女子所爱恋的男子。这里是作者自谓。

【译文】

公子王孙竞相争逐在后面，貌美的女子流泪湿透了手绢。

一旦进入深幽如海的侯门，从此心中爱恋之人便成为了陌路之人。

【赏析】

崔郊，关于他的事迹，史书上记载的并不多，只知道他是唐朝元和年间的秀才。关于这首诗，传说有这样一个有趣的故事。

据唐末范摅（shū）所撰笔记小说《云溪友议》记载：元和年间，秀才崔郊的姑母有一婢女，生得相貌出众，姿容秀丽，是远近闻名的美女。一次，崔郊来到姑母家，见姑娘不仅长相美丽，而且性格开朗，不由怦然心动，于是，崔郊就在姑姑家里小住一段时间，为的就是能多和姑娘接触往来一些。一天傍晚，他鼓足勇气，红着脸把心中的想法告诉姑娘，姑娘对他也颇有好感，两人就这样恋爱了。不料后来这个婢女却被卖到了襄州显贵于頔（dí）的府上。得知此事后，崔郊悲痛欲绝，念念不忘，思慕不已。一次寒食，婢女偶尔外出与崔郊邂逅，崔郊百感交集，挥笔写下了《赠婢》一诗。

后来于頔读到了此诗，很欣赏其才华，在了解事情的经过后，便派人把崔郊请到府中，让他领走了婢女，成全了这对恋人，并且赠送了一笔丰厚的嫁妆，留下了千古佳话。

这首诗的内容写的是自己所爱者被劫夺的悲哀。但由于诗人的高度概括，便使它突破了个人悲欢离合的局限，反映了封建社会里由于门第悬殊所造成的爱情悲剧。诗的寓意颇深，表现手法却含而不露，怨而不怒，委婉曲折。

# 水调歌头·和庞佑父　宋·张孝祥

**【原文】**

雪洗虏尘静①，风约楚云留。何人为写悲壮，吹角石城楼②。湖海平生豪气，关塞如今风景，剪烛看吴钩③。剩喜燃犀处④，骇浪与天浮。

忆当年，周与谢，富春秋⑤。小乔初嫁，香囊未解，勋业故优游。赤壁矶头落照，肥水桥边衰草，渺渺唤人愁。我欲乘风去，击楫誓中流。

**【注释】**

①雪洗：洗刷。虏尘：指金人的兵马。

②吹角：奏军乐，这里象征胜利的凯歌。

③吴钩：弯头宝刀。

④剩喜：更喜。燃犀处：晋温峤平乱还镇至采石矶，传云其下多怪物，燃犀照之，见水族奇形怪状。怪物指金兵。

⑤富春秋：谓春秋正富，即年富力强的意思。

**【译文】**

采石矶大捷洗雪了靖康之耻，金虏安静了，可惜我在楚地抚州，被风雨所阻未能在前线。若有人为这次悲壮的胜利写下诗篇那就更好了，那古城楼上的胜利号角一定非常动听。我平生有湖海般的豪情壮志，宋廷南渡的地方如今也成了边塞，我夜间燃烛久久地抚摸弯刀。想到在巨浪浮天的采石矶战胜金军，就如当年温峤燃犀照妖一样使金兵现出原形，心中真是高兴。

想当年，三国的周瑜和东晋的谢玄，青春年少，一个刚娶了小乔为妻，一个还佩戴着香囊，都从容不迫地建立了功业。现在时过境迁，赤壁的石头被夕阳照着，肥水桥边的草也枯黄了，我朝还不知何时能收复中原。我想要乘着风到北方前线去，像祖逖一样率兵渡江北伐，中流击楫。

【赏析】

张孝祥（1132—1170），字安国，别号于湖居士。他善诗文，尤工词，风格宏伟豪放，为"豪放派"的代表作家。该词是他较早的一首作品。题中的"庞佑父"，名谦孺（1117—1167），生平事迹不详，他与张孝祥、韩元吉等皆有交游酬唱。

张孝祥二十三岁中状元，登第后即上书为岳飞叫屈，秦桧指使党羽诬其谋反，将其父子投入监狱，直到秦桧死后才获释。

从1154—1159年的五年中，张孝祥官居临安，接连异迁，直至升任为中书舍人，为皇帝执笔代言，平步青云之态，难免遭人嫉妒。汪彻一纸弹劾，使其丢官外任。罢官后，他赋闲两年半，在此期间，金主完颜亮南下，虽无官职，张孝祥仍旧密切关注战局变化，并提出抗金计策，致书李显宗、王权等军事将领，据陈战略。

宋高宗绍兴三十一年（1161）冬，金主完颜亮大举南侵，他的好友虞允文在采石矶指挥宋军，大败金兵。这是一次关系到南宋朝廷生死存亡的重要战役，朝野振奋，国人欢呼。胜利的消息传来，作者不禁欢欣鼓舞，挥笔写下了这首气概豪迈的词作。词中充分肯定了这次战役的历史意义，同时指出中原河山尚待恢复，自己决心"击楫誓中流"，奔赴前线，为统一祖国而战。

全篇格调高昂，音节振拔，意境壮阔，洋溢着炽热的爱国激情，读之令人鼓舞。

【诗句扩展】

东临碣石，以观沧海。——三国魏·曹操《观沧海》

春江潮水连海平，海上明月共潮生。——唐·张若虚《春江花月夜》

嫦娥应悔偷灵药，碧海青天夜夜心。——唐·李商隐《嫦娥》

长风破浪会有时，直挂云帆济沧海。——唐·李白《行路难·其一》

半壁见海日，空中闻天鸡。——唐·李白《梦游天姥吟留别》

山不厌高，海不厌深。——三国魏·曹操《短歌行》

四海无闲田，农夫犹饿死。——唐·李绅《悯农》

君不见，黄河之水天上来，奔流到海不复回。——唐·李白《将进酒》

借问江潮与海水，何似君情与妾心？——唐·白居易《浪淘沙·借问江潮与海水》

白浪茫茫与海连，平沙浩浩四无边。——唐·白居易《浪淘沙·白浪茫茫与海连》

海人无家海里住，采珠役象为岁赋。——唐·王建《海人谣》

侧闻阴山胡儿语，西头热海水如煮。——唐·岑参《热海行送崔侍御还京》

辇下风光，山中岁月，海上心情。——宋·刘辰翁《柳梢青·春感》

云散月明谁点缀？天容海色本澄清。——宋·苏轼《六月二十日夜渡海》

海霞红，山烟翠。故都风景繁华地。——宋·柳永《早梅芳·海霞红》

# 树

## 柳溪　唐·韩愈

**【原文】**

柳树谁人种，行行夹岸高①。

莫将条系缆②，著处有蝉号③。

**【注释】**

①夹岸：水流的两岸。此指夹持在水流两旁。

②莫：不要。系缆：系结船索。

③著处（zhuó chù）：随处，到处。

**【译文】**

这些柳树不知是谁栽种的，一排排夹持在河的两岸，像是绿色的屏障一样。

请不要折下秀长的柳条去拴系船缆，那可以附着的柳枝上，到处有秋蝉的鸣叫声。

**【赏析】**

这首诗是韩愈所作的《奉和虢州刘给事使君三堂新题二十一咏》组诗中的其中一首，是当年韩愈为好友虢州刺史刘伯刍的庭园风景所题的诗，该庭园也因为有多位著名诗人为其题咏而显名。据韩愈《奉和虢州刘给事使君三堂新题二十一咏》序中记载："虢州刺史宅连水池竹林，往往为亭台岛渚，目其处为'三堂'。"可见其景致之佳。

本诗描绘了庭园附近溪水两旁的柳树，一行行宛如绿色屏障，婆娑照影，葱茏茂密。"夹岸高"，说明树的高大和树龄已久，侧面地呼应第一句。后面两句表达了诗人对眼前景色的喜爱，流露出对纤细柔软柳枝的怜惜，以及蝉鸣枝头这一恬静氛围的护持之心。全诗即景而咏，由景寄情，于朴实无华之中，能引发出更多绵绵的遐思。

## 酬乐天扬州初逢席上见赠① 唐·刘禹锡

【原文】

巴山楚水凄凉地②，二十三年弃置身③。

怀旧空吟闻笛赋④，到乡翻似烂柯人⑤。

沉舟侧畔千帆过，病树前头万木春⑥。

今日听君歌一曲⑦，暂凭杯酒长精神⑧。

【注释】

①酬：答谢，酬答，这里是指以诗相答。乐天：指白居易，字乐天。见赠：送给（我）。

②巴山楚水：指四川、湖南、湖北一带。古时四川东部属于巴国，湖南北部和湖北等地属于楚国。刘禹锡被贬后，迁徙于朗州、连州、夔州、和州等边远地区。这里用"巴山楚水"泛指这些地方。

③二十三年：从唐顺宗永贞元年（805）刘禹锡被贬为连州刺史，至宝历二年（826）冬应召，约22年。因贬地离京遥远，实际上到第二年才能回到京城，所以说23年。弃置身：指遭受贬谪的诗人自己。弃置：贬谪。

④怀旧：怀念故友。闻笛赋：指西晋向秀的《思旧赋》。三国曹魏末年，向秀的朋友嵇康、吕安因不满司马氏篡权而被杀害。后来，向秀经过嵇康、吕安的旧居时，听到邻人吹笛，不禁悲从中来，于是作《思旧赋》怀之。这里刘禹锡借用这个典故怀念已死去的王叔文、柳宗元等人。

⑤翻似：倒好像。翻：副词，反而。烂柯人：指晋人王质。柯：斧柄。相传晋人王质上山砍柴，看见两个童子下棋，就停下观看。等棋局终了，手中的

斧柄已经朽烂。回到村里，才知道已过了一百年，同代人都已经亡故。作者以此典故表达自己遭贬23年的感慨，表达世事沧桑、人事全非、暮年返乡恍如隔世的心情。

⑥沉舟：这是诗人以沉舟、病树自比。侧畔：旁边。

⑦歌一曲：指白居易的《醉赠刘二十八使君》："为我引杯添酒饮，与君把箸击盘歌。诗称国手徒为尔，命压人头不奈何。举眼风光长寂寞，满朝官职独蹉跎。亦知合被才名折，二十三年折太多。"

⑧长精神：振作精神。长（zhǎng）：增长，振作。

**【译文】**

巴山楚水一带荒远凄凉，在这个地方度过了二十三年的贬谪时光。

怀念故去旧友徒然吟诵《思旧赋》，此番归来恍如隔世，觉得已非旧时光景。

沉没的小船旁仍有千帆竞发的船经过；枯萎树木的前面也有万千林木向阳如春。

今天听到你为我吟诵的那首诗，暂且就借这杯美酒来重新振作精神。

**【赏析】**

唐敬宗宝历二年（826），白居易因眼疾罢苏州刺史，刘禹锡也从和州刺史任上罢归洛阳，两位诗人相逢在扬州。白居易在筵席上写了一首诗赠刘禹锡。诗曰："为我引杯添酒饮，与君把箸击盘歌。诗称国手徒为尔，命压人头不奈何。举眼风光长寂寞，满朝官职独蹉跎。亦知合被才名折，二十三年折太多。"刘禹锡所作的《酬乐天扬州初逢席上见赠》一诗，是对白居易赠诗的酬答。

首联概写谪守巴楚、度尽劫难的经历。"凄凉地""弃置身"，虽语含哀怨，却在感伤中不失沉雄，凄婉中尤见苍劲。颔联感叹旧友凋零、今昔异貌。"闻笛赋""烂柯人"，借典寄慨，耐人寻味。颈联展示的却是生机勃勃的景象，寄寓在其中的是新陈代谢的进化思想和辩证地看待自己的困厄的豁达襟怀。白居易的赠诗中有"举眼风光长寂寞，满朝官职独蹉跎"两句，意思是说同辈的人

33

都升迁了，只有你在荒远地方蹉跎了岁月，虚度了年华。刘禹锡在酬答诗中写道："沉舟侧畔千帆过，病树前头万木春。"诗人把自己比作沉舟和病树，固然有惆怅情绪，同时又十分达观。沉舟侧畔，有千帆竞发，病树前头，正万木争荣。新生的力量是那么生机勃勃，势不可当。他反而劝白居易，不要为自己寂寞、蹉跎而忧伤。这不但显示了刘禹锡豁达的襟怀，同时也表现了这位唯物主义哲学家对新生力量，对未来充满了信心并给予了热情的赞颂！正是由于"沉舟"一联的突然振起，才一洗伤感低沉的情调，给人以昂扬，振奋的力量。这两句诗既形象鲜明，又蕴含深刻的哲理，千余年来，已经成了亿万读者反复吟咏的警策名句。在手法上，它则将诗情、画意、哲理熔于一炉，以形象的画面表现抽象的哲理，旨趣隽永。尾联顺势而下，请白氏举杯痛饮，藉以振奋精神。

诗人在这首诗中所表现的身经危难，百折不回的坚强毅力，给后人以莫大的启迪和鼓舞，所以千百年被广泛传诵。全诗感情真挚，起伏跌宕，沉郁中见豪放，不仅反映了深刻的人生哲理，也具有很强的艺术感染力。

## 野望　唐·王绩

【原文】

东皋薄暮望①，徙倚欲何依②。

树树皆秋色，山山唯落晖③。

牧人驱犊返④，猎马带禽归。

相顾无相识，长歌怀采薇⑤。

【注释】

①东皋（gāo）：山西省河津县的东皋村，诗人隐居的地方。薄暮：傍晚。

②徙倚（xǐ yǐ）：徘徊，形容犹豫不定。

③落晖：落日的余光。

④犊：小牛。

⑤怀采薇：薇，是一种植物。相传周武王灭商后，伯夷、叔齐不愿做周的臣子，在首阳山上采薇而食，最后饿死。古时"采薇"代指隐居生活。

**【译文】**

黄昏的时候，我站在东皋村头怅望，徘徊不定不知该归依何方。

层层树林都染上秋天的色彩，重重山岭都涂上落日的余晖。

放牛的儿童赶着牛群回家，猎人骑着骏马带着猎物驰过我的身旁。

彼此相对无言并不相识，心情郁闷中唱着"采薇"的诗句，真想隐居在山冈。

**【赏析】**

这是一首描写秋天山野风光的五言律诗，诗中流露出了诗人孤独抑郁的心情，抒发了惆怅、孤寂的情怀。开头二句交代"薄暮"时间，渲染气氛，点明"东皋"地点，表明"徙倚欲何依"的心态，表现了百无聊赖的彷徨心情；三、四句写秋天山林之静景，那层林山岭都染上了暮秋时分的萧瑟光景，给人一种荒凉落寞之感；五、六句写傍晚时分人的回归活动，放牛的牧童唱着山歌返回家中，猎人骑着骏马带着猎物满意而归，这些特写突出了牧歌式的田园气氛，使整个画面灵动活跃，呈现出了一幅山家秋晚图。结尾二句终于再也按捺不住内心的情感而直抒胸臆，诗人从美好而

热闹的场景中回过神，表述自己在现实中孤独无依，苦闷惆怅的心绪，只好追怀古代的隐士，唱着《采薇》之歌，抒发自己隐逸山林之志。

本诗与齐梁以来绮靡浮艳的文风不同，语言朴实清新、自然流畅、取境开阔、韵律和谐，为唐代诗歌语言的创新开辟了新路。

# 三闾庙① 唐·戴叔伦②

【原文】

沅湘流不尽③，屈子怨何深④。

日暮秋风起，萧萧枫树林。

【注释】

①三闾庙：奉祀春秋时楚国三闾大夫屈原的庙宇。

②戴叔伦（732—789），唐代诗人，字幼公（一作次公），润州金坛（今属江苏）人。曾任新城令、东阳令、抚州刺史、容管经略使。晚年辞官为道士。其诗多表现隐逸生活和闲适情调。

③沅湘：指沅江和湘江。

④屈子：即屈原。

【译文】

沅水和湘水长流不息，滚滚向前，屈原的哀怨，像江水一样深沉。

日暮黄昏，一阵阵秋风吹起，吹进那三闾庙边的枫林，发出萧萧的声响。

【赏析】

这首诗是诗人约于大历（766—779）年中在湖南做官期间，路过三闾庙时所作。诗题也叫作《过三闾庙》。伟大的爱国主义诗人屈原毕生忠贞正直，满腔忧国忧民之心，一身匡时济世之才，却因奸邪谗毁不得进用，最终含恨投江。他高洁的品格引起了后人无限的景仰与同情。在汉代，贾谊、司马迁等都曾留下凭吊纪念的篇章。时隔千年，诗人戴叔伦也感受到了与贾谊、司马迁一样的情怀。他在路过三闾庙时，感慨颇深，情动之中即景写下了此诗。

诗的前二句写诗人见到沅湘之水滔滔不尽地流着，却冲刷不尽屈原的冤屈和愁怨，表达了对屈原遭遇的深切同情，发语高亢，沉重而浑厚。后二句融情入景，通过日暮秋风吹落无边枫叶的萧瑟之景，进一步烘托了屈子的哀怨，含蓄蕴藉地表达了一种感慨不已、哀思无限的凭吊之情。诗中以江流借喻哀怨，以永不停息的江流比喻屈原忧愤怨恨之深广，表达了对屈原的深切怀念，也含蓄地赞颂了屈原的精神不死、英魂长在。

《诗法易简录》赞道："三、四句但写眼前之景，不复加以品评，格力尤高。凡咏古以写景结，须与其人相肖，方有神致，否则流于宽泛矣。"钟惺《唐诗归》则说："此诗岂尽三闾，如此一结，便不可测。"施补华《岘佣说诗》评道："并不用意，而言外自有一种悲凉感慨之气，五绝中此格最高。"可见，该诗虽寥寥二十个字，但在谋篇构思之中足见其精妙。

# 青玉案·元夕　宋·辛弃疾

## 【原文】

东风夜放花千树①。更吹落、星如雨②。宝马雕车香满路③。凤箫声动，玉壶光转，一夜鱼龙舞④。

蛾儿雪柳黄金缕。笑语盈盈暗香去⑤。众里寻他千百度⑥。蓦然回首，那人却在，灯火阑珊处⑦。

## 【注释】

①花千树：形容灯火之多如千树花开。

②星如雨：指焰火纷纷，乱落如雨。星：指焰火。形容满天的烟花。

③宝马雕车：豪华的马车。

④凤箫：指音乐演奏。比喻月亮。亦可解释为指灯。鱼龙舞：指舞动鱼形、龙形的彩灯，如鱼龙闹海一样。

⑤蛾儿雪柳黄金缕：指古代妇女元宵节时头上佩戴的各种装饰品。这里指盛装的妇女。盈盈：声音轻盈悦耳，亦指仪态娇美的样子。暗香：本指花香，

此指女性们身上散发出来的香气。

⑥他：泛指第三人称，古时就包括"她"。千百度：千百遍。

⑦蓦然：突然，猛然。阑珊：零落稀疏的样子。

**【译文】**

元宵夜的焰火，像是被东风吹散的千树繁花，更像吹落了天空那繁星点点，如雨般纷纷落下。豪华的马车香气四溢，留下一路芳香。悠扬的凤箫声在空中回荡，玉壶般的明月渐渐流转西斜，一夜鱼龙灯翻腾飞舞，笑语喧哗。

美人的头上都戴着蛾儿、雪柳、黄金缕等各种漂亮的饰物，笑语盈盈地随人群走过，身上散发着暗暗浮动的香气。我在茫茫人海中寻找了她千百回，猛然一回头，不经意间却发现，她正站在那灯火零落稀疏的地方。

**【赏析】**

这首词是词人于南宋淳熙元年或二年（1174 或 1175）时所写。当时，强敌压境，国势日衰，而南宋统治阶级却不思恢复，偏安江左，沉湎于歌舞享乐，以粉饰太平。洞察形势的辛弃疾，欲补天穹，却恨无路请缨。他满腹的激情、哀伤、怨恨，交织成了这幅元夕求索图。

全词采用对比手法，描绘了元宵佳节满城灯火，游人如织，彻夜歌舞的热闹场面，记叙了一对意中人长街巧遇的情景。词中那位独立"灯火阑珊处"的女子，也许并非有其人，不过是作者"理想"的化身。

上片状景，写花灯耀眼、乐声盈耳的元夕盛况。开篇两句运用夸张和比喻展示出一幅火树银花的瑰丽画面。接着四句，写人们欢度良宵的种种活动。词中没有直接描写人物，而是通过车马、道路、乐声和舞灯等画面，烘托出游人繁多、气氛热烈、场景壮观的情景。作者在上片极力描绘元夕热闹繁华的场面，是为了反衬结尾"那人"自甘寂寞的孤独情怀。

下片写人，着意描写主人公在百千人群中寻觅意中人——那位立于灯火阑珊处的女子。"蛾儿""笑语"两句，用特写镜头描绘一群妇女结伴上街观灯的生动景象：她们装扮入时，头戴蛾儿、雪柳等装饰品，一个个笑逐颜开，带着阵阵香气向人群中走去。这两句既是对上片倾城欢庆元宵的补叙，作为两片之间的过渡，也是为下文作铺垫。"众里"以下四句，是全词的核心，寄托了一种不同流俗的情怀。词中的抒情主人公走遍大街小巷，穿过熙熙攘攘的人群，东瞅西望，焦急万分，一遍又一遍地寻找着意中人，忽然回头一看，竟在那灯火稀落的僻静之处发现了她。惊喜之情，溢于言表。

此词从极力渲染元宵节绚丽多彩的热闹场面入手，以和婉的笔调、优美的意境收束，反衬出一个孤高淡泊、超群拔俗、不同于金翠脂粉的女性形象，寄托着作者政治失意后，不愿与世俗同流合污的孤高品格，并给读者留下回味和联想的广阔余地，情韵深长，引人入胜。

全词构思精妙，语言精致，含蓄婉转，余味无穷。王国维在《人间词话》曾举此词，以为人之成大事业者，必皆经历三个境界，而稼轩此词之境界，为第三境界。

## 初夏游张园　宋·戴复古

**【原文】**

乳鸭池塘水浅深①，熟梅天气半晴阴②。

东园载酒西园醉，摘尽枇杷一树金③。

**【注释】**

①乳鸭：刚孵出不久的小鸭。

②半晴阴：一会儿晴一会儿阴。

③枇杷：植物名，果实球形，味甜，可食。金：枇杷成熟时呈金黄色。

**【译文】**

小鸭在池塘的水中或浅或深地嬉戏，梅子已经熟透，天气忽阴忽晴。

带着酒游玩了东园又到西园，尽情豪饮而醉，枇杷树上果实累累，金黄灿烂，正好把它都摘下来供酒品尝。

**【赏析】**

戴复古（1167—？），字式之，常居南塘石屏山，故自号石屏，天台黄岩

（今属浙江台州）人。南宋著名的江湖派诗人。他一生不仕，浪游江湖，后归家隐居。曾从陆游学诗，作品受晚唐诗风影响，兼具江西诗派风格。部分作品抒发爱国思想，反映人民疾苦，具有现实意义。

本诗是一首描写在江南初夏时载酒游园的小诗。诗的前两句写景，描写了初生的鸭子、深浅不定的湖水、熟透的黄梅和半阴半晴的天气，这些都是江南初夏的典型景致，显出了一个欢快、热闹的景象；后两句写游园饮酒摘枇杷的场景，表现了诗人的闲情逸致，也表现了果农丰收欢乐的生活情景，折射出人们幸福快乐的心情。整首诗语言通俗明畅，形象生动活泼，意境优美恬淡，生活气息浓郁。

【诗句扩展】

树木丛生，百草丰茂。——三国魏·曹操《观沧海》

碧玉妆成一树高，万条垂下绿丝绦。——唐·贺知章《咏柳》

晴川历历汉阳树，芳草萋萋鹦鹉洲。——唐·崔颢《黄鹤楼》

绿树村边合，青山郭外斜。——唐·孟浩然《过故人庄》

上有无花之古树，下有伤心之春草。——唐·李白《灞陵行送别》

参差烟树灞陵桥。风物尽前朝。——宋·柳永《少年游·参差烟树灞陵桥》

方同楚客怜皇树，不学荆州利木奴。——唐·柳宗元《柳州城西北隅种柑树》

忽如一夜春风来，千树万树梨花开。—— 唐·岑参《白雪歌送武判官归京》

鸟宿池边树，僧敲月下门。——唐·贾岛《题李凝幽居》

枯藤老树昏鸦，小桥流水人家，古道西风瘦马。——元·马致远《天净沙·秋思》

西风乱叶溪桥树。秋在黄花羞涩处。——宋·张榘《青玉案》

浮天水送无穷树，带雨云埋一半山。——宋·辛弃疾《鹧鸪天·送人》

昨夜西风凋碧树，独上高楼，望尽天涯路。——宋·晏殊《蝶恋花·槛菊愁烟兰泣露》

泉眼无声惜细流，树阴照水爱晴柔。——宋·杨万里《小池》

## 云

# 和晋陵陆丞早春游望① 唐·杜审言②

**【原文】**

独有宦游人③，偏惊物候新④。

云霞出海曙，梅柳渡江春。

淑气催黄鸟⑤，晴光转绿蘋⑥。

忽闻歌古调⑦，归思欲沾巾。

**【注释】**

①和：指用诗应答。晋陵：现江苏省常州市。陆丞：即陆元方，字希仲，武后时曾任宰相。

②杜审言（约645—708），字必简，祖籍襄阳（今属湖北），迁居河南巩县（今河南省巩县）。唐高宗咸亨年间进士。与李峤、崔融、苏味道齐名，称"文章四友"，为唐代近体诗的奠基人之一。著有《杜审言集》。

③宦游人：离家做官的人。

④偏：出乎寻常。物候：指自然界的气象和季节变化。

⑤淑气（shū qì）：和暖的天气。催黄鸟：催着黄莺早啼。

⑥绿蘋（pín）：浮萍。

⑦古调：指陆丞写的诗，即题目中的《早春游望》。

**【译文】**

远离家乡在外做官的人，对自然物候变化特别敏感。

太阳从东边的大海上升起，映照着满天云霞，江南梅红柳绿，呈现出一派春意盎然的气象。

　　早春的和暖气息催促着黄莺歌唱，明丽的阳光使水上的蘋草转成了绿色。

　　忽然听到你用古老的曲调吟唱新作《早春望游》，勾起我思乡之情而泪水沾襟。

## 【赏析】

　　诗人为唐高宗咸亨年间进士，一生诗名甚高而仕途失意，这首诗是他在江阴县任职时所作。诗题中的陆丞与作者是同郡邻县的僚友，他们经常同游唱和。这首诗便是作者酬答友人陆丞所作《早春游望》的一首和诗。诗人因物感兴，即景生情，抒发了自己宦游江南的感慨和归思。

　　诗一开头就发出感慨，在"独有""偏惊"的强调语气中，渲染出诗人宦游江南的矛盾心情。颔联"云霞""梅柳"句，是说清晨太阳从海面升起，曙光乍现，呈现出绚烂的彩霞，早春的江南梅花已经开放，杨柳也遍抽新绿，染出了迷人的春色。颈联写江南春光明媚、鸟语花香的水乡景色，寄托着诗人怀念中原故土的情意。尾联用"忽闻"二字转到"归思"上，点明思归和道出伤春的本意。

　　该诗采用拟人化的手法，写江南早春，历历如画，构思精巧，对仗工整，体现了很高的艺术性。

# 花岛　唐·韩愈

## 【原文】

蜂蝶去纷纷①，香风隔岸闻②。

欲知花岛处③，水上觅红云④。

## 【注释】

①蜂蝶：蜜蜂和蝴蝶。去纷纷：接二连三地飞过去。形容数目很多。

②香风：指风中飘来香气。隔岸：这里指宽阔江面的对岸。

③欲知：想知道。处：地方。这里指花岛所在之地。

④觅：找，寻找。红云：红色的云。喻指"花岛"的隐约所在。因为隔着

宽阔的江水，无法看清花岛的真面目，只隐约可见远方似有一片红色的云彩，进而推测那就是花岛的位置。

## 【译文】

蜜蜂和蝴蝶成群结队地向同一个方向飞去，顺着蜂蝶飞行的方向，调动嗅觉，一阵阵扑鼻的香气隔着宽阔的江面传来。

要想知道开满鲜花的小岛在哪里，隔着宽阔的江水，隐约可见远方好像有一片红色的云彩。

## 【赏析】

这是一首描写水中小岛的诗篇，诗人通过细微的观察、敏锐的嗅觉以及丰富的想象加以表达，表现出了开满鲜花的小岛美丽的景致，构思极为奇妙。

蜂蝶采花是自然现象，本不足为奇，但这里直接用"去纷纷"形容蜂蝶之多，成群结队飞往同一方向，可见某一地方对它们的吸引力之大，如此暗示了"花岛"的存在和魅力。接下来诗人顺着蜂蝶飞去的方向，调动嗅觉，顿时感到扑鼻的香气隔着宽阔的江面飘了过来。隔岸宽阔的江面都能闻到香气，可见花香是多么的浓郁、繁花是多么的茂盛。前两句采用了视觉与嗅觉相结合的写作手法，将一个花香四溢的美好景致展现在读者眼前，激起人们的向往之情。然而，这美丽的花岛究竟在哪里呢？接下来的"欲知花岛处，水上觅红云"便是具体位置的答案。因为是隔着宽阔的江水，诗人也无法看清花岛的位置，只能朦朦胧胧地寻觅到一片红云，以此来判定花岛的所在了。

全诗以一群蜂蝶闻香而舞为线索，从飞行的方向，到花岛位置的提问，再到结尾轻松的指点，给读者以启发，从而进一步激发读者的想象，使诗的意境空灵开阔，余味隽永，足见诗人匠心独运的艺术构思。

## 清平调词　唐·李白

## 【原文】

云想衣裳花想容①，春风拂槛露华浓②。

若非群玉山头见③，会向瑶台月下逢④。

【注释】

①想：好似，好像。

②槛：栏杆。露：露水。华：同"花"，此指牡丹花。

③群玉：指群玉山，传说为西王母居住的仙山。

④会：应当。瑶台：即瑶池，古代传说中神仙居住的地方。

【译文】

见到云霞就好像见到她飘逸的衣裳，见到艳丽的花儿就好像见到她娇美的容颜。春风吹拂着栏杆，那露珠润泽的花色更加浓艳。

如此天姿国色，如果不是在神仙居住的群玉山头才能见到，就只有在瑶台月下才能相逢。

【赏析】

据记载，唐朝玄宗在位期间，李白曾一度担任翰林。一天，唐玄宗和杨贵妃在宫中沉香亭观赏牡丹花，兴趣之余，让李白创作一些新的乐章。李白奉命写了《清平调》三首，这是其中一首。

该诗意在歌颂杨贵妃的美丽容貌。诗的第一句用了两个比喻，将杨贵妃的衣服比作云霞，将容貌比作花朵，把杨贵妃的美丽形象地描绘了出来。第二句用花受春风露华润泽，来形容杨贵妃受君王宠幸。第三、第四句直接将贵妃比作仙女、嫦娥，而且只有在瑶台之上才能相逢，一样是表示贵妃的惊世容颜，表述了像杨贵妃这样的美女世间罕有，天下无双，盛赞了杨贵妃的美貌。这是一首歌颂之作。诗人用彩云、鲜花、牡丹、仙女来作花容月貌般的比拟，构思精巧，令人觉得人花交映，恍惚迷离，可谓精妙至极。


## 江行望匡庐　唐·钱起

【原文】

咫尺愁风雨①，匡庐不可登②。

只疑云雾窟③，犹有六朝僧。

**【注释】**

①咫尺：形容距离很近。

②匡庐：即庐山。

③云雾窟：云雾缭绕的洞穴。

**【译文】**

庐山虽然近在咫尺，但愁人的风雨使我不能攀登上去。

我怀疑在那云雾之中的窟穴里，还有六朝时期的高僧。

**【赏析】**

这是一首记游诗，诗人把船泊在九江，本想攀登庐山，却因风雨不止而作罢。

前两句中，"愁"字透出了诗人不能领略名山风光的懊恼之情，"不可登"三字则写出了使人发愁的"风雨"之势；后两句中，"疑"字用得极好，写出了山色因云雨笼罩之下的庐山给人的若隐若现的感觉，从而使读者产生意境"高古"的联想。"只疑"和"犹有"之间，一开一阖，在虚幻的想象中渗入似乎真实的判断，使整首诗显得情趣盎然。

本诗从虚处落笔，用疑似的想象，再现了诗人内心的高远情致，显得韵味十足。写法上采用了国画中的"渲染"技法，将庐山写得扑朔迷离，是山水诗中的一首佳作。


# 满江红·千古东流　宋·范成大

**【原文】**

清江风帆甚快①，作此，与客剧饮，歌之。

千古东流，声卷地，云涛如屋。横浩渺、樯竿十丈，不胜帆腹②。夜雨翻江春浦涨，船头鼓急风初熟③。似当年、呼禹乱黄川④，飞梭速。

击楫誓⑤、空警俗。休拊髀，都生肉⑥。任炎天冰海，一杯相属。荻笋蒌芽新入馔，鹍弦凤吹能翻曲⑦。笑人间、何处似尊前，添银烛。

**【注释】**

①清江：江西赣江的支流，代指赣江。

②帆腹：船帆被风吹起，如鼓起了肚子。

③风初熟：风向刚定。

④"似当年"二句："当年"指乾道六年（1170）范成大出使金国，向金索求北宋诸帝陵寝之地，并交涉更定受书之仪，不辱使命。呼禹：呼唤大禹。乱黄川：渡黄河。

⑤击楫：东晋祖逖渡江北伐苻秦，中流击楫而誓曰："不能清中原而复济者，有如大江。"后用以比喻收复失地的决心。

⑥"休拊髀"二句：《三国志》本传载：刘备寄栖刘表幕下，一次入厕，见大腿（髀）肉生，慨然流涕。备曰："吾常身不离鞍，髀肉皆消。今不复骑，髀里肉生。日月若驰，老将至矣。而功业不建，是以悲耳。"此处用于表达作者无用武之地的不满。

⑦凤吹：如凤鸣的吹奏乐器，多指箫。

**【译文】**

赣江水面上的风很大，船非常快，作了此词，与客人一起豪饮，并以此词吟唱。

赣江的水千古不息，滚滚东流，风浪如雷的声音仿佛要席卷大地，云涛巨浪如层层房屋般地汹涌。江水浩渺无际，十丈的高樯也承受不了张开的帆腹。夜雨使江水上涨，风向刚定，我们就赶紧击鼓开船。眼前这船快如飞的情景，真像我当年出使金国呼唤大禹功业横渡黄河时一样。

想当年我击楫立誓，警示众人，立志收复中原，却是凤愿难酬一场空。长期被闲置一旁，使大腿上的肉长了很多。任它是炎热的天涯还是冰冷的海角，只有与友人举杯同饮，才心情舒畅。吃着新鲜的芦苇和蒌蒿，在美妙的配乐中悠闲地听着吟唱的新词。还有什么地方比酒杯前更惬意呢，银烛燃完再续添新银烛吧。

**【赏析】**

范成大（1126—1193），字致能，号石湖居士。他是南宋名臣，曾出使金国，抗争不屈，差点儿被杀。回来后，被任命为中书舍人。他目睹一系列的现实问题，曾上奏要求严格法纪，整顿积弊，反复上疏劝告，因与朝廷意见不合受到冷落，被外放为地方官。乾道八年（1172）冬，范成大知静江府（今广西桂林）。他从家乡吴郡（苏州）出发，南经湖州、余杭，至富阳而入富春江，随后经桐庐、兰溪入衢江，又经信州（上饶）、贵溪、余干而到南昌，次年春入赣江，乘船在江面行进时有感而作，写了这首词。

本词上阕写江水湍急，涛声如雷，水位增高，舟行之速快如飞梭、疾如闪电。如此壮阔景象，意气洋洋，潇洒风流。下阕表达了报国无门和理想成空的落寞情怀。起首四句用祖逖击楫和刘备抚髀感叹的典故表达自己满腔爱国热情和收复失地的希望都已化为烟云的悲哀。接着写他的豪纵行为，吃着新鲜的菜蔬美味，听着美妙的音乐，何等惬怀。此时此刻，他感到人间还有什么事情比把酒樽前、开怀畅饮更令人高兴呢？作者这些看似豁达洒脱的话，实则悲愤难抑，他把报国无门和理想破灭的失意都化作一腔激愤，貌似豪爽之语，实为悲哀之叹。无奈之中，只有借酒浇愁，以释胸中苦痛。全词用典丰富而贴切自然，情感激荡而格调昂扬。

# 永遇乐·落日镕金  宋·李清照

**【原文】**

落日镕金①，暮云合璧②，人在何处。染柳烟浓，吹梅笛怨③，春意知几许。元宵佳节，融和天气，次第岂无风雨④。来相召、香车宝马，谢他酒朋诗侣。

中州盛日⑤，闺门多暇，记得偏重三五⑥。铺翠冠儿⑦，捻金雪柳⑧，簇带争济楚⑨。如今憔悴，风鬟雾鬓，怕见夜间出去。不如向、帘儿底下，听人笑语。

## 【注释】

①落日镕金：落日的颜色像是熔化的黄金。

②合璧：像璧玉一样合成一块。

③吹梅笛怨：指笛子吹出《梅花落》曲幽怨的声音。

④次第：接着，转眼。

⑤中州：这里指北宋汴京。

⑥三五：指元宵节。

⑦铺翠冠儿：用翠羽作为装饰的女式帽子。

⑧捻金雪柳：元宵节时女子头上的装饰。

⑨簇带：打扮的意思。

## 【译文】

落日的霞光金灿灿的，像熔化的金水一般，色彩淡蓝的暮云，如碧玉一样晶莹。景致固然美好，可如今我又置身何地呢？新生的柳叶被烟霭笼罩，《梅花落》的笛曲中传出幽怨的曲调。春天的气息渐渐露出来，可在这天气比较暖和的元宵佳节，谁又能料定不会出现风雨呢？那些酒友诗朋驾着车马前来相约，我也只能婉言推辞了，因为内心里焦躁愁烦。

回想汴京繁盛的岁月，身在闺中的我有许多闲暇时光，特别看重这正月十五。带着以翡翠珠子镶嵌的帽子，别着用金色的绢制成的头饰，打扮得整整齐齐，娇艳亮丽。

如今容颜憔悴，任其头发蓬松也无心梳理，更怕在夜间出去。不如悄悄地躲在帘儿底下，听一听别人的欢声笑语。

这首词当是作者流寓临安时所作。词中虽写元夕，却一反常调，以今昔元宵的不同情景作对比，抒发了深沉的盛衰之感和身世之悲。通过南渡前后过元宵节两种情景的对比，表达了词人心中备受煎熬的心境。上片从眼前景物抒写心境。"落日镕金，暮云合璧"着力描绘元夕绚丽的暮景，两句对仗工整，辞采鲜丽，形象飞动。但紧接着一句"人在何处"，却宕开去，是一声充满迷惘与痛苦的长叹。接着又转笔写初春之景，"春意知几许"，实际上是说春意尚浅。词人不直说梅花已谢而说"吹梅笛怨"，借以抒写自己怀念旧都的哀思。

下片"中州盛日，闺门多暇，记得偏重三五"由上片的写今转为忆昔，遥想当年汴京繁盛的时代，但是，往昔的繁盛华彩早已成为不可追寻的梦幻。"如今憔悴，风鬟霜鬓，怕见夜间出去"表达了词人不仅由亭亭玉立漂亮的少女变为形容憔悴、蓬头霜鬓的老妇，而且心也老了，对外面的繁华毫无兴致。"盛日"与"如今"两种迥然不同的心境，从侧面反映了金兵南下前后两个截然不同的时代和词人寂寞悲苦的生活境遇及心理阴影。结尾句"不如向、帘儿底下，听人笑语。"一方面是对由元宵胜景所触动的今昔盛衰发出的慨叹；另一方面却又怀恋着往昔的元宵盛况，并在观赏今夕的繁华中重温旧梦，给沉重的心灵以一点慰藉。在隔帘笑语声中聊温旧梦。这是何等的悲凉！

这首词通过使用今昔对照的方法来形成对比，从欢乐的景致反衬了凄凉的场景，抒发了国破家亡的感慨，表达了沉痛悲苦的心情。全词语言质朴清新，自然之中见精巧。

大风起兮云飞扬。——汉·刘邦《大风歌》

白云一片去悠悠，青枫浦上不胜愁。——唐·张若虚《春江花月夜》

众鸟高飞尽，孤云独去闲。——唐·李白《独坐敬亭山》

荡胸生层云，决眦入归鸟。——唐·杜甫《望岳》

黑云压城城欲摧，甲光向日金鳞开。——唐·李贺《雁门太守行》

晴空一鹤排云上，便引诗情到碧霄。——唐·刘禹锡《秋词》

黑云翻墨未遮山，白雨跳珠乱入船。——宋·苏轼《望湖楼醉书》

行到水穷处，坐看云起时。——唐·王维《终南别业》

云中谁寄锦书来，燕字回时，月满西楼。——宋·李清照《一剪梅》

望人间三尺甘霖，看一片闲云起处。—— 元·冯子振《鹦鹉曲·农夫渴雨》

青鸟不传云外信，丁香空结雨中愁。——唐·李璟《浣溪沙·手卷真珠上玉钩》

沙上并禽池上暝，云破月来花弄影。——宋·张先《天仙子·水调数声持酒听》

黄河远上白云间，一片孤城万仞山。——唐·王之涣《凉州词二首·其一》

归云一去无踪迹，何处是前期？——宋·柳永《少年游·长安古道马迟迟》

云树绕堤沙，怒涛卷霜雪，天堑无涯。——宋·柳永《望海潮·东南形胜》

持节云中，何日遣冯唐？——宋·苏轼《江城子·密州出猎》

三十功名尘与土，八千里路云和月。——宋·岳飞《满江红·写怀》

薄雾浓云愁永昼，瑞脑消金兽。——宋·李清照《醉花阴·薄雾浓云愁永昼》

## 黄鹤楼　唐·崔颢

**【原文】**

昔人已乘黄鹤去①，此地空余黄鹤楼②。

黄鹤一去不复返，白云千载空悠悠③。

晴川历历汉阳树④，芳草萋萋鹦鹉洲⑤。

日暮乡关何处是⑥，烟波江上使人愁⑦。

**【注释】**

①昔人：传说中的仙人，这里指乘黄鹤成仙的王子安。

②黄鹤楼：古代名楼，旧址在湖北武昌黄鹤矶上，现位于今湖北武汉市。

③悠悠：形容年代久远。

④晴川：阳光照耀下的晴明江面。历历：清晰分明。汉阳：指汉水北岸的汉阳城，今湖北武汉市汉阳区。

⑤萋萋（qī qī）：形容草木茂盛。鹦鹉洲：在湖北省武昌县西南，根据《后汉书》记载，汉代黄祖担任江夏太守时，在此大宴宾客，有人献上鹦鹉，故称鹦鹉洲。

⑥乡关：故乡家园。

⑦烟波：雾霭沉沉的江面。

**【译文】**

以前的仙人已经乘坐黄鹤飞走了，这个地方只留下一座空荡荡的黄鹤楼。

黄鹤和仙人飞走了便再也不回来，千百年来飘着白云的天空广阔无边。

江面上很晴朗，阳光照耀下汉阳树木清晰可见，鹦鹉洲上的花草树木长得很茂盛。

天色已晚，眺望远方，哪里是我的故乡，眼前只见一片雾霭笼罩着江面，给人带来深深的愁绪。

【赏析】

这是一首吊古怀乡之作，诗人登临黄鹤楼，眺望眼前景物，描绘出黄鹤楼的凄清景色，抒发了怀古伤今、思乡念家的深沉感情。

这首诗感情充沛，气象苍茫阔大，音律谐美，文采飞扬，在当时就很有名。传说李白登黄鹤楼，有人请李白题诗，他说："眼前有景道不得，崔颢题诗在上头。"南宋文学家严羽在他的《沧浪诗话》中更是认为："唐人七言律诗，当以崔颢《黄鹤楼》为第一。"正由于此诗艺术上出神入化，而被人们推崇为题写黄鹤楼的绝唱。足见此诗地位之高，影响之大。

# 下寻阳城泛彭蠡寄黄判官① 唐·李白

【原文】

浪动灌婴井②，寻阳江上风。

开帆入天镜③，直向彭湖东。

落景转疏雨④，晴云散远空。

名山发佳兴⑤，清赏亦何穷⑥？

石镜挂遥月⑦，香炉灭彩虹⑧。

相思俱对此，举目与君同。

【注释】

①寻阳城：今江西省九江市。寻阳：即浔阳，原为溢城县（又叫溢口城），唐武德四年改为浔阳县，治所在现今江西九江。彭蠡（lǐ）：这里指鄱阳湖。黄判官：李白的友人，名字、生平不详，判官为观察使、节度使的僚属。

②灌婴井：建安（196—220）年间，孙权经过这里，亲自立标令人打井，

53

正好打出了灌婴筑城时古井，于是在井旁竖立铭记为"颍阴侯（灌婴封爵）井"。传说井水很深，和长江相通，长江中如有风浪，井水即动荡不止。

③天镜：指鄱阳湖的湖面。形容湖水明净，倒映天空，犹如巨大的镜子。

④景：日光。落景：即将坠落的夕阳。疏雨：稀疏的小雨。

⑤名山：指庐山。

⑥清赏：清新，赏心悦目。

⑦石镜：据《水经注》载，庐山东面悬崖上有一块大圆石，光滑如镜，可见人影。

⑧香炉：即庐山香炉峰，在庐山西北部。灭：消失。彩虹：香炉峰周围多瀑布，水气经日光照射而形成彩虹。这两句用远月悬空、彩虹消失，形容夜幕降临。

**【译文】**

寻阳江上大风吹动巨浪的时候，灌婴井中的水也跟着江涛同时涌动。

扬帆启航，行进在这犹如大镜子般的湖面上，直向彭蠡湖东面而去。

夕阳西下的景色中，忽然下起了稀稀疏疏的小雨。等到天空晴朗时，云朵散向远空，一碧如洗。

庐山的佳境美景不知不觉中引发极大的兴致，那些赏心悦目的景致怎能有所穷尽呢？

夜幕降临时，晚霞掩映在天际，那巨大的石镜上投下明亮的光影，香炉峰上的彩虹在远山淡月中隐没。

面对庐山如此美景，顿生思念之情。举目遥望，你我所见的美景应该是相同的。

**【赏析】**

这是唐肃宗上元元年（760），李白被流放夜朗遇赦后，自江夏来到寻阳城（今江西九江）的彭蠡湖（即鄱阳湖）时，写下此诗寄给友人黄判官的。全诗描述了诗人舟行江中顺流而下，远望天门山雄奇壮观的景致，于生动形象之中赞美了大自然的神奇壮丽，表达了作者初出巴蜀时乐观豪迈的情感。

诗的开头两句用铺叙的方法，描写天门山的雄奇壮观和江水浩荡奔流的气势；三、四两句展现了在风浪中开帆远行的豪迈气势，以形象的比喻，写开船进入明亮如镜、水天一色的鄱阳湖的情景。五、六句描绘出一幅夕阳西下、细雨飘落、晴云飘散的美景。接下来四句，诗人借用远月悬空、彩虹消失的景象，暗寓诗人佳兴勃发，清赏无穷之乐。最后运用情景交融的手法，思忆远方的友人，同时于想象中思及友人宛若自己也在彼此思念之中，友情真切，情感相通，如此妙笔一转，既照应了主题，更使诗韵余味绵长。

# 题破山寺后禅院① 唐·常建

## 【原文】

清晨入古寺②，初日照高林③。

曲径通幽处，禅房花木深④。

山光悦鸟性⑤，潭影空人心⑥。

万籁此俱寂⑦，但余钟磬音⑧。

## 【注释】

①破山寺：即兴福寺，在今江苏常熟市西北虞山上。南朝齐邑人郴州刺史倪德光舍宅所建。

②清晨：早晨。入：进入。古寺：指破山寺。

③初日：初升的太阳。

④禅房：僧人居住修行的地方。

⑤悦：此处为使动用法，使……高兴。

⑥潭影：清澈潭水中的倒影。空：此处为使动用法，使……空。

⑦万籁（lài）：各种声音。籁：从孔穴里发出的声音，泛指声音。

⑧但余：只留下。钟磬（qìng）：佛寺中召集众僧的打击乐器。磬：古代用玉或金属制成的曲尺形的打击乐器。

## 【译文】

清晨的时候我就来到这古老的寺院，初升的太阳照耀着山林。

曲曲折折的小路通向幽静谧的深处，禅房掩映在一片花木丛中。

明媚的山光使飞鸟怡然欢乐，清澈的潭水令人爽神净心。

此时此刻万物都沉默静寂，只留下了古寺悠扬的钟声。

【赏析】

诗人为开元（唐玄宗年号，713—742）进士，与王昌龄同榜。曾做过盱眙县尉，后来仕途上并不得意，便隐居于鄂州武昌（今属湖北）。这首诗，不仅写出了佛教寺院的幽寂环境，也写出了诗人的淡泊情怀。

首联勾勒出清晨时分后禅房四周的环境，写出了古寺美景之幽远。清晨初升的太阳照着树梢，但树荫茂密，寺院中仍然一派幽阴安静，一大早诗人就入古寺游览，可见诗人对古寺的幽寂向往已久。颔联点出了僧人居住修行的禅房，描写了通向禅房的幽深小路和禅院的景色。曲曲折折的小径把人引向更幽静的地方，禅房隐藏在花木丛中。颈联通过景物描写来渲染佛门禅理涤荡人心、明心见性的作用。山光使得鸟儿也怡然自得，潭影更使人忘却一切心中杂念。尾联以声衬静，营造一个万籁俱寂的境界，这里只能听见钟磬之声——以钟磬之声作衬，此地更加静谧，也更加空灵纯净。

可以看出来，诗人写此诗除了要表现寺院附近的山景外，更想表现古

寺之静；写古寺之静，为的是想表现自己的内心之静。全诗笔调古朴，层次分明，意境浑融，简洁明净，是唐代山水诗中独具一格的名篇。

# 海棠　宋·苏轼

【原文】

东风袅袅泛崇光①，香雾空蒙月转廊②。

只恐夜深花睡去③，故烧高烛照红妆④。

【注释】

①东风：春风。袅袅：烟雾缭绕的样子。崇光：春光，这里指海棠荡漾着光华。

②空蒙：空灵而迷蒙。转：转移。

③恐：担心。花睡去：出自唐玄宗赞杨贵妃"海棠睡未足耳"的典故，以海棠睡眠比喻杨贵妃未醒。诗人在这里使用了这一比喻。

④红妆：指海棠花。

【译文】

袅袅的春风吹来，海棠花荡漾着光华，香气如雾，空灵而迷蒙，月光向院中的回廊转移。

由于害怕深夜时分花儿就会睡去，因此燃着高高的蜡烛照着它，不肯想错过这欣赏海棠盛开的时机。

【赏析】

这首诗写的是诗人在花开时节赏花的情景，表现了海棠优雅脱俗的美，抒发了诗人爱花惜花的感情。

诗的前两句描写白天海棠的光泽和夜间海棠的香气，写得非常精致，第三句采用拟人的手法，写诗人担心海棠花在深夜也像人一样睡去，最后一句采用比喻的手法，写诗人点燃蜡烛像欣赏美人一样欣赏海棠花，创造了一种极富浪漫色彩的氛围，表明了诗人是一个性情中人。全诗语言浅近而情意深永，读来耐人寻味。

写此诗时，被贬黄州的诗人已过不惑之年，但此诗却没有给人颓唐、萎靡之气，字里行间都可以感触到诗人的达观、潇洒的胸襟。

## 浣溪沙·莫许杯深琥珀浓　宋·李清照

### 【原文】

莫许杯深琥珀浓①，未成沉醉意先融②。疏钟已应晚来风③。

瑞脑香消魂梦断④，辟寒金小髻鬟松⑤。醒时空对烛花红⑥。

### 【注释】

①莫许：不要。琥珀浓，指酒的颜色很浓，色如琥珀。

②融：形容酒醉恬适的意态。《晋书·陶潜传》："每一醉，则大适融然。"

③疏钟：断续的钟声。

④瑞脑：一种熏香的名字，也叫龙脑，即冰片。

⑤辟寒金：相传昆明国有一种异鸟。常吐金屑如粟，铸之可以为器。此处借指首饰。

⑥烛花：蜡烛燃烧时的烬结。

### 【译文】

不要说这酒杯太深，如琥珀般的酒味太浓，还没有醉却已意蚀魂消。阵阵晚风中，传来时远时近的钟声。

瑞脑香渐渐熄灭，我从梦中醒来，如辟寒金鸟一样珍贵的金钗太小，头髻都松了。在孤独与清醒中，默默对着寂寞燃烧的红烛。

### 【赏析】

这是一首闺情词，词中写女主人晚来用酒遣愁，梦里醒来的孤寂，隐含无限的离情别绪。作品重在深婉含蓄的心理刻画，通过梦前梦后的对比，把年轻少妇沉重的愁苦情思从侧面烘托出来。全词写相思，却不着相思一字，含蓄蕴藉，深得婉约之妙。

上片写诗人在深闺寂寂中欲以酒浇愁。杯深酒腻，未醉即先已意蚀魂消。开头写"莫许杯深琥珀浓"，以深杯浓酒来消愁，其愁绪绵绵可想而知。"未成沉醉意先融"意谓酒虽然没有喝多少，心却已经醉了。下片写醉中醒后。诗人从好梦中恍然惊觉，炉寒香尽，枕冷衾寒。词不写情之难堪，只写醒时神态。"瑞脑香消魂梦断，辟寒金小髻鬟松"两句则是进一步描绘女主人公辗转不寐的绵绵愁思。句中的"小""松"是一对形容词，鬟越松，钗越小，大大增强了表现力，它使读者通过头饰的描写，不仅看到人物的情态，而且体察到人物的内心世界。笔墨凝练、生动深刻，令人叹服。香已消，魂梦断，可见夜之漫长而梦寐难成。结句"醒时空对烛花红"点题，将女主人公的满怀愁绪以景物映衬而出，景语实为情语。

　　全词含蓄蕴藉，颇得婉约之妙。清人王士禛说"婉约以易安为宗"（《花草蒙拾》）。

### 【诗句扩展】

半壁见海日，空中闻天鸡。——唐·李白《梦游天姥吟留别》

晴空一鹤排云上，便引诗情到碧霄。——唐·刘禹锡《秋词》

空山松子落，幽人应未眠。——唐·韦应物《秋夜寄丘员外》

凤凰台上凤凰游，凤去台空江自流。——唐·李白《登金陵凤凰台》

崔嵬枝干郊原古，窈窕丹青户牖空。——唐·杜甫《古柏行》

莫见长安行乐处，空令岁月易蹉跎。——唐·李颀《送魏万之京》

空山不见人，但闻人语响。——唐·王维《鹿柴》

自顾无长策，空知返旧林。——唐·王维《酬张少府》

空怜上林雁，朝夕待春还。——唐·宋之问《登北固山》

长泊起秋色，空江涵雾晖。——唐·刘禹锡《秋江晚泊》

空林细雨至，圆文遍水生。——唐·韦应物《西涧即事示卢陟》

水天空阔，恨东风不借、世间英物。——宋·邓剡《酹江月·驿中言别友人》

此恨平分取，更无言语空相觑。——宋·毛滂《惜分飞·泪湿阑干花著露》

怀旧空吟闻笛赋，到乡翻似烂柯人。——唐·刘禹锡《酬乐天扬州初逢席上见赠》

空闻虎旅传宵柝，无复鸡人报晓筹。——唐·李商隐《马嵬》

不见明居士，空山但寂寥。——唐·皮日休《游栖霞寺》

鲈鱼正美不归去，空戴南冠学楚囚。——唐·赵嘏《长安秋望》

莫言下岭便无难，赚得行人空喜欢。——宋·杨万里《过松源晨炊漆公店》

故人闻道歌围暖，妙语空传醉墨香。——宋·朱熹《次韵雪后书事二首》

金鸡叫罢无人见，月满空山水满潭。——宋·朱熹《九曲棹歌》

# 星

## 少年子　唐·李白

【原文】

青云少年子①，挟弹章台左②。

鞍马四边开③，突如流星过。

金丸落飞鸟④，夜入琼楼卧⑤。

夷齐是何人⑥，独守西山饿。

【注释】

①青云：比喻显要的地位。亦比喻官高爵显。少年子：古时候称青年人为少年子。此指纨绔子弟。

②挟弹：纨绔子弟带着弹弓在大街上游玩。章台：汉朝时长安街的名。

③"鞍马"句：喻纨绔子弟的仆从之多。

④金丸：用金子做的放在弹弓上的丸子。

⑤琼楼：华丽高贵的住所。

⑥夷齐：这里指伯夷和叔齐，为商代孤竹君的两个儿子。其父留下遗命，立叔齐为嗣，叔齐让给伯夷，伯夷以父命不受，两人共逃至周。武王伐纣，伯夷叔齐叩马而谏。武王灭纣后，二人耻食周朝的粮谷，逃至首阳山，采薇而食，直至饿死山中。后来成为贤人的典型。

【译文】

来到京都，看到一帮年轻的纨绔子弟，带着弹弓在长安街一侧的章台弹射。

又看到这些纨绔子弟的鞍马四蹄奔腾，像是流星般呼啸而过，简直旁若无人。

白天用金子做的子弹射落飞鸟，晚上醉卧在华丽精美的楼阁中。

他们哪里知道伯夷和叔齐是谁呢？更不知他们二人为什么要在那首阳山里忍饥受冻。

**【赏析】**

盛唐时期，李白游历于京都，目睹当时京城一些纨绔子弟骄纵恣意、放荡不羁的生活现象，看出了社会的糜烂与腐败，心生厌恶与痛恨，于是写下了这首具有讽刺格调的《少年子》一诗。

诗中以伯夷、叔齐的高尚情操，与纨绔子弟的放浪不羁、不守德行相对比，达到了极其强烈的讽刺意味。首联写富贵子弟骄纵恣意，不务正业，不守德行，影射上层社会的糜烂与矛盾。颔联写这帮公子哥们跨马浮游，横冲直撞，旁若无人的野性。颈联讲述纨绔子弟早上打猎骑射，晚上睡在奢华的屋内，享受人间富贵。尾联描写伯夷、叔齐二人的悲苦生活，与前面形成鲜明强烈的对比，意味十足。"独守"二字道出了伯夷、叔齐二人和纨绔子弟的反差，也写出了诗人对当时京城子弟豪奢现象的不屑。从二者之间的对比，可以看出诗人对伯夷、叔齐二人的钦佩。

概括来说，本诗描写了诗人对两种不同生活现象的看法，并通过对比，形象生动地表达了诗人的内心情怀与想法。


# 旅夜书怀① 唐·杜甫

**【原文】**

细草微风岸，危樯独夜舟②。

星垂平野阔③，月涌大江流④。

名岂文章著⑤，官因老病休⑥。

飘飘何所似⑦，天地一沙鸥⑧。

**【注释】**

①书怀：书写胸中意绪。

②危樯（wēi qiáng）：船上高高的桅杆。

③星垂：远处繁星垂挂。

④月涌：月光入水，光涌奔流。

⑤文章著：因文章而著名。

⑥官应老病休：休官是因为年老多病而被罢退。

⑦飘飘：飘零，漂泊。

⑧沙鸥：水鸟，作者自喻。

**【译文】**

微风吹拂着江边的小草，那立着高高桅杆的小船独自停泊在夜色里。

繁星垂挂天边，原野苍茫宽阔，月光随着碧波涌动，大江滚滚东流。

我难道是因为写文章而扬名天下的吗？又因为是年老多病而休官归田的吗？

自己漂泊的生涯像什么呢？就好像是天地间一只孤零零的沙鸥。

**【赏析】**

唐代宗永泰元年（765）正月，杜甫辞去节度参谋职务，回到了成都的草堂居住。这一年的四月，友人严武去世，杜甫在成都失去了赖以存身的依靠，不得已，杜甫决意离蜀东下，带着家人离开成都草堂。九月，到了云安县（今四川云阳县）暂住下来。这首诗大约是他乘船经过渝州（今重庆）、忠州（今重庆忠县）一带时所写。

诗的首联寓情于景，描写江岸细草，孤舟停泊夜色的近景，切合自身寂寞的境况。

颔联写远景，明星低垂，平野广阔，月随波涌，大江东流，其景象雄浑阔大，这是以乐景写哀情。颈联述说自己心中的不平，意思是自己的一点声名竟是因为文章而著，这并不是自己的心愿；尽管的确已年老多病，但休官的原因也并非因为这些，而是由于受到排挤，可谓立意含蓄。尾联二句，说自己飘然

63

一身像是什么呢？就好像是广阔天地间的一只沙鸥罢了，诗人借景自喻，以抒心中的悲怀。

全诗情景交融，景中有情。既写旅途风情，更感伤老年多病、漂泊无依的心境。字字是泪，句句含情，声声哀叹，感人至深。

# 西江月·夜行黄沙道中　宋·辛弃疾

**【原文】**

明月别枝惊鹊①，清风半夜鸣蝉②。稻花香里说丰年，听取蛙声一片③。

七八个星天外④，两三点雨山前。旧时茅店社林边⑤，路转溪桥忽见。

**【注释】**

①别枝惊鹊：惊动喜鹊飞离树枝。

②鸣蝉：蝉叫声。

③听取：听着，听到。

④天外：天的远处。

⑤茅店：茅草盖的乡村客店。社林：土地庙边的树林。

**【译文】**

皎洁的月光升到了树梢的上空，惊醒了栖息在枝头的喜鹊，夜半时分，清凉的晚风仿佛吹来了远处的蝉叫声。在稻花芬芳的香气里，耳边传来一阵阵青蛙的叫声，好像是在说着丰收的好光景。

天空中轻云漂浮，稀疏的星星忽明忽暗，时隐时现，山前下起了淅淅沥沥的小雨，我急忙快步走向小桥方向去躲雨。可是，往日土地庙附近树林旁的茅屋小店哪里去了呢？拐弯转过溪流上的小桥，那个茅店忽然出现在了眼前。

**【赏析】**

宋孝宗淳熙八年（1181），辛弃疾因受奸臣排挤，被罢官，他回到上饶居住，并在此生活了近十五年。在此期间，他留下了不少词作。这首词便是他中年时代经过江西上饶黄沙岭道时写下的一首词。

此词着意描写黄沙岭的夜景：明月清风，疏星稀雨，鹊惊蝉鸣，稻花飘香，蛙声一片。全词从视觉、听觉和嗅觉三方面抒写夏夜山村的风光，表现词人对丰收在望及与人民同呼吸的喜悦心情与深厚感情。

全词笔调轻快，情景交融，优美如画，恬静自然，不愧为宋词中以农村生活为题材的佳作。

# 过零丁洋①　宋·文天祥

【原文】

辛苦遭逢起一经②，干戈寥落四周星③。

山河破碎风飘絮④，身世浮沉雨打萍⑤。

惶恐滩头说惶恐⑥，零丁洋里叹零丁⑦。

人生自古谁无死？留取丹心照汗青⑧。

【注释】

①零丁洋：即"伶仃洋"。现在广东省珠江口外。1278年底，文天祥率军在广东五坡岭与元军激战，兵败被俘，囚禁船上曾经过零丁洋。

②遭逢：遭遇。起一经：因为精通一种经书，通过科举考试而被朝廷起用做官。文天祥二十岁考中状元。

③干戈：指抗元战争。寥（liáo）落：荒凉冷落。四周星：四周年。文天祥从1275年起兵抗元，到1278年被俘，一共四年。

④絮：柳絮。

⑤萍：浮萍。

⑥惶恐滩：在今江西省万安县，是赣江中的险滩。1277年，文天祥在江西被元军打败，所率军队死伤惨重，妻子儿女也被元军俘虏。他经惶恐滩撤到福建。

⑦零丁：孤苦无依的样子。

⑧丹心：红心，比喻忠心。汗青：汗竹，史册。古代用简写字，先用火烤

干其中的水分，干后易写而且不受虫蛀，所以称汗青。

**【译文】**

回想早年历尽辛苦而通过科举入仕，如今战火接近尾声已有四年。

破碎的山河犹如风中的柳絮，动荡不安的一生就像雨打浮萍。

曾经惶恐滩的惨败至今让我忧虑，而今身陷元房途经零丁洋怎不叹息孤苦零丁。

人生自古都难免一死？只愿留下丹心一片映照史册。

**【赏析】**

这首诗为文天祥的代表作之一。南宋末年，文天祥在潮州与元军作战，被俘，途经零丁洋时，元军逼迫他招降坚守崖山的宋军，他写下了这首诗。诗人以诗明志，表现出视死如归的高风亮节和大义凛然的英雄气概。

首联"辛苦遭逢起一经，干戈寥落四周星"，此时的文天祥身陷敌营，面对山河破碎局势和敌人对自己的威逼利诱，自己平生的理想抱负更是难以实现。此情此景，感触万端。开头两句写得大气包举，感情沉深，境界阔大。首联的内容是回顾身世，意在暗示自己久经磨炼，对一切困难无所畏惧，以及国势维艰，由此把个人与国家的命运紧密相连在一起，作者的一片苦心，一片忠心，

便明白可鉴了。"干戈寥落"意指高举义旗、起兵勤王的人寥寥无几。这里更显出文天祥的忠心和对局势的痛心。

颔联承上而来，依旧从国家与个人两方面入手来抒发感慨。"山河破碎"是指当时的国家败亡的情形。此时宋王朝实际上已经名存实亡了，恭宗赵㬎（xiǎn）被俘，文天祥、张世杰等人拥立的端宗赵昰（shì）于逃难中惊悸而死，陆秀夫复立的八岁的卫王赵昺（bǐng）建行宫于崖山，各处流亡，居无定所。此时的文天祥，壮志难酬，身陷敌手，如无根之萍，任凭凄风苦雨的吹打，更加上家破人亡，老母被俘，妻妾被囚，因此，以"身世浮沉"来概述自己一生的经历和此时的遭遇。而"风飘絮"和"雨打萍"，更形象贴切地描绘了国家行将败亡时的情景，以及对自己一生经历遭遇和情感的概括。

颈联继续追述今昔不同的处境和心情，昔日惶恐滩边，忧国忧民，诚惶诚恐；今天零丁洋上孤独一人，自叹伶仃。惶恐滩，原名黄公滩，是赣江十八滩之一，在今江西省万安县境内赣江中，文天祥起兵勤王时曾路过这里。零丁洋在今广东省珠江15里外的崖山外面，现名伶仃洋，文天祥兵败被俘，押送路过此地。前者为追忆，后者乃当前实况，两者均亲身经历。一身为战将，一为阶下囚。故作战将，面对强大敌人，恐不能完成守土复国的使命，惶恐不安。而作为阶下囚，孤苦伶仃，只有一人。这里"风飘絮""雨打萍""惶恐滩""零丁洋"都是眼前景物，信手拈来，对仗工整，语出自然，而形象生动，流露出一腔悲愤和血泪。

诗的前部分写国家和个人遭遇之悲惨，尾联一笔宕开，思绪回到眼前，直抒胸臆，表述自己坚定的爱国之心和舍生取义的崇高气节。出语斩截有力，壮怀激烈，豪气干云，是诗人用自己的鲜血和生命谱写的一曲理想人生的赞歌。它曾鼓舞过无数仁人志士为正义、为理想、为事业而英勇献身的奋斗精神。至今读来，依然令人感动，由此成为传诵千古的名句。

全诗的格调沉郁悲壮，豪情激荡，气贯长虹，诚为一首惊天地、泣鬼神的伟大爱国主义诗篇。

# 鹊桥仙·纤云弄巧　宋·秦观

**【原文】**

纤云弄巧，飞星传恨，银汉迢迢暗度①。金风玉露一相逢②，便胜却人间无数。

柔情似水，佳期如梦，忍顾鹊桥归路③。两情若是久长时，又岂在朝朝暮暮。

**【注释】**

①纤云弄巧：一缕缕的云彩作弄出许多花巧。比喻织女织造精巧，也暗示这是乞巧节。飞星传恨：说牛郎、织女流露出终年不得见面的离恨。银汉：天河。

②金风玉露：秋风白露。

③忍顾：表示不忍分别之意。顾：回头看。

**【译文】**

纤薄的云彩在天空中变幻多端，天上的流星传递着相思的愁怨，遥远无垠的银河今夜我悄悄渡过。在秋风白露的七夕相会，就胜过尘世间那些长相厮守却貌合神离的夫妻。

共诉相思，柔情似水，短暂的相会如梦如幻，分别之时不忍去看那鹊桥路。只要两情至死不渝，又何必贪求卿卿我我的朝欢暮乐呢。

**【赏析】**

秦观（1049—1100），字太虚、少游，号淮海居士，扬州高邮（今江苏高邮市）人，北宋婉约派词人，被尊为婉约派一代词宗。而该词又可说是秦词中的代表作。

这首词描写牵牛、织女的爱情，真挚、细腻、纯洁、坚贞，赋予这对仙侣浓郁的人情味。七月七日，传说是牛郎织女相会天河鹊桥之日，也几乎成了古老中国的一个"情人节"。此词正是作者七夕仰观星空时的所见所思。

上片前三句，从不断飘动变化的纤薄秋云，联想起织女灵活的双手，美丽的织锦；从不停闪烁的织女、牵牛两星，感受到蕴含的无限怅恨。之后，笔锋一转，放下分离的千愁万恨，反而认为这"一相逢"能胜过人间的不分离，为下片的描述作了过渡。词人巧妙地将李商隐的诗句"由来碧落银河畔，可是金风玉露时"化入自己的词中，新意迭出，不露痕迹。

下片作者对两星相会于鹊桥的情景展开想象：他俩情意绵绵、互诉衷曲，真是银汉迢迢、两心悠悠；而七夕佳期，瞬息即逝，如同梦幻泡影一般，转眼将别，鹊儿行将远飞，归路就要断绝，匆匆话别的爱人，都不忍回顾那踽踽独自返归的身影。在词的结尾，词人终于发出了这首词的最强音，揭示了爱情的真谛。词人的议论感慨甚是符合人们内心对纯洁爱情的渴望和追求，与读者产生了强烈的共鸣。这两句感情色彩饱满的议论，与词的前文紧密呼应，叙事议论相间无碍，造就了整首词连绵起伏的情致。

全词景中有情，情中有景，文心起伏，哀乐交进，令人读来荡气回肠。


# 贺新郎·送胡邦衡待制赴新州① 宋·张元干

**【原文】**

梦绕神州路②。怅秋风、连营画角，故宫离黍③。底事昆仑倾砥柱，九地黄流乱注④。聚万落千村狐兔⑤。天意从来高难问，况人情老易悲难诉⑥！更南浦，送君去⑦。

凉生岸柳催残暑。耿斜河、疏星淡月，断云微度⑧。万里江山知何处？回首对床夜语。雁不到，书成谁与？目尽青天怀今古，肯儿曹恩怨相尔汝⑨？举大白，听金缕⑩。

**【注释】**

①胡邦衡：胡铨，字邦衡，宋高宗朝进士，曾任枢密院编修官，是南宋初期坚持抗金的著名爱国人士。待制：朝廷顾问官。胡铨于多年后才任此职，这

里的"待制"二字恐为后人所加。新州：今广东新兴。词题又作《送胡邦衡谪新州》。

②神州：此处指中原沦陷地区。

③画角：古管乐器。传自西羌。形如竹筒，本细末大，以竹木或皮革等制成，因表面有彩绘，故称。故宫：指北宋故都汴京的宫殿。离黍：表达亡国之悲。语出《诗经·王风·黍离》"彼黍离离"，诗句描写周平王东迁后，西周故都荒凉，宫殿旧址长满庄稼，表现亡国的感慨。

④底事：何事。昆仑：昆仑山。砥柱：砥柱山，在黄河中。倾砥柱，比喻北宋政权的崩溃。九地：九州之地，即指遍地。黄流乱注：以黄河泛滥成灾比喻金人的入侵。

⑤狐兔：比喻金兵。

⑥此句化用杜甫《暮春江陵送马大卿公恩命追赴阙下》"天意高难问，人情老易悲"意，暗指帝心难测。

⑦南浦：泛指送别之地。

⑧耿：明亮。斜河：银河斜转，表示已经夜深。

⑨肯：岂肯。儿曹：小儿女辈。尔汝：指以你我相称。

⑩大白：酒盏名。金缕：即指《贺新郎》词。《贺新郎》也称《金缕曲》《金缕词》《金缕歌》《金缕衣》。

**【译文】**

梦魂经常萦绕着未光复的祖国中原之路。在金秋萧萧的风声中，一方面，号角之声连绵不断；另一方面，想起故都汴州，已是禾黍稀疏，一片荒凉，真是令人惆怅！为何如昆仑天柱般的黄河中流之砥柱，竟然崩溃，以致泛滥成灾，使中原人民遭受痛苦，流离失所？又因何使衣冠礼乐的文明乐土，变成狐兔盘踞横行之地。杜甫句云："天意高难问，人情老易悲。"从来是天高难问其意。如今我与君都老了，也容易产生悲情，可这悲情能向谁倾诉呢？只能在南浦这儿默默地送你离去。

伫立江边眺望，不忍离去。凉风从岸边烟柳丛里吹来，驱散了残余的暑气。在横斜的银河里，散布着稀疏的星星，还有月亮发出的幽幽清光，也有少许云彩在轻轻地飘动。江山万里，不知道你今后会流落到何处？回忆过去与君对床夜语，纵情畅谈，可惜的是这情景已不可再得了。俗话说雁断衡阳，君去的地方连大雁也难以飞到，写成了书信又有谁可以托付？我辈都是眼界和胸襟高阔之人，在这告别之时，放眼的是整个天下，关注的是古今大事，岂肯像孩子一样只顾说个人恩怨呢？请举酒满饮一杯，听我唱一支《金缕曲》，为你壮行送别吧。

### 【赏析】

张元干（1091—约1161），字仲宗，号芦川居士、真隐山人，晚年自称芦川老隐。芦川永福人（今福建永泰嵩口镇月洲村人）。他与张孝祥一起号称南宋初期"词坛双璧"。

这首词作于宋高宗绍兴十二年（1142）。枢密院编修胡铨遭受秦桧等人迫害，除名押送新州（今广东新兴县）编管。当时张元干寓居三山（今福州市），不顾个人安危，写了这首词送给他，并与之饯别。这不仅表现了作者刚正不屈、坚持正义的斗争精神，而且词中通过独特的艺术构思，抒发作者的"抑塞磊落之气"，构成了沉郁悲壮的词风。张元干后因此词而被捕下狱，并被削职为民。

此词上片述时事。"梦绕神州路"四句为第一层，写中原沦陷的惨状；"底事昆仑倾砥柱"三句为第二层，严词质问悲剧产生的根源；"天意从来高难问"至"送君去"为第三层，感慨时事，点明送别。词人以黄流、狐兔比喻入侵的金人，形象地表现了金人入侵给神州大地造成的沉重灾难，字里行间充满了对侵略者的痛恨和对投降派的憎恶。宋朝的臣民、中原的百姓为何要遭此劫难？可是上苍高远，天意难以追究；人生如白驹过隙，容易衰老，一腔悲愤又很难找到知己倾诉，更何况在南浦送别友人，这岂不让我又少了一个可以诉说悲愤的知己？上片以怀念故国起，继而描写中原沦陷的惨状，抒发了对时事的悲愤，结尾处点出送别，由此过渡至下片。

下片叙别情。"凉生岸柳催残暑"至"断云微度"为第一层，状别时景物；"万里江山知何处"至"书成谁与"为第二层，设想别后之心情；"目尽青天怀今古"至最后为第三层，遣愁致送别意。词人极目青天，感怀今古，低沉的心绪于此获得解脱，他劝慰友人：自然无限，历史悠悠，多少志士仁人临大节而不辱、赴刀锯而不辞，我们岂能像小人物那样为个人恩怨荣辱而悲伤？请举起酒杯，听我为你歌一曲送别的《金缕词》，让我们就这样豪迈地分手！

全词感情慷慨激昂，悲壮沉郁，抒情曲折，表意含蓄，为张元干词的压卷之作。

**【诗句扩展】**

月明星稀，乌鹊南飞。——三国魏·曹操《短歌行》

星汉灿烂，若出其里。——三国魏·曹操《观沧海》

危楼高百尺，手可摘星辰。——唐·李白《夜宿山寺》

侬作北辰星，千年无转移。——南朝民歌《子夜歌》

迟迟钟鼓初长夜，耿耿星河欲曙天。——唐·白居易《长恨歌》

灯火万家城四畔，星河一道水中央。——唐·白居易《江楼夕望招客》

云母屏风烛影深，长河渐落晓星沉。——唐·李商隐《嫦娥》

天阶夜色凉如水，卧看牵牛织女星。——唐·杜牧《秋夕》

醉后不知天在水，满船清梦压星河。——唐·唐温如《题龙阳县青草湖》

春山烟欲收，天淡星稀小。——唐·牛希济《生查子·春山烟欲收》

迢迢牵牛星，皎皎河汉女。——汉·古诗十九首《迢迢牵牛星》

淡月疏星绕建章，仙风吹下御炉香。——宋·苏轼《上元侍宴》

东风夜放花千树，更吹落，星如雨。——宋·辛弃疾《青玉案·元夕》

梦入蓝桥，几点疏星映朱户。——宋·吴文英《荔枝香近·七夕》

愿我如星君如月，夜夜流光相皎洁。——宋·范成大《车遥遥篇》

微微风簇浪，散作满河星。——清·查慎行《舟夜书所见》

高梧百尺夜苍苍，乱扫秋星落晓霜。——清·郑燮《咏梧桐》

# 月

## 枫桥夜泊① 唐·张继

【原文】

月落乌啼霜满天②，江枫渔火对愁眠③。

姑苏城外寒山寺④，夜半钟声到客船⑤。

【注释】

①枫桥：《大清一统志·苏州府》："枫桥在阊阖门外西九里。"今苏州西有枫桥镇，即此。其地有桥名枫桥，故名。

②乌啼：乌鸦哀鸣。霜满天：霜花布满天空。

③江枫：江边枫树。对愁眠：谓自己之客愁郁闷，面对渔火而难于入睡。

④姑苏：苏州别名，因城西南有姑苏山而得名。寒山寺：《大清一统志·苏州府》："寒山寺在吴县西十里枫桥，相传寒山、拾得（均唐初僧人）尝止此，故名，今尚存。"

⑤半：半夜。

【译文】

月已落山，乌鸦仍然在啼叫着，寒霜洒满夜空；望着江畔的枫树与船上的渔火，我满怀愁绪，难以入眠。

苏州城外那寂寞清静的寒山古寺，半夜里敲响的钟声传到了我乘坐的客船里。

【赏析】

张继（约715—约779），字懿孙，汉族，襄州人（今湖北襄阳人），为天宝十二年（753）进士。天宝十四年（755）一月爆发了安史之乱。因为当时江南政局比较安定，不少文士纷纷跑到今江苏、浙江一带躲避战乱，其中也包括张继。在一个秋天的夜晚，诗人泊舟苏州城外的枫桥。眼前江南水乡秋夜幽美的景色，吸引着这位怀着客旅之愁的游子，便写下了这首意境清远的诗作。

　　诗中作者以白描的笔法，细腻地刻画出了一个客船夜泊者对江南深秋夜景的观察和感受，抒发了一腔羁旅的愁怀。前两句以落月、啼乌、满天霜、江枫、渔火等密集的意象，刻画出一幅清冷的夜江图，传达给读者一种莫名的萧索感；后两句以寒山寺的悠悠钟声，烘托出夜的静谧和心绪的怅然，无形中将诗人的孤寂推到了极致，也将整首诗所营造的感情氛围推到了高潮。

　　全诗采用倒叙的写法，先写拂晓时景物，然后追忆昨夜的景色及夜半钟声，情景交融，精练含蓄，委婉传神，体现了诗人高超的艺术手法。一首《枫桥夜泊》使诗人名留千古，也使这首诗伴随着苏州城，伴随着寒山寺而传诵不衰。

## 闻王昌龄左迁龙标遥有此寄　唐·李白

**【原文】**

杨花落尽子规啼①，闻道龙标过五溪②。

我寄愁心与明月，随君直到夜郎西③。

**【注释】**

①杨花：即柳絮，漂泊无定。子规：即杜鹃鸟，相传啼声哀婉凄切。

②龙标：唐代县名，今湖南黔阳，唐时这里还是非常荒远的地方。诗中指王昌龄，古人常用官职或任官之地的州县名来称呼一个人。五溪：唐人所说的五溪指辰溪、西溪、巫溪、武溪、沅溪，当时属于黔中道，在今湖南西部和贵州东部。

③夜郎：汉代中国西南地区少数民族曾在今贵州西部、北部和云南东北部及四川南部部分地区建立过政权，称为夜郎。

【译文】

在杨花落完，子规啼鸣的时候，我听说您被贬为龙标尉，龙标地方偏远，要经过五溪。

我把忧愁的心思寄托给明月，希望能一直陪着你到夜郎以西。

【赏析】

此诗大约作于唐玄宗天宝十二年（753）。当时李白听说王昌龄从江宁丞被贬谪为龙标尉后所作。题中所说的左迁，在古代有尊右卑左之说，故意为贬低官职。

诗的前面两句写景并点明时令，通过眼中的杨花、子规融情入景，烘托出一种哀伤愁恻的气氛，并直叙其事，道出迁谪之地的荒远和道路的艰难，寄寓飘零之感和离别之恨。不着悲痛之语，而悲痛之意自见。后两句抒写诗人此时此地的情怀，要将自己的愁心寄与明月，随风飘到夜郎，同情和关切之心溢于言表。这里既有对老友遭遇的深刻忧虑，也有对当时现实的愤慨不平，有恳切的思念，也有热诚的关怀。

全诗感情深挚，意境高远，胸襟开阔，给人以奋发昂扬的感觉，表现了两人的深情厚谊。

# 大林寺桃花①　唐·白居易

【原文】

人间四月芳菲尽②，山寺桃花始盛开③。

长恨春归无觅处④，不知转入此中来⑤。

【注释】

①大林寺：在庐山大林峰，相传为晋代僧人昙诜所建，为中国佛教胜地之一。

②人间：指庐山下的平地村落。芳菲（fēi）：花草艳盛的阳春景色。菲：盛开的花，亦可泛指花。尽：指花凋谢了。

③山寺：指大林寺。始：才，刚刚。

④长恨：常常惋惜。春归：春天回去了。觅：寻找。

⑤不知：岂料，想不到。转：移动，迁徙。此中：这深山的寺庙里。

【译文】

人间四月里正是百花凋零殆尽的时候，但高山古寺中的桃花才刚刚盛开。

我常为春光逝去无处寻觅而怅恨，却不知道它已经转到了这里。

【赏析】

这首诗作于唐宪宗元和十二年（817）四月，当时白居易担任江州（今江西九江）司马。此诗只有短短的四句，却写得意境深邃，富于情趣。

诗的前两句讲四月末在山寺见到桃花的情景。诗人登山时春天已过，正是百花凋残、芳菲落尽的时候。但在高山古寺之中，竟看到了意想不到的春景：一片灼灼盛开的桃花。后两句表述诗人在山寺遇到春天的喜悦心情。以"长恨春归无觅处"句，点出在登临之前，诗人曾为春光的匆匆消逝而惆怅失望。所以当这始料未及的一片春景冲入眼帘时，顿时感到无比的惊异和欣喜。"芳菲

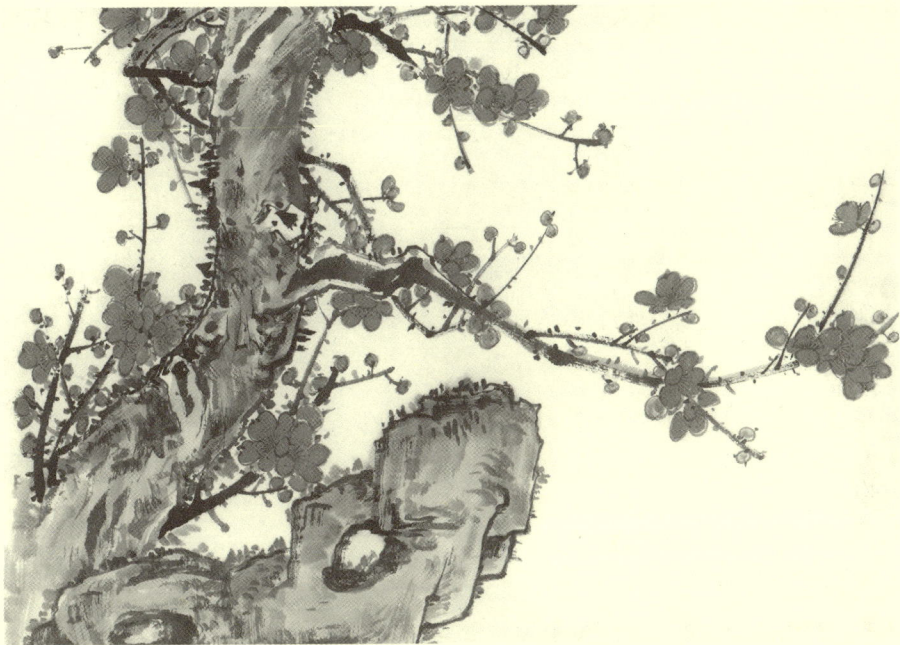

尽"与"始盛开",是在对比中遥相呼应的。它们字面上是记事写景,实际上也是在写感情和思绪上的跳跃。由一种愁绪满怀的叹逝之情,突变到心花怒放。而且在首句开头,诗人着意用了"人间"二字,意味着这一奇遇、这一胜景,给诗人带来一种特殊的感受,即仿佛从人间的现实世界,突然步入桃源仙境之中。

全诗虽只有短短的四句,但细细品读,就会发现这首平淡自然的小诗,写得意境深邃,别具一格,富于情趣,极好地表现了诗人对宁静、和谐、清新大自然的热爱之情,可谓唐人绝句诗中难得的珍品。

## 秋登兰山寄张五① 唐·孟浩然

【原文】

北山白云里②,隐者自怡悦③。

相望试登高④,心随雁飞灭。

愁因薄暮起,兴是清秋发⑤。

时见归村人,平沙渡头歇。

天边树若荠⑥,江畔洲如月。

何当载酒来,共醉重阳节。

【注释】

①兰山:一作"万山"。又称汉皋山、方山、蔓山,在今湖北襄阳市西北十里处。张五:一作"张子容",兄弟排行不对,张子容排行第八。有人怀疑张五为张八之误。

②北山:指张五隐居的山。北:一作"此"。

③隐者:指张五。

④相望:互相遥望。

⑤清秋:明净爽朗的秋天。

⑥荠(jì):野菜名,这里形容远望中天边树林的细小。

**【译文】**

北山岭上的白云起伏飘荡，我隐居在这里怡然享受这美景。

试着登上高山放眼纵目千里，心情如同天空鸿雁一样远去高飞。

忧愁往往是暮色时分引发的情绪，兴致往往是清秋招致的氛围。

在山上不断地望见回村的人们，走过沙滩时坐在渡口边休息。

远看天边的树林好像荠菜一样，俯视江畔的沙洲好比是一弯明月。

什么时候再备点酒在这里，重阳佳节时我们一起登高同醉。

**【赏析】**

这是作者秋登兰山寄给好友张五的一首诗。诗中围绕清秋季节登高来写，表达了对友人的思念之情。先写为望友人而登高，故"心随雁飞灭"。因薄暮时思念之"愁"和清秋之"兴"无法排遣，更因登高而望，只见"归村人"，而不见老朋友的踪影，所以要相邀重阳节携酒登高而醉。诗人怀故友而登高，望飞雁而孤寂，临薄暮而惆怅，处清秋而发兴，自然希望挚友到来一起共度佳节。全诗情随景生，以景烘情，情景交融，浑然一体，既描绘了登高远眺的美丽景色，又表达了对友人的思念之情。其中"天边树若荠，江畔洲如月"二句历来脍炙人口。《历代诗评注读本》曰："天边""江畔"两句，摹写物象，超然入神。

# 出塞　唐·王昌龄

**【原文】**

秦时明月汉时关①，万里长征人未还②。

但使龙城飞将在③，不教胡马度阴山④。

**【注释】**

①关：关塞。

②万里长征：指士兵远离家乡服兵役。

③但使：只要。龙城：即卢龙城，在今河北省喜峰口附近一带，为汉代右

北平郡所在地。飞将：指汉武帝时镇守边疆的名将李广。

④阴山：在今内蒙古自治区中部，是我国古代北方的天然屏障。

**【译文】**

依旧是秦时的明月和边关，万里出征的将士们仍未归还。

倘若汉代的飞将军李广还在，决不会让敌人的军队踏过阴山。

**【赏析】**

这是一首著名的边塞诗，为诗人早年赴西域时所作。曾被明代诗人李攀龙推许为唐人七绝的"压卷之作"。诗人通过对历史的回顾和对汉将李广的怀念，讽刺了当时将领的无能，表达了诗人希望任用贤才，早日平息边塞战事，维护国家安定统一的愿望。

开篇两句"秦时明月汉时关，万里长征人未还"描述了明月依旧，边关依旧，而出征万里的将士却踪影难寻，永远长眠在了异乡的情形，在深沉的感慨中暗示当时边防多事，表明诗人对久戍士卒的深切同情。"秦月"和"汉关"互相对仗，跨越千古，自有一股雄浑苍凉之气充溢全篇。继而诗人由士卒不能生还的悲剧写到对"龙城飞将"的期望，融抒情与议论为一体，直接抒发戍边将士巩固边防的愿望和保卫国家的壮志，洋溢着爱国激情和民族自豪感。写得气势豪迈，掷地有声！同时这两句诗也带讽刺，表现了诗人对朝廷用人不当和将帅无能的不满。

全诗为我们描绘了一幅边塞风情画，诗人从千年之前、万里以外落笔，将历史与现实紧紧地联系在一起，显得悲壮但不凄凉，慷慨而不浅露，深沉含蓄，耐人寻味。


# 相见欢·无言独上西楼　唐·李煜

**【原文】**

无言独上西楼。月如钩。寂寞梧桐深院锁清秋①。

剪不断，理还乱②，是离愁。别是一般滋味在心头③。

**【注释】**

①锁清秋：把秋天锁在深院。清秋：明净爽朗的秋天。

②理：整理。

③别是一般：另是一种。滋味：这里指从帝王到阶下之囚的突变的感受。

**【译文】**

在无言中，一个人独上西楼。月形如钩，载满梧桐的寂寞的深院，锁住了明净爽朗的秋天。

无法剪断，又不能理清愁绪，又另外有一种滋味在心头上活动。

**【赏析】**

《相见欢》，词牌名，原为唐教坊曲，又名《乌夜啼》。这首词在不同的版本里，题名或作"离怀"，或作"秋闺"。这首词是李后主亡国被俘后，深院囚居之时，写秋夜愁思、别情难以排解的凄婉心情，抒发他沉痛的亡国之恨和对故国的依恋。

诗的上片起笔"无言"活画出词人的愁苦神态，"独上西楼"，勾勒出作者踽踽独行的孤孑身影，也透露出李煜的愁恨满怀。接着"月如钩"，是后主抬头仰望，看到夜空中这新月如钩，勾起更加凄婉的内心情感，这不仅写出月形，表明时令，而且意味深长地见证了人世间的阴晴圆缺和悲欢离合。后面"寂寞"一句，为低头所想，把秋天锁在深院。"寂寞"和"锁"字眼也透露出他的愁恨，情寓景中。实际上，深院锁住的不只是梧桐和清秋，还有向往自由的李煜自己。下片直抒胸臆，明说离愁。词人把离愁比作乱丝，既剪不断，又理不清。可见愁恨的幽深绵长。这里所说的离愁，指的是亡国之愁。所以结句说"别是一般滋味"，指身为一代帝王却沦为阶下囚的特殊感受。

沈际飞在《草堂诗余续集》中评价说："七情所至，浅尝者说破，深尝者说不破。破之浅，不破之深。'别是一般滋味在心头'句妙。"

**【诗句扩展】**

残月秣陵砧，不传消息但传情。——唐·李璟《望远行·玉砌花光锦绣明》

思君如满月，夜夜减清辉。——唐·张九龄《赋得自君之出矣》

送君还旧府，明月满前川。——唐·杨炯《夜送赵纵》

独出门前望野田，月明荞麦花如雪。——唐·白居易《村夜》

眷西谓初月，顾东疑落日。——南北朝·谢灵运《登永嘉绿嶂山》

湖光秋月两相和，潭面无风镜未磨。——唐·刘禹锡《望洞庭》

萤飞秋窗满，月度霜闺迟。——唐·李白《塞下曲六首》

暮从碧山下，山月随人归。——唐·李白《下终南山过斛斯山人宿置酒》

阶下青苔与红树，雨中寥落月中愁。——唐·李商隐《端居》

城头月没霜如水，趢趢踏沙人似鬼。——唐·张祜《雁门太守行》

卷帘残月影，高枕远江声。——唐·杜甫《客夜》

舞低杨柳楼心月，歌尽桃花扇底风。——宋·晏几道《鹧鸪天·彩袖殷勤捧玉钟》

春风又绿江南岸，明月何时照我还？——宋·王安石《泊船瓜洲》

笙歌散后酒初醒，深院月斜人静。——宋·司马光《西江月·宝髻松松挽就》

安稳锦屏今夜梦，月明好渡江湖。——宋·晁冲之《临江仙·忆昔西池池上饮》

淡月疏星绕建章，仙风吹下御炉香。——宋·苏轼《上元侍宴》

朱栏倚遍黄昏后，廊上月华如昼。——宋·张耒《秋蕊香·帘幕疏疏风透》

浅拂朱铅，春风二月梢头。——宋·王沂孙《声声慢·迎门高髻》

东风柳陌长，闭月花房小。——宋·贺铸《绿罗裙·东风柳陌长》

# 天

## 登幽州台歌① 唐·陈子昂

【原文】

前不见古人②，后不见来者③。

念天地之悠悠④，独怆然而涕下⑤！

【注释】

①幽州台：即蓟北楼，又名蓟丘、燕台，亦即传说中燕昭王为求贤而筑的黄金台。幽州：唐时幽州州治蓟是古代燕国的国都，在今北京市西南。

②古人：指古代的明君贤士，指燕昭王、乐毅等。

③来者：指后世的明君贤士。

④悠悠：长远，无穷无尽。

⑤怆（chuàng）然：伤感的样子。

【译文】

往前没见到招贤的圣君，向后看不到求才若渴的明君。

只有那苍茫天地悠悠无限，感伤中不觉流下悲伤的眼泪。

【赏析】

陈子昂（659—700），字伯玉，梓州射洪（今四川省射洪县）人。因为陈子昂曾任右拾遗，所以后世也称其为"陈拾遗"。

万岁通天元年（696），契丹攻陷了营州，武则天派武攸宜征讨契丹，命陈子昂为右拾遗参谋军事。武攸宜不懂军事，接连打了几次败仗，陈子昂提了很多计策建议，却不被采纳，眼看着报国的良策无法实现，诗人内心十分苦闷。

一天，诗人登上了幽州台，想起了战国时广招天下贤才的燕昭王，百感交集，悲愤之极，写下了此诗。

开头二句发出了"前不见古人，后不见来者"的慨叹，表达了心中无限抑郁和悲凉。后面二句写登楼眺望及诗人孤单寂寞、悲哀苦闷的情绪。全诗大意是说，像从前燕昭王那样爱纳贤才的贤君，我没见到，今后或许会出现的明君，我如今也见不着；眼前唯见空旷的天宇和原野。诗人俯仰古今，深感人生短暂，宇宙无限，不觉中潸然泪下。这是诗人空怀报国之心而不得施展的呐喊。细细读来，悲壮苍凉之气油然而生。

全诗语言苍劲奔放，并运用而长短不齐的句法，抑扬变化的音节，更增添了艺术感染力，因而成为历代传诵的名篇。

## 宿建德江① 唐·孟浩然

【原文】

移舟泊烟渚②，日暮客愁新③。
野旷天低树④，江清月近人⑤。

【注释】

①建德江：浙江上游的一段，因在建德境内，故称。
②移舟：划动小船。烟渚：江中雾气笼罩的小沙洲。
③客：指作者自己。愁：想念故乡的忧思。
④野：原野。旷：空阔远大。
⑤月近人：水中倒映的月亮好像来靠近人。

【译文】

把船停泊在烟雾弥漫的小洲旁，暮色之中乡愁又涌上客子心头。

原野无边无际，远处的天空显得比近处的树林还要低，水中倒映的月亮好像更加与人相亲相近。

**【赏析】**

玄宗开元十八年（730），孟浩然离开家离乡赶赴洛阳，后又到吴越一带漫游，借以排遣仕途不得志的郁闷，此诗当为漫游吴越时所写。这是一首刻画秋江暮色的小诗，抒写了离家在外思念家乡之情。首句写小船停靠在江中的一个烟雾朦胧的小洲边，这既是点题，也是为下文的写景抒情作铺垫。次句写羁旅之愁蓦然而生。第三句写苍茫的暮色下，旷野无垠，放眼望去，远处的天空显得比近处的树木还要低，"低"和"旷"是相互依存、相互映衬。末句写夜已降临，天空的明月，倒映在澄清的江水中，和船上的人是那么近，"近"和"清"也是相互依存、相互映衬的。这种极富特色的景物或意境，只有人在舟中才能领略得到的。

全诗朴素自然，情景相生，具有一种风韵天成、淡中有味、含而不露的艺术美。

# 望天门山① 唐·李白

**【原文】**

天门中断楚江开②，碧水东流至此回③。

两岸青山相对出④，孤帆一片日边来⑤。

**【注释】**

①天门山：在今安徽当涂西南长江两岸，东名博望山，西名梁山。两山夹江而立，形似天门，故得名。

②楚江：流经湖北宜昌至安徽芜湖一带的长江。因该地古时属于楚国，所以诗人把流经这里的长江叫作楚江。

③回：转变方向。

④两岸青山：指博望山和梁山。出：突出，出现。

⑤日边来：指孤舟从天水相接处的远方驶来，好像来自天边。

**【译文】**

天门山从中间断裂，是如巨斧般的楚江把它劈开，滚滚江水东奔流到这里又回旋向北流去。

隔江两岸高耸的青山相峙而立，一叶孤舟从太阳升起的地方悠悠驶来。

**【赏析】**

该诗为开元十三年（725）李白初出巴蜀，乘船赴江东途中行至天门山时有感而作。诗中描写了诗人舟行江中溯流而上，远望天门山的情景。前二句写奔腾的江水穿过天门山，水势湍急、激荡回旋、不可阻遏的气势，给人惊心动魄之感。后二句写天门山夹江对峙之势和长江江面开阔的远景，不但逼真地表现了在舟行过程中所见天门山的特有姿态，而且寓含了舟中人的新鲜喜悦之感。

全诗意境开阔，气魄豪迈，音节和谐流畅，语言形象生动，那碧水澄澈，山色青青，白帆悠悠，红日喷薄，都给人以生机蓬勃的感觉。而这些色彩，与诗歌所表现的感情又都无比和谐，表现了这位气度超凡的诗人意气风发的豪放之情。

## 望庐山瀑布　唐·李白

**【原文】**

日照香炉生紫烟①，遥看瀑布挂前川②。

飞流直下三千尺③，疑是银河落九天④。

**【注释】**

①香炉：指香炉峰。紫烟：日光透过云雾，如紫色的烟云。川：此处指瀑布。

②遥看：从远处看。

③三千尺：这里是夸张的说法，形容山的高度。

④疑：怀疑。银河：古人指银河系构成的带状星群。九天：古人认为天有九重，九天是天的最高处。此句形容瀑布落差之大。

**【译文】**

阳光照耀下的香炉峰被紫色的云烟缭绕，远远看去瀑布像匹白练挂在山前。

那激越的水流从峭壁上一泻千尺，好像是苍穹之中的银河水从九天倾落下来。

**【赏析】**

关于这首诗的写作时间大致有两种说法：一般认为是开元十三年（725）前后李白第一次游览庐山时所作。这一年因他妻子思念父母等亲人，于是二人离开宣城，前往豫章，途经庐山暂住了数日。这期间李白观看瀑布后甚是喜爱，便即兴而作。也有人认为这是李白入长安以前所作。

这是一首写景之作。诗的首句写香炉峰在瀑布飞泻、丽日照耀下云烟缭绕之状。"香炉"是指庐山的香炉峰。此峰在庐山西北，形状尖圆，像座香炉。次句写瀑布像一条巨大的白练从悬崖直挂到前面的河流上。着一"挂"字，化动为静，惟妙惟肖地道出遥望中的瀑布。三句极为生动地描绘了瀑布喷涌而出、高空直落、势不可当的景象。结句想落天外，极尽夸张之笔，发出疑是银河从天而降的惊人魂魄之句。

全诗运用比喻、夸张和想象等艺术手法，形象地描绘了庐山瀑布雄奇的壮丽景色，表达了诗人对祖国大好河山的无限热爱之情，构思奇特精巧，语言简练明快，生动形象。

## 绝句　唐·杜甫

**【原文】**

两个黄鹂鸣翠柳①，一行白鹭上青天②。

窗含西岭千秋雪③，门泊东吴万里船④。

**【注释】**

①黄鹂：黄莺。

②一行白鹭：白鹭喜欢成群结队，飞行时会排成一行，故诗称"一行白鹭"。

③西岭：指四川成都西面的岷山。千秋雪：指岷山上千年不化的积雪。

④泊：停泊。东吴：指江苏、浙江一带，三国时为吴国的领地。

【译文】

两只黄莺在新绿的柳枝间欢叫着春天，一行白鹭在天空中飞翔。

由窗口向西南方向的岷山望去，那高耸的山峰之上覆盖着常年不化的积雪，门前不远处的码头，停泊着很多将驶向东吴这遥远之地的船只。

【赏析】

公元755年，爆发"安史之乱"，杜甫一度避往梓州。在叛乱得以平定的第二年，也就是唐代宗广德二年（764），杜甫回到了成都草堂。当时，他的心情不错，面对眼前生机盎然的景象，情不自禁，写下了这首即景小诗。全诗由两联工整的对偶句组成，生动地描绘了浣花溪畔草堂附近的优美景色。

诗的首句写两只黄鹂在柳树上鸣叫，次句写白鹭在天空中飞翔，诗人以"黄鹂"衬"翠柳"，以"白鹭"衬"青天"，色彩鲜明，衬托出早春的生机初发的气息，且二者一远一近，一高一低，配合得十分完美。三、四句写诗人凭窗远眺，从屋中望到的门窗外的景色，一个"含"字，使雪岭似乎成为一幅画，镶嵌定格在冬冻过的窗棂中，格外传神，一个"泊"字将发往东吴的船只定格在画面中，抒发了诗人

内心意欲远游的情怀。

诗的一开始写草堂的春色，诗人的情绪是欢快的，而随着视线的游移、景物的转换，江船的出现，便触动了他的乡情。四句富有独立画面的景语，完整表现了诗人这种复杂细致的内心思想活动。

全诗以赋的方法写作，浑然天成，而又恰到好处，不露痕迹。把读者由眼前景观引向广远的空间和悠长的时间长河中，并引入对历史和人生的哲思理趣之中。

# 同李十一醉忆元九① 唐·白居易

**【原文】**

花时同醉破春愁②，醉折花枝作酒筹③。

忽忆故人天际去④，计程今日到梁州⑤。

**【注释】**

①李十一：即李建，字杓直。元九：即元稹。

②同醉：一起醉倒。破：破除，解除。

③酒筹：饮酒时用以记数或行令的筹子。

④天际：肉眼能看到的天地交接的地方。指很远的地方。

⑤计程：计算路程。梁州：地名，在今陕西汉中一带。

**【译文】**

花开时我们都通过醉酒来排遣春日的愁绪，醉酒后将花枝当作喝酒之筹码。

突然间想到老友登程远去他乡，屈指算来，估计你今天的行程该到梁州了。

**【赏析】**

元和四年（809），元稹奉使去东川。白居易在长安，与他的弟弟白行简和李杓直（即诗题中的李十一）一同到曲江、慈恩寺春游，又到李杓直家饮酒，席上忆念元稹，就写了这首诗。

诗人沉浸在和友人花下同饮，折枝为酒筹的美好情境中，不能自拔。"忽忆"二字，令他猝然惊醒，想起友人已经远行，不在身边。故人相别，人们常会计算对方是否到达目的地，或正在中途什么地方。诗人屈指一算，友人"计程今日到梁州"，说明他时时都在挂念着友人。意念所到，深情所注，给人以特别真实、亲切之感。

巧合的是，当他写这首《醉忆元九》诗时，元稹的确正在梁州，而且写了一首《梁州梦》："梦君同绕曲江头，也向慈恩院院游。亭吏呼人排去马，忽惊身在古梁州。"元稹对这首诗的小注是："是夜宿汉川驿，梦与杓直、乐天同游曲江，兼入慈恩寺诸院，倏然而寤，则递乘及阶，邮吏已传呼报晓矣。"白居易诗中所写之事竟与元稹写的梦境两相吻合。如果把两人的诗合起来看：一写于长安，一写于梁州；一写居者之忆，一写行人之思；一写真事，一写梦境。而且，两诗写于同一天，又用的是同一韵。的确有些匪夷所思，颇具传奇色彩。这从一定程度上也间接印证了元稹、白居易之间的心有灵犀。

【诗句扩展】

不知天下士，犹作布衣看。——唐·高适《咏史》

天似穹庐，笼盖四野。——南北朝·无名氏《敕勒歌》

乡泪客中尽，孤帆天际看。——唐·孟浩然《早寒江上有怀》

日暮苍山远，天寒白屋贫。——唐·刘长卿《逢雪宿芙蓉山主人》

滔滔大江水，天地相终始。——唐·张九龄《登荆州城望江》

在天愿作比翼鸟，在地愿为连理枝。——唐·白居易《长恨歌》

天街小雨润如酥，草色遥看近却无。——唐·韩愈《早春呈水部张十八员外》

君不见，黄河之水天上来，奔流到海不复回。——唐·李白《将进酒》

春日在天涯，天涯日又斜。——唐·李商隐《天涯》

天子方清暑，宫娃起夜妆。——唐·卢纶《天长久词》

问君何以至，天子太平年。——唐·李益《登白楼见白鸟席上命鹧鸪辞》

天问复招魂，无因彻帝阍。——唐·陆龟蒙《离骚》

老兔寒蟾泣天色，云楼半开壁斜白。——唐·李贺《梦天》

淡荡春光寒食天，玉炉沉水袅残烟。——宋·李清照《浣溪沙·淡荡春光寒食天》

十二阑干倚遍，愁来天不管。宋·朱淑真——《谒金门·春半》

天涯地角有穷时，只有相思无尽处。宋·晏殊——《玉楼春·春恨》

天接云涛连晓雾，星河欲转千帆舞。——宋·李清照《渔家傲·天接云涛连晓雾》

浮天水送无穷树，带雨云埋一半山。——宋·辛弃疾《鹧鸪天·送人》

夕阳西下，断肠人在天涯。——元·马致远《天净沙·秋思》

我劝天公重抖擞，不拘一格降人才。——清·龚自珍《己亥杂诗》

# 和贾舍人早朝　唐·岑参

## 【原文】

鸡鸣紫陌曙光寒①，莺啭皇州春色阑②。

金阙晓钟开万户③，玉阶仙仗拥千官④。

花迎剑佩星初落⑤，柳拂旌旗露未干。

独有凤凰池上客⑥，阳春一曲和皆难⑦。

## 【注释】

①紫陌（zǐ mò）：指京都的道路。

②皇州：即帝都，指长安。春色阑：春色尽。

③金阙（jīn què）：皇宫金殿。

④仙仗：指皇帝的仪仗队。

⑤剑佩：大臣或侍者佩戴在身上的宝剑和玉佩。星初落：星星刚刚落下，即天初亮。

⑥凤凰池：也称凤池，指中书省。

⑦阳春：相传为古代极为高雅的乐曲，懂得的人很少，这里用来比喻贾至的诗非常高雅。

## 【译文】

五更鸡鸣时，京都的大道上略带微寒的曙光，黄莺婉转动听地鸣叫，长安城里充满了晚春的气息。

皇宫内早晨的钟声已响过，宫殿里众多大门都已打开，玉石的台阶前，仪仗林立，簇拥着大量上朝的官员。

星星初落，天将要亮时，花径中迎来佩剑的侍卫，柳树轻拂着旌旗，上面的一滴滴露珠还没有干。

只有那尊贵的如凤凰池的中书舍人贾至，写诗称赞，而他写的诗犹如《阳春》曲一般高雅，唱和起来真难。

### 【赏析】

这首诗于唐肃宗乾元元年（758）春天所作，当时岑参任右补阙，与诗人贾至、杜甫、王维为同僚。时为中书舍人的贾至先作了一首《早朝大明宫呈两省僚友》，杜甫和王维、岑参都作了和诗，岑参的唱和之作就是此诗。

这是一首诗以咏"早朝"为题的和诗，内容竭力铺设早朝的庄严隆重。从表面上看，本诗与贾至的原作有很多相似的地方，两首诗都用前六句诗来写君臣见面前的景色以表现早朝，甚至两诗中的不少词语都相同，但此诗仍写出了一定的新意。一方面，在本诗的尾联变原作的抒怀为赞美，更符合和作的要求，而赞美的方式与杜甫、王维的和作又有所不同；另一方面，即使词语与原作类同，但运用也有所不同，从不同角度写出了朝仪的整肃庄重和恢宏气象。

# 曲江（其二）　唐·杜甫

### 【原文】

朝回日日典春衣①，每日江头尽醉归。

酒债寻常行处有②，人生七十古来稀③。

穿花蛱蝶深深见④，点水蜻蜓款款飞⑤。

传语风光共流转⑥，暂时相赏莫相违⑦。

### 【注释】

①朝回：上朝回来。典：典当，变卖。

②酒债：欠人的酒钱。行处：到处。

③稀：稀少，罕见。

④蛱蝶（jiá dié）：蝴蝶。深深：花丛深处。见（xiàn）：现。

⑤款款：舒缓的样子。

⑥传语：传话给。风光：春光。共流转：在一起逗留、盘桓。

⑦相赏：一起欣赏风光美景。违：辜负，错过。

**【译文】**

上朝回来，我常常去变卖春天穿的衣服，每天到曲江头买酒喝，直到酒醉后才回家。

虽然欠了不少酒债，但该喝酒还得喝，自古以来，人能活到七十岁的很少。

蝴蝶在花丛深处穿梭往来，时隐时现，蜻蜓在水上缓缓而飞，时而点着水面。

寄语明媚的春光，你就同蛱蝶、蜻蜓一起逗留，让我好好地欣赏吧，哪怕是暂时的也好，千万不要连这点心愿也要辜负和违背了。

**【赏析】**

这首诗当作于唐肃宗乾元元年（758），当时京城虽已收复，但兵革未息，作者眼见唐朝因政治腐败而酿成的祸乱，心境十分杂乱。游曲江正值暮春，所以诗人借写曲江景物的荒凉败坏以哀时事。

此诗为《曲江二首》之二，两首诗之间具有内在而紧密的联系。该诗紧承上一首感时伤春的主题而作。诗中抒发了惜春、留春之情，而这惜春、留春之情也饱含了深广的社会内容，含蓄地表达了诗人对"世事多变"和"美景短暂"的感慨。

全诗炼词造句非常精工，含蓄之中富有神韵，其中"人生七十古来稀""穿花蛱蝶深深见，点水蜻蜓款款飞"等句，受到历代诗人们的高度赞赏，千百年来，已广为流传。

# 江楼月　唐·白居易

**【原文】**

嘉陵江曲曲江池①，明月虽同人别离。

一宵光景潜相忆②，两地阴晴远不知。

谁料江边怀我夜③，正当池畔望君时。

今朝共语方同悔④，不解多情先寄诗⑤。

**【注释】**

①嘉陵江：源出陕西凤县嘉陵谷，至重庆入长江。

②光景：境况，情况。

③怀我夜：思念我的那个夜晚。

④同悔：共同后悔。

⑤不解：不了解，不明白。

**【译文】**

在嘉陵江岸和曲江池畔，一样的明月清辉，但人却分别在两处。

一夜里思绪万千，回忆中浮想联翩，两地遥远相隔境况不知。

谁能料想到你在嘉陵江边思念我的那个夜晚，也正是我在曲江池畔想你的时候。

今天我们相互说到时才明白并都产生悔意，不曾想相互感情这么深呀，早就该寄诗问候了。

**【赏析】**

白居易与元稹自贞元十八年（802）结交后曾同为校书郎，交情笃厚。这首诗是白居易《酬和元九东川路诗》十二首中的第五首。元和四年（809）春，元稹以监察御史使东川，不得不离开京都，与当时在京任翰林的挚友白居易相别。元稹独自在嘉陵江岸驿楼中，见月圆明亮，波光荡漾，遂浮想联翩，感触于怀，作七律《江楼月》寄白居易，表达深切的思念之情。本诗是白居易写给元稹的一首赠答诗。

诗的前半部分，写离别后彼此思念的情景。首联起势不凡，开门见山地点出两人所处的地点，一个在嘉陵江岸，一个在曲江池畔，虽然一弯明月相同，但却不能聚在一起共同观赏，见月伤别之感顷刻间涌上诗人心头。颔联以相忆深思的神态和思绪万千的联想，表现出了相互间更朴实真挚的情谊。诗的后半部分写诗人处于"新境",叙述他对"旧事"的看法。颈联以"谁料"表达未能估计和想象,在带着某种懊恼之意中,更深切地道出曾经的月夜之下,于江边徘徊、相互思念对方那种体贴入微的感情。尾联二句,言不解多情和寄诗之迟的后悔,更显出双方同样一般深沉的思念情思。

全诗情景交融,真率自然,不事雕饰,浑然天成,通篇描写都建立在真挚的友情和深切思念的基础之上,看似在写江楼、池畔和明月,却字字饱含着诗人的思念之情。宋人张镃在《读乐天诗》中评论说:"诗到香山老,方无斧凿痕。"从这首诗中,便可以有所领略。

# 和乐天春词　唐·刘禹锡

【原文】

新妆宜面下朱楼①,深锁春光一院愁。

行到中庭数花朵②,蜻蜓飞上玉搔头③。

【注释】

①宜面:脂粉和脸色很匀称。一作"粉面"。朱楼:外观呈现红色的楼房,多指富丽华美的楼阁。

②中庭:庭院。

③玉搔头:玉簪,可用来搔头,故称。

【译文】

精心化妆打扮后缓缓走下红楼,深深庭院中的春光虽好却添上一缕愁情。

走到庭院中数着那新开的花朵,一只蜻蜓飞到了玉簪上头。

【赏析】

这是一首写宫怨的诗,描写一位宫女扮好新妆却无人赏识,只能百无聊赖地独自数花朵解闷,引得蜻蜓飞上头来的别致情景,表现了主人公处境寂寞、孤独悲凉的心境。

首句写一位女子涂抹脂粉,精心妆扮,缓步走下红楼,展现主人公的光艳照人和青春活力。第二句与前面形成一种强烈的对比，满园春光无限，春花灿烂绽放，可这美好的春光，却被深锁于庭院之中，无人知晓，正如青春美好的年华却在寂寞中空度一般，怎不叫人愁绪满怀？第三句用一种淡淡的笔调，写出了人物内心情感翻涌的波涛，女子境遇凄凉，时光难遣，于是只好百般无聊地在庭院中数起开放的花朵。结尾以"蜻蜓飞上玉搔头"的特写结束，此笔十分精彩，它看似偶然、不经意，却满含悲凉之意，含蓄地刻画出女子沉浸在痛苦中的凝神伫立的情态，也暗示了这位女主人公有着花朵般的容貌，却如满院春光一样，寂寞深锁，无人赏识，只能引来这无心的蜻蜓，可谓是花亦似人，人亦如花，春光空负。

本诗细腻生动，通过对宫女神态的传神刻画，表现了她不胜幽怨之情。诗意别出心裁，富有韵味。

# 鄂州南楼书事①   宋·黄庭坚

## 【原文】

四顾山光接水光②，凭栏十里芰荷香③。

清风明月无人管，并作南来一味凉④。

## 【注释】

①鄂（è）州：在今湖北省武汉、黄石一带。南楼：在武昌蛇山顶。

②四顾：向四周望去。

③芰（jì）：菱角。

④一味凉：一片凉意。

## 【译文】

站在南楼上向四周望去，山色和水光连接在一起，手扶栏杆闻着飘香十里的菱角、荷花之气。

清风明月自由自在无人看管，月光融入清风从南面吹来，使人感到凉爽和舒适。

**【赏析】**

黄庭坚（1045—1105），北宋诗人、书法家，字鲁直，号山谷道人、涪翁，分宁（今江西修水）人。自幼聪明，读书数遍，即能背诵。治平四年（1067）中进士，时年二十二岁。因诗文受苏轼的赏识，游于苏轼门下，与张耒、晁无咎、秦观合称"苏门四学士"。他因出于苏门，而与苏齐名，世人并称"苏黄"。

这首诗描写了夏夜登楼眺望的情景。开头二句围绕外景着笔，写诗人登上南楼后看到的美丽景象，山光与水光相连，一片通明，辽阔的水面芰荷盛放，飘散着幽幽的清香。后面二句结合自身感受来说，本来只有清风送爽，可是因为皎洁的月光，它那么柔和、恬静，所以诗人觉得清风带着月光，月光就像清风，它们融合在一起送来了凉爽和舒适。这是诗人抛却尘世烦恼、心向自然的旷达心境的表现。

# 春日① 宋·朱熹②

**【原文】**

胜日寻芳泗水滨③，无边光景一时新④。

等闲识得东风面⑤，万紫千红总是春⑥。

**【注释】**

①春日：春天。

②朱熹（1130—1200），字元晦，晚年自号晦翁，徽州婺源（今江西婺源县）人，宋高宗绍兴十八年（1148）进士，曾任秘阁修撰、宝文阁待制等职，为南宋著名的理学家、思想家、诗人，精通文史，学识渊博，其诗格调清新，风格自然。

③胜日：天气晴朗的好日子。寻芳：春游，踏青。泗水：河水名，在今山东省中部，流经曲阜、济宁。

④光景：风光、风景。一时：一时间，一下子。

⑤等闲：随便，不经意。东风：春风。

⑥总是：都是。

**【译文】**

在春光明媚的美好日子来到泗水河边踏青游玩，眼前的春色一望无际给人焕然一新的感觉。

随处都能感受到迎面而来的春天的气息，百花开放，万紫千红，到处都是春天的景致。

**【赏析】**

这首诗从字面意思来看，是作者春天郊游时所写的游春观感。而根据作者生活的年代来看，大致能推算出这首诗创作之时泗水之地早已被金人侵占，泗水游春并非实事，而是一种虚拟。因朱熹潜心理学，心仪孔圣，于是托意于神游寻芳，而借泗水这个孔门圣地来阐怀说理。所以此诗表面上看似乎是一首写景诗，描写了诗人外出河边踏青所看到的春天万紫千红的绚丽景象，实际上是一首哲理诗，表达了诗人于乱世中追求圣人之道的美好愿望。

该诗用隐喻、比拟等手法巧妙地阐释内心情怀。据大多数的观点认为，"泗水"暗指孔门，"寻芳"即指探求圣人之道，"无边光景"所示空间极其广大，"东风"暗喻教化，"万紫千红"喻指孔学的丰富多彩，可见构思之精妙。

全诗情景交融，含而不露，寓理趣

于形象之中，其中"等闲识得东风面，万紫千红总是春"两句，因意象色彩十分强烈，历来被传为名句。

【诗句扩展】

床前明月光，疑是地上霜。——唐·李白《静夜思》

黄师塔前江水东，春光懒困倚微风。——唐·杜甫《江畔独步寻花》

临风一叹无人会，今夜清光似往年。——唐·白居易《八月十五日夜湓亭望月》

葡萄美酒夜光杯，欲饮琵琶马上催。——唐·王翰《凉州词》

晓镜但愁云鬓改，夜吟应觉月光寒。——唐·李商隐《无题·相见时难别易难》

湖光秋月两相和，潭面无风镜未磨。——唐·刘禹锡《望洞庭》

日光斜照集灵台，红树花迎晓露开。——唐·张祜《集灵台·其一》

银烛秋光冷画屏，轻罗小扇扑流萤。——唐·杜牧《秋夕》

半亩方塘一鉴开，天光云影共徘徊。——宋·朱熹《观书有感》

春光怀玉阙，万里起初程。——唐·刘昭禹《送人》

船动湖光滟滟秋，贪看年少信船流。——唐·皇甫松《采莲子·船动湖光滟滟秋》

山光悦鸟性，潭影空人心。——唐·常建《题破山寺后禅院》

水光潋滟晴方好，山色空蒙雨亦奇。——宋·苏轼《饮湖上初晴后雨》

收尽微风不见江，分明天水共澄光。——宋·李之仪《鹧鸪天·收尽微风不见江》

光摇剑外使星还，天阁平跻侍从班。——宋·金君卿《送广州刘待制》

艇子隔溪语，水光冰玉壶。——宋·沈括《江南春意》

少年易老学难成，一寸光阴不可轻。——宋·朱熹《劝学诗》

莫向西湖歌此曲，水光山色不胜悲。——元·赵孟頫《岳鄂王墓》

# 霞

## 题竹林寺① 唐·朱放

**【原文】**

岁月人间促②，烟霞此地多③。

殷勤竹林寺④，更得几回过⑤。

**【注释】**

①竹林寺：寺名，在庐山仙人洞旁。

②促：短促。

③烟霞：指美景。

④殷勤：亲切的情意。

⑤过：访问。

**【译文】**

人世间的岁月非常短暂，此地的烟霞美景非常多。

我对这竹林寺充满了感情，然而还可以再来几次呢？

**【赏析】**

朱放（？—788？），字长通，襄州襄阳（即今湖北襄樊）人，唐代诗人。其人似乎无心仕途，仅做过幕僚，朝廷曾拜他为左拾遗，但他没有接受。长期隐居的朱放与戴叔伦、刘长卿、顾况等人是诗友，多有唱和。

这是作者游览庐山竹林寺的题壁诗。前两句写出了竹林寺美丽的风光，诗人游历过许多名山大川，这里的烟霞之景却最为奇丽；后两句写竹林寺景色虽美，却不能久留，感叹人生苦短，难以预料今后还有几次机会能够再游此地。

诗人有感于眼前迷人的景致，联想到人生与自然的规律，随着岁月的流逝，景色依旧，而欣赏的人注定会发生不可抗拒的改变，由此，流露出一种无可奈何的伤感情绪。

# 杨叛儿  唐·李白

## 【原文】

君歌杨叛儿，妾劝新丰酒①。

何许最关人②，乌啼白门柳③。

乌啼隐杨花④，君醉留妾家。

博山炉中沉香火⑤，双烟一气凌紫霞。

## 【注释】

①新丰酒：新丰，汉代县名。在今陕西临潼东北。六朝以来以产美酒而著名。

②关人：牵动人心，让人动情。

③白门：本是刘宋都城建康（今南京）城门。因为南朝民间情歌常常提到白门，故为男女相会之地的代称。

④隐：隐没，这里指乌栖息在杨花丛中。

⑤博山炉：一种炉盖作重叠山形的熏炉。沉香：一种名贵的香木，放到水里就会沉下去，所以称为沉水香。

## 【译文】

你歌唱着杨叛儿，我劝你喝新丰美酒。

什么地方最使人动情？是西门外藏有乌鸦的垂柳。

乌鸦栖息在杨花丛中，你喝醉了留宿在我家。

博山炉中燃起沉香，双烟融为一气飞入紫色云霞。

## 【赏析】

《杨叛儿》本是北齐时童谣，后来成为乐府诗题，为乐府西曲歌名。相传南朝齐隆昌时，女巫之子杨旻随母入内宫，长大后，为何后所宠爱。当时童谣云："杨婆儿，共戏来。"讹传为"杨伴儿""杨叛儿"，并演变而为西曲歌的乐曲之一。古词《杨叛儿》只四句："暂出白门前，杨柳可藏乌。欢作沉水香，侬作博山炉。"李白此诗与《杨叛儿》童谣的本事无关，而与乐府《杨叛儿》关系十分密切。

此诗运用比兴与象征手法写男女之爱情。诗的开头，"君歌杨叛儿，妾劝新丰酒"，与古诗相比，更具生动的场面，并营造了男女倾慕和欢悦的气氛。三句，表现了双方在"乌啼白门柳"的特定环境下深切缠绵的感情。五句"乌啼隐杨花"，从原诗中"藏乌"之句引出，但意境更为动人。接着，"君醉留妾家"则写出醉留，意义更明显，有助于表现爱情的炽烈。特别是最后既用"博山炉中沉香火"七字隐含了原诗的后半："君作沉水香，侬作博山炉。"又生发出了"双烟一气凌紫霞"的绝妙比喻。这一句由前面的比兴，发展到带有较多的象征意味，使全诗的精神和意趣得到完美的体现。

诗中一男一女由唱歌劝酒到醉留，在封建社会是带有解放色彩的。这显然与唐代经济繁荣，社会风气比较开放有关。但文人写性爱或婚外恋，即使喝醉酒的李白，也必须借《杨叛儿》之类来掩饰一二。

全诗形象丰满，生活气息浓厚，风格清新活泼，情感炽烈，生活的调子欢快和浪漫。

# 杭州春望　唐·白居易

【原文】

望海楼明照曙霞，护江堤白踏晴沙①。

涛声渐入伍员庙②，柳色春藏苏小家③。

红袖织绫夸柿蒂④，青旗沽酒趁梨花⑤。

谁开湖寺西南路⑥？草绿裙腰一道斜。

【注释】

①堤：即白沙堤。

②伍员：伍子胥，春秋时楚国人。

③苏小：苏小小，为南朝钱塘名妓。

④红袖：指织绫女。柿蒂：绫的花纹。

⑤青旗：指酒铺门前的酒旗。沽酒：买酒。梨花：酒名。其俗，为酿酒趁梨花时熟，号"梨花春"。

⑥湖寺：指孤山寺。西南路：断桥向西南通往湖中到孤山的长堤，即白沙堤。

## 【译文】

杭州城外的望海楼沐浴着明丽的朝霞，踏着护江堤边上松软的白沙行走。

钱塘江的涛声渐渐传入伍员庙，一片绿柳春色掩映着苏小小家。

红袖少女夸耀杭绫柿蒂织工好，青旗门前争买美酒饮"梨花"。

是谁开辟了这条通到孤山寺的白沙堤呢？沿路青草翠绿，好似一条裙带斜系在西湖的腰间。

## 【赏析】

白居易自唐穆宗长庆二年（822）秋至长庆四年（824）春任杭州刺史。这首诗大约作于长庆三年（823）或长庆四年（824）春。诗中对杭州春日景色作了全面的描写，包括杭州的景观、形胜、物产等。其中钱塘湖、苏小小是杭州有名的景点和掌故。

首联，先推出"望海楼""护江堤"，以楼高堤长贯领通篇；颔联写钱塘江春潮汹涌，涛声震天，直振吴山顶上的伍公庙，以

及苏小小家在一片柳枝掩映的新绿深处；颈联将前面专注四周风景的目光移开，关注到民俗人事上来。江南丝织业繁盛，故诗中自注"杭州出柿蒂，花者尤佳也"，据宋人吴自牧《梦粱录·物产》记载，这是绫的花纹；又当地产美酒，诗中亦自注"其俗，酿酒趁梨花时熟，号为'梨花春'"。这里特以二者并举，描写杭州女工织艺的精巧和当时人们争饮佳醪的民俗风情，呈现出一幅工丽雅致的画图，充溢着浓郁活泼的生活情趣。尾联以登高远眺所见的阔大场景收束，暗与首句照应，写出了春日白堤烟柳葱茏、露草绵绵的迷人景色。

作者将写景同咏古、摄自然之景与记风物人情结合起来，使景物更加丰富多彩，富有诗味，透露出诗人抑制不住的赞美之情。

# 酬乐天咏老见示　唐·刘禹锡

## 【原文】

人谁不顾老①，老去有谁怜。

身瘦带频减②，发稀冠自偏。

废书缘惜眼③，多灸为随年④。

经事还谙事⑤，阅人如阅川。

细思皆幸矣，下此便翛然⑥。

莫道桑榆晚⑦，为霞尚满天⑧。

## 【注释】

①顾：顾虑、考虑。

②频减：多次缩紧，指身体越来越瘦。

③废书：丢下书本，指不看书。

④灸（jiǔ）：艾灸，在穴位燃艾灼之。中医的一种治疗方法。随年：适应身老体衰的需要，这里指延长寿命。

⑤谙（ān）：懂得，熟悉。

⑥下此：指改变对衰老的忧虑心情。翛（xiāo）然：自由自在，心情畅快

的样子。

⑦桑榆：夕阳的余晖照在桑榆树梢上，借指落日余光处，比喻晚年。

⑧霞：霞光，晚霞。

**【译文】**

没有人不害怕衰老，到老了有谁会来怜惜？

身体日渐消瘦衣带越来越收紧，头发稀少戴正了的帽子也会偏斜到一边。

书本搁置一边不看是为了爱惜眼睛，经常用艾灸是因为年老身体衰弱。

经历过的世事多见识也就广了，阅历人生如同积水成川一样。

细细想来老了也有好的一面，克服年老的忧虑就会心情畅快，自由自在。

别说太阳偏落到桑榆树端已近傍晚，它的霞光余晖照样可以映红天空。

**【赏析】**

这是作者写给好友白居易的一首应答诗。白居易在《咏老赠梦得》的诗里表达了自己年老体衰的悲伤和无奈，流露出一种消极悲观的情绪。刘禹锡则通过抒写自己的衰老，来鼓励好友积极振作，表现出豪迈的气势和奋斗不息的精神。

诗的首联以反问语气下笔，阐明任何人都是会老的，又何必指望得到别人的怜惜呢？这是对老友白居易的劝慰，也是对自己的一份释怀，可谓语淡情深。第二联，刻画一位羸弱的老者形象，身体逐渐瘦弱，头发稀疏，帽子也呈自然偏斜之状，于无奈之中表现出诙谐调侃的味道，如此刻画并不给人留下悲老的感觉。第三联，写年老的事实，并针对身体的客观情况，告诉老友白居易对于年老所应该采取的护理措施。第四、五联，写老年人生阅历丰厚的好处，劝慰老友白居易可以换一个角度去看待问题，并多想想积极的一面，如此就会自得其乐。尾联，以桑榆喻日暮，以晚霞能映红整个天际作结语，给人一种自强不息、鼓舞人心的力量。

全诗前后两段一反一正，转折自然，具有鲜明的辩证观点和说服力量，传递出了一种旷达乐观、积极进取的人生态度，催人奋进。尤其末尾"莫道桑榆晚，为霞尚满天"之句，尤为精辟，实为警策之语，成为千古传诵的名句。

# 减字浣溪沙·楼角初销一缕霞　宋·贺铸

**【原文】**

楼角初销一缕霞，淡黄杨柳暗栖鸦①，玉人和月摘梅花②。

笑捻粉香归洞户③，更垂帘幕护窗纱，东风寒似夜来些④。

**【注释】**

①暗栖鸦：乌鸦暗栖于嫩黄的杨柳之中。

②玉人：像美玉一样漂亮标致的人，既可指男子，又可喻女性。和月：趁着皎洁的月色。

③捻：摘取。粉香：代指梅花。洞户：房间与房间之间相通的门户。

④夜来：昨天。

**【译文】**

楼角上刚散去一抹晚霞，淡黄色的杨柳枝头暗栖着乌鸦，美人乘着皎洁的月光采摘梅花。

女子笑捻着梅花回到室内，把帘幕垂挂下来遮护窗纱，那春夜的东风比昨天还冷。

**【赏析】**

贺铸（1052—1125）字方回，自号庆湖遗老，祖籍山阴（今浙江绍兴市），生长于卫州（今河南卫辉市）。十七岁到汴京，任右班殿直（相当侍卫）及地方武官，后经苏轼等人推荐，改文职，元祐中曾任泗州、太平州通判。晚年退居苏州，杜门校书。其博学强记，能诗善文，尤长于词。这首词是贺铸于北宋哲宗元祐三年（1088）秋，在和州（今安徽和县一带）任管界巡检时写下的作品。

全词描写一位纯静高洁、貌美如玉的年轻女子从傍晚到夜间的一些活动，充满了词人倾慕和爱恋的情感。词的上片写初春月夜景色，动静结合，意境清幽，让人仿佛置身于世外桃源，又以美景衬托美人，更觉撩人。下片写美人捻香归户，低垂帘幕，遮窗御寒，音容笑貌跃然纸上，十分生动形象。

唐圭璋《唐宋词简释》：此首全篇写景，无句不美。"楼角"一句，写残霞当楼，是黄昏入晚时之景。"淡黄"一句，写新柳栖鸦，于余红初消之中，有淡黄杨柳相映，而淡黄杨柳之中，更有栖鸦相映，境地极美。"玉人"一句，写新月，月下玉人，月下梅花，皆是美境，以境衬人，故月美花美，而人更美。下片，因外间寒生，乃捻花入户，记事生动活泼，如闻如见。"更垂"一句，显出人之华贵矜宠。收句露出寒意，文笔空灵。

# 迷神引·贬玉溪对江山作　宋·晁补之

## 【原文】

黯黯青山红日暮①，浩浩大江东注。余霞散绮②，向烟波路。使人愁，长安远③，在何处？几点渔灯小，迷近坞④。一片客帆低，傍前浦。

暗想平生，自悔儒冠误。觉阮途穷⑤，归心阻。断魂素月⑥，一千里、伤平楚⑦。怪竹枝歌，声声怨，为谁苦。猿鸟一时啼，惊岛屿。烛暗不成眠，听津鼓⑧。

## 【注释】

①黯黯：光线昏暗，颜色发黑。

②余霞散绮：谢朓《晚登三山还望京邑》："余霞散成绮，澄江静如练。"绮：有花纹的丝织品。

③长安：指北宋都城汴京。

④坞（wù）：水边停船或修船造船的地方。

⑤阮途穷：晋人阮籍，佯狂不羁，纵酒颓放，常驾车独游，等到路走不通了，便痛苦而返。表现对当时政治的不满。

⑥断魂：因悲伤而神情恍惚。

⑦平楚：平远的树林。

⑧津鼓：渡口击鼓，作为开船的信号。

【译文】

　　青山被暮色笼罩，红日向西边坠落。江水浩荡，东流滚滚而去。天空中的断云残霞如同有花纹的罗绮渐渐散开。回首望去，烟波浩渺弥漫路途。令人惆怅的是离京城越来越远，暮霭沉沉中不知京都在何处了。前方有几处闪耀的微弱的渔火，让人迷离恍惚不知船坞远近。一叶船帆低垂下来，停泊在前面的江浦上。

　　默默回想自己的生平，常常悔恨为追求功名所误。觉得就像阮籍那般穷途末路，归隐之心也受到阻碍。遥望普照千里楚地的明月，令人感到凄楚伤情。怨恨那如泣如诉的竹枝歌，为何声声愁怨带着痛苦。猿啼悲哀的啼叫，仿佛惊动了整个岛屿。昏暗的烛光下难以入睡，卧听着津水边渡口的更鼓之声。

【赏析】

　　晁补之（1053—1110），北宋时期文学家。字无咎，号归来子，济州巨野（今属山东）人。元丰二年进士，曾任礼部郎中、国史编修官、知河中府等职。十余岁即受苏轼赞赏，为"苏门四学士"之一。

　　这首词是作者于元符二年（1099）被贬到信州作监酒税时所写，抒发了内心的羁旅之愁。上片描述傍晚伫立江边

所见之景物，青山日暮，大江东去，余霞散绮，灯影迷离等，色彩黯淡，气象雄浑，流露出浮云蔽身、长安不见的怅惘失意之情。下片写羁旅的寂寞与哀愁，慨叹为功名所误，日暮途穷，烛暗灯昏，夜不能寐，迁客骚人之感油然而生。全词情景相生，自然浑化。

【诗句扩展】

余霞散成绮，澄江静如练。——南北朝·谢朓《晚登三山还望京邑》

云霞出海曙，梅柳渡江春。——唐·杜审言《和晋陵陆丞早春游望》

绿水藏春日，青轩秘晚霞。——唐·李白《宴陶家亭子》

日月秘灵洞，云霞辞世人。——唐·李白《送李青归南叶阳川》

惟觉时之枕席，失向来之烟霞。——唐·李白《梦游天姥吟留别》

金乌海底初飞来，朱辉散射青霞开。——唐·韩愈《李花赠张十一署》

唱尽新词欢不见，红霞映树鹧鸪鸣。——唐·刘禹锡《踏歌词》

紫泉宫殿锁烟霞，欲取芜城作帝家。——唐·李商隐《隋宫》

寻芳不觉醉流霞，倚树沉眠日已斜。——唐·李商隐《花下醉》

风吹声如隔彩霞，不知墙外是谁家。——唐·郎士元《听邻家吹笙》

晚日低霞绮，晴山远画眉。——唐·韩琮《晚春江晴寄友人》

水似晨霞照，林疑彩凤来。——唐·李德裕《忆平泉杂咏·忆新藤》

轻肌弱骨散幽葩，更将金蕊泛流霞。——宋·苏轼《赵昌寒菊》

谁与流霞千古酝，引得东风相误。——宋·辛弃疾《贺新郎·赋海棠》

付与金尊，投晓共、流霞倾尽。——宋·晁补之《洞仙歌·泗州中秋作》

晚日金陵岸草平，落霞明，水无情。——后蜀·欧阳炯《江城子·晚日金陵岸草平》

小洞烟霞国，重阳风雨秋。——宋·文天祥《游集灵观》

唯见烟霞起，全无市井喧。——宋·翁卷《周氏东山草堂》

孤村落日残霞，轻烟老树寒鸦，一点飞鸿影下。——元·白朴《天净沙·秋》

# 彩

## 无题·昨夜星辰昨夜风　唐·李商隐

【原文】

昨夜星辰昨夜风，画楼西畔桂堂东①。

身无彩凤双飞翼，心有灵犀一点通②。

隔座送钩春酒暖③，分曹射覆蜡灯红④。

嗟余听鼓应官去⑤，走马兰台类转蓬⑥。

【注释】

①画楼、桂堂：皆比喻富贵人家的屋舍。

②灵犀（xī）：旧说犀牛有神异，角中有白纹如线，直通两头。

③送钩：也称藏钩。古代腊日的一种游戏，分两组以较胜负。

④分曹：分组。射覆：在覆器下放着东西令人猜。

⑤嗟（jiē）：叹息，可叹。应官：犹上班。

⑥兰台：即秘书省，掌管图书秘籍。

【译文】

昨夜星光灿烂，和风徐徐，我们把筵席设在画楼西畔、桂堂之东。

身上虽然没有彩凤的双翅可以飞到一起，但是两个人的心却像灵异的犀角一样，息息相通。

互相猜钩嬉戏，隔座对饮春酒暖心，分组来玩射覆，蜡烛也分外明亮。

可叹听到五更鼓我得去官署应卯，骑着马去兰台，心却像是飞转的蓬草。

**【赏析】**

这首诗追忆了诗人昨夜所遇见的艳情场景。诗人先写筵席时间地点，接着写与情人形体相隔，但心意相通，再写相见时的欢快游戏，最后写不得不分别的怅然心情。全篇通过对事件与场面的重点描绘来突出人物的心理活动，展现了诗人对与情人相会时间太短，颇感无奈的心情。

全诗感情真挚，情意深长，形象动人。这首诗中提到了古代的两个小游戏，即藏钩、射覆。藏钩的玩法是用一些器皿覆盖住一些小的物件来让人猜；射覆的玩法是人数相等的两组人互相对峙，其中一组人暗中将一小钩或其他小物件攥在其中一人的一只手中，由另一组猜在哪个人的哪只手里，猜中者为胜。如果多出一人，那他可以依附于任意一组玩。玩法简单，但也其乐无穷。

## 青玉案·凌波不过横塘路　宋·贺铸

**【原文】**

凌波不过横塘路①，但目送，芳尘去②。锦瑟华年谁与度③？月桥花院，琐窗朱户④，只有春知处。

飞云冉冉蘅皋暮⑤，彩笔新题断肠句⑥。试问闲愁都几许⑦？一川烟草⑧，满城风絮，梅子黄时雨。

**【注释】**

①凌波：指女子走起路来步态轻盈。横塘：在苏州城外，为作者隐居之所。

②芳尘去：指美人已经离开。

③锦瑟华年：指美好的青春时期。锦瑟，有彩纹作为装饰的瑟。

④琐窗：雕绘连琐花纹的窗子。朱户：朱红色的大门。

⑤蘅皋（héng gāo）：长着香草的沼泽中的高地。

⑥彩笔：比喻写作才能高超。

⑦都几许：共有多少。

⑧一川：遍地。

【译文】

她步态轻盈地从横塘前匆匆走过，只能目送她像芳尘一样飘去。是谁和她共度这锦绣年华的呢？是月下桥边的花院，还是有花窗的朱门大户，大概只有春风才知道。

天空飘动的云彩舒卷自如，芳草岸旁的日色将暮，佳人一去不返，提起彩笔写下了伤感的诗句。要问我闲情愁绪有多深？就好像一江烟草，还有随风飘落的柳絮，以及梅子黄熟时的绵绵细雨。

【赏析】

这首词是词人晚年退隐苏州期间所作。词中通过对暮春景色的描写，抒发了词人所感受到的"闲愁"。上片写在路上遇见佳人款款走来，心生爱慕相思，却只见她飘然而去，又不知将前往何方所引发的惆怅情景，含蓄地表达了自己沉沦下僚、怀才不遇的感慨。下片写因为爱慕而引发的无限愁思，这种愁思到底像什么呢？在"试问"之中给出了回答，它飘飘渺渺，捉摸不定，却又无处不在，无时不有，就好像是一江迷离的烟草，随风飘飞的柳絮，还有那黄梅时节的绵绵细雨，这一问三答，赋予了一个完整而不可分割的意象，将无形变有形，将抽象变形象，将不可捉摸变为有形有质，极富独创性，显示出词人高超的艺术表现力。

概括来说，全词借写相思之情，表达了自己不得志的愁怨。立意新颖，耐人寻味，成为一时传唱的佳作。

## 满朝欢·花隔铜壶① 宋·柳永

【原文】

花隔铜壶②，露晞金掌③，都门十二清晓。帝里风光烂漫④，偏爱春杪⑤。烟轻昼永，引莺啭上林，鱼游灵沼⑥。巷陌乍晴，香尘染惹，垂杨芳草。

因念秦楼彩凤⑦，楚观朝云⑧，往昔曾迷歌笑。别来岁久，偶忆欢盟重到。

人面桃花，未知何处，但掩朱扉悄悄⑨。尽日伫立无言，赢得凄凉怀抱⑩。

**【注释】**

①《满朝欢》：词牌名，柳永自制曲，取满朝欢乐之意。《乐章集》注"大石调"，柳永之后再无人填此曲。

②花隔：隔夜之花，也就是朝花。铜壶：即"漏壶"，古时一种铜质的壶型计时器。

③露晞金掌：日出之后，铜铸的仙人承露盘上的露水也慢慢干了。典出《三辅黄图》："汉武帝以铜作承露盘，高二十丈，七围，上有仙人掌，承露，和玉屑，欲以求仙也。"晞：干。金掌：铜铸的仙人掌，擎盘以承甘露。

④帝里：指京都，这里指汴京。

⑤春杪（miǎo）：春末。杪：尽头，多指岁月或季节的末尾。

⑥灵沼：周时的池沼，在长安二十里处。这里指宋琼林苑中的金明池。

⑦秦楼：妓院的美称。彩凤：人名。

⑧楚观：即楚馆，也是妓院的一种称呼。朝云：为妓女的名字。

⑨朱扉悄悄：红色的大门静悄悄地关闭。意在感叹时光飞逝，物是人非。

⑩赢得：落得。凄凉怀抱：凄楚和惆怅的心情。

【译文】

美好的光阴在滴漏中消逝，金掌中的露珠也已经晒干，这便是京都十二门的清晨。都城春色烂漫，使人偏爱。轻烟在漫长的白天飘动着，引得黄莺在上林苑婉转歌鸣，鱼儿在清澈的池沼中游弋。街巷天气初晴，尘土中透着芳香，街巷两旁垂杨芳草。

如此美景，让我想起了秦楼楚馆里那些漂亮的姑娘（歌妓），忆起了过去美好的时光，我曾与她们在一起，我曾贪恋她们的欢歌笑语。然而我已经离开都城这么多年，如今依然会不时想起当年欢爱时的山盟海誓，想要回到这里。当年那些人呀，如今已经不知在何处了，只能看见半掩的红色门扉。面对这一切，我只有站在那里沉默无言，独剩自己一人凄凉。

【赏析】

这是一首感春怀人的相思之作，着重描写了词人对两位红颜知己的思念之情。词人寓居他乡重回汴京后，探望昔日的红粉知己，可人去楼空，怅惘之下作此词，以抒感怀。

本词上片写景，描绘京都的明媚春光。"花隔铜壶，露晞金掌，都门十二清晓"三句写汴京清晨时分的景色。"帝里风光烂漫，偏爱春杪"，写春末时光的美好。接下来写春末汴京的多种景致和人物感受，表达了词人对美景的欢欣和愉悦的心情。

下片追忆旧日之欢，感慨物是人非。"因念秦楼彩凤，楚观朝云，往昔曾迷歌笑"三句，词人笔锋一转，开始追忆旧日之欢。"秦楼彩凤"典出《列仙传》："萧史者，秦穆公时人也，善吹箫，能致孔雀白鹤于庭。秦穆公有女字弄玉，好之。公遂以女妻焉，日教弄玉作凤鸣，居数年，吹似凤声，凤凰来止其屋。公为作凤台。夫归止其上，不下数年，一旦旦皆偕随凤凰飞去。""楚观朝云"典出《神女赋》："楚襄王与宋玉游于云梦之浦，使玉赋高唐之事。其夜王寝，梦与神女遇，其状甚丽。""别来岁久，偶忆欢盟重到"这两句则揭露了词人为何开始回忆过往的原因。原来词人久别重到往日欢愉之地。"人面桃花，未知何处，但掩朱扉悄悄"这三句引用崔护的典故，来写明时移世界，物是人非。"尽日伫立无言，赢得凄凉怀抱"二句抒发了词人凄凉、孤寂的情绪。

全词叙事风格直接简单，但文字却清新雅致，耐人寻味。通过上片对美景的叙述与下片感春怀人的失落和伤感，形成了鲜明的反差，由此让人感受到词人情绪的变化。

# 桂枝香·金陵怀古　宋·王安石

**【原文】**

登临送目，正故国晚秋①，大气初肃②。千里澄江似练，翠峰如簇③。征帆去棹残阳里，背西风、酒旗斜矗④。彩舟云淡，星河鹭起⑤，画图难足。

念往昔、繁华竞逐。叹门外楼头⑥，悲恨相续⑦。千古凭高，对此漫嗟荣辱⑧。六朝旧事随流水，但寒烟芳草凝绿。至今商女⑨，时时犹唱，《后庭》遗曲⑩。

**【注释】**

①送目：望远。故国：即故都，旧时的都城。金陵为六朝故都，故称故国。

②初肃：天气刚开始萧肃。肃：萧萧，肃杀。

③澄江：清澈的长江。练：白色的绢。如簇：这里指群峰好像丛聚在一起。簇：丛聚。

④征帆去棹（zhào）：指往来的船只。棹：划船的一种工具，形似桨，也可引申为船。斜矗：高高地斜插。矗：直立。

⑤星河：天河，这里指秦淮河。鹭（lù）：白鹭，一种水鸟。

⑥繁华竞逐：形容（六朝的达官贵人）争着过奢靡荒淫的生活。竞逐：竞相仿效追逐。门：指朱雀门。楼：指南朝陈后主时期的结绮阁。

⑦悲恨相续：指六朝亡国的悲恨，接连不断。

⑧漫嗟荣辱：空叹历朝兴衰。荣：兴盛。辱：灭亡。

⑨商女：古指酒楼茶坊的歌女。

⑩《后庭》遗曲：指歌曲《玉树后庭花》，相传此曲为陈后主所作，其词哀怨绮靡，后人将它看成亡国之音。

**【译文】**

登上城楼，极目远望，故都金陵正是深秋时节，天气已变得萧瑟清凉。那千里清江澄澈宛如一条白色的长绢，青翠的山峰好像是箭簇耸立在前方。一只只帆船在夕阳中往来穿梭，迎着西风吹起的地方，斜插在房前的酒旗迎风飘扬。画船如同在淡云中浮游，江中洲上的白鹭时而停歇时而盘旋，这美景纵然妙笔丹青也难以描摹。

遥想当年，故都金陵是何等繁华，达官贵人争相追逐奢华的生活，可叹那朱雀门外结绮楼阁只知燕舞莺歌，却不知六朝君主亡国的悲恨接连不断。自古多少人在此登高怀古，无不对历代荣辱喟叹感伤。六朝旧事早已随流水消逝，剩下的只有寒烟惨淡、绿草衰黄。直到今天，那些商女们还时时地吟唱着《后庭花》的遗曲。

**【赏析】**

这首词作于诗人在江宁府任职期间。诗人通过对金陵（今江苏南京）景物的赞美，剥离出自己心中对于六朝衰亡的历史教训的认识，发出了历史兴亡的感喟，寄托了他对当时朝政的担忧和对国家政治兴衰的关心，同时也暗中表达了他对北宋社会现实的不满，透露出居安思危的忧患意识。

词的上片写登临金陵故都之所见。从水面、地面、空中进行立体描摹，呈现出雄浑的场面和苍凉的境界。下片写在金陵之所想。通过今昔对比，时空交错，对历史和现实，表达出深沉的抑郁和沉重的叹息。全词立意不凡，结构严密，境界雄浑阔大，风格沉郁悲壮，用典贴切自然，充分显示出诗人立足之高、胸襟之广，高瞻远瞩的政治情怀，表现出一个清醒的政治家的真知灼见。据《古今词话》记载，当时有多位文人写了《桂枝香》，只有王安石这首词匠心独运，卓尔不群，被推为上乘佳作，流传甚广。

# 生查子　清·纳兰性德

## 【原文】

惆怅彩云飞①，碧落知何许②？不见合欢花③，空倚相思树④。

总是别时情，那得分明语。判得最长宵⑤，数尽厌厌雨⑥。

## 【注释】

①彩云飞：彩云飞逝。

②碧落：道家称东方第一层天，碧霞满空，叫作"碧落"。后泛指天上。

③合欢花：树名，又名夜合树、绒花树、乌绒树，落叶乔木，树皮灰色，羽状复叶，小叶对生，白天对开，夜间合拢。

④相思树：木名，指有些具有红色种子的树种。如红豆树、海红豆等，象征忠贞不渝的爱情。

⑤判得：心甘情愿地。

⑥厌厌：绵长、安静的样子。南唐冯延巳《长相思》："红满枝，绿满枝，宿雨厌厌睡起迟。"

## 【译文】

惆怅地看着彩云飞去，却不知道飞到哪里。看不见合欢花开，只得徒然倚靠着相思树。

道别的场景历历在目，那种怅惘的心情根本说不清楚。相思的夜晚最是漫长，我情愿在无眠中倾听一夜的雨声。

## 【赏析】

这首词写于词人妻子卢氏去世之后，是作者的一首悼亡怀念之作。卢氏的去世，彻底打碎了纳兰性德的生活，这个一往情深的人，把卢氏病逝的责任归结到自己身上，长期处于无法自拔的自责中，陷入一种难以解脱的痛苦中。也正因如此，他的词风与以前相比发生了较大转变，写下了许多叫人肝肠寸断、万古伤怀的悼亡之词。

　　本词上片说彩云飞逝，不知飘散到高天何处，这是运用托比之法，表述所爱之人一别杳然，踪影全无，而今只落得空倚相思树的悲凉情境了。词人不见"合欢花"，只能空依"相思树"，也更加表明了纳兰性德在作此词时悲伤与绝望的心境。下片则说别时之情景长存，历历在目，无法忘却，使他彻夜不眠，辗转反侧，并心甘情愿地忍受着这凄清孤独之苦，结尾用"数尽厌厌雨"的凄婉文字表现了无比伤痛的情怀。

　　读罢此词，可以清晰地窥见纳兰性德那一份长久不变的思念，以及他在深沉的情思中一颗始终难以释怀的心。情感之笃厚，尤为动人。

彩

### 【诗句扩展】

　　万乘出黄道，千旗扬彩虹。——唐·李白《上之回》

　　安得五彩虹，驾天作长桥。——唐·李白《焦山望寥山》

　　两水夹明镜，双桥落彩虹。——唐·李白《秋登宣城谢朓北楼》

　　石镜挂遥月，香炉灭彩虹。——唐·李白《下寻阳城泛彭蠡寄黄判官》

　　彩袖殷勤捧玉钟，当年拚却醉颜红。——宋·晏几道《鹧鸪天·彩袖殷勤捧玉钟》

　　彩丝茸茸香拂拂，线软花虚不胜物。——唐·白居易《红线毯》

十五彩衣年，承欢慈母前。——唐·孟浩然《送张参明经举兼向泾州觐省》

但使故乡三户在，彩丝谁惜惧长蛟。——唐·李商隐《楚宫》

彩线轻缠红玉臂，小符斜挂绿云鬟。——宋·苏轼《浣溪沙·端午》

稚子金盘脱晓冰，彩线穿取当银钲。——宋·杨万里《稚子弄冰》

彩舟载得离愁动，无端更借樵风送。——宋·贺铸《菩萨蛮·彩舟载得离愁动》

彩云断、翠羽散，此情难问。——宋·吴文英《惜秋华·七夕》

欲寄彩笺兼尺素，山长水阔知何处？——宋·晏殊《蝶恋花·槛菊愁烟兰泣露》

画楼洗净鸳鸯瓦，彩绳半湿秋千架。——元·王元鼎《醉太平·寒食》

彩云易向秋空散，燕子怜长叹。——清·纳兰性德《虞美人·彩云易向秋空散》

# 江

## 送桂州严大夫同用南字① 唐·韩愈

【原文】

苍苍森八桂②，兹地在湘南③。

江作青罗带，山如碧玉簪④。

户多输翠羽⑤，家自种黄甘⑥。

远胜登仙去，飞鸾不假骖⑦。

【注释】

①桂州：治所在今广西桂林。严大夫：即严谟，是欧阳修的朋友。

②森：茂盛。八桂：传说月宫中有八株桂树，而桂州因产桂而得名，所以"八桂"就成了它的别称。

③兹：此，这。湘南：今湖南以南，指桂州。

④簪（zān）：古人用以插定发髻或连冠于发的一种长针，后专指妇女插髻的首饰。

⑤输：此为缴纳税赋之意。翠羽：指翡翠鸟的羽毛。自唐以来，翠羽是最珍贵的饰品，朝廷每年都要征缴它，作为赋税之一。

⑥黄甘：即黄柑。一种当地特产食品，桂林人称之为"黄皮果"。

⑦飞鸾（luán）：传说为仙人所乘坐的神鸟。不假骖（cān）：这里指不用借助骑着飞鸾升仙。骖：古代指驾在车辕两旁的马。

【译文】

苍郁茂盛的八桂之地，这个地方就在湘南。

那里的江水如同一条青绿色的纱罗衣带，连绵的山脉好像碧绿色的玉簪。

户户都能多多缴纳翡翠鸟的羽毛，家家都自己种植黄柑。

美景远胜过登仙而去的仙境，无须借助飞鸾为坐骑就能飞升成仙。

【赏析】

唐穆宗长庆二年（822），韩愈的朋友严谟以秘书监为桂管观察使，在离开京都上任前，时任兵部侍郎的韩愈为他饯行，作此诗以赠别。

诗中首联点明严氏赴任之地是位于"湘南"的桂林，并紧扣桂林以桂树闻名的由来，一句"苍苍森八桂"表明了这里的桂树之多，苍郁茂盛。此中隐喻了一个神话传说，来赞誉这里"八桂而成林"的神奇，既贴切又新颖，而如此桂花飘香之地，无疑令人神往，在赞叹之中引出下文。颔联介绍漓江之水清澈澄明、蜿蜒曲折的秀美。"江作青罗带，山如碧玉簪"，极为形象鲜明地描绘出了桂林山水相映的特点，成为了流传千古、脍炙人口的佳句。颈联写桂林独具特色的风俗人情。唐代以来，翠鸟羽毛是极珍贵的饰品，其产地也就更有吸引力了，加之家家户户都能有丰美的"黄柑"可食，这对于当地人来说是极普通的物产，但对于来自京都之人一定会感到新鲜无比，流露出作者的羡慕，并表达祝愿与不舍。最后归结到送行之意。朋友此去桂林虽不乘飞鸾，却"远胜登仙"，言外之意就是这美丽的地方如同仙境一般，怎能不令人神往。

全诗写足了桂林山水之美，同时也表达了诗人对朋友远行的安慰之情，从而淡化了别离的感伤。

## 滕王阁诗　唐·王勃

【原文】

滕王高阁临江渚①，佩玉鸣鸾罢歌舞②。

画栋朝飞南浦云③，珠帘暮卷西山雨。

行云潭影日悠悠④，物换星移几度秋。

阁中帝子今何在⑤，槛外长江空自流⑥。

【注释】

①江：指赣江。渚：江中小洲。

②佩玉鸣鸾：身上佩戴的玉饰、响铃。

③浦：水边或河流入海的地方（多用于地名）。

④日悠悠：每日无拘无束地游荡。

⑤帝子：指滕王。

⑥槛：栏杆。

【译文】

高耸巍峨的滕王阁俯临着江心的沙洲，佩玉鸾铃声中的华丽歌舞早已不见。

南浦的轻云在画栋边上环绕飘飞，傍晚时分西山飘落的雨吹打着珠帘。

江水倒映着每日悠闲的彩云，时光变迁，不知已经度过几个春秋。

滕王阁的主人滕王如今在哪里呢？只见栏杆外那滔滔江水空自奔流。

【赏析】

这首诗题中的滕王阁，位于今江西南昌赣江之滨，为江南三大名楼之一。它是由唐朝宗室大臣，唐高祖李渊之子、唐太宗李世民之弟的李元婴任洪州都督时所建，因李元婴被封为滕王而得名。唐高宗上元三年（676），诗人王勃远道去交趾（今越南）探父，途经洪州（今江西南昌），参与都督阎伯屿宴会，即席作《滕王阁序》，序末附写这首诗篇，概括了序的内容。

诗的开篇，从空间上落笔，开门见山地点出滕王阁临江而建的高远气势。次句笔意一转，跨越时空地发出联想，想到当年建阁之人的豪华场景已经消逝，从"罢歌舞"的时间意识发出浓厚的历史感慨，使读者自然产生一种盛衰无常的感觉。颔联写阁的冷清与高峻。意思是，往日雕梁画栋的楼阁有王子的居住更显其气势，珠帘有玉面相衬更显其温婉高贵，而如今人去楼空，显得苍凉。颈联由空间转入时间，点出了时日的漫长，很自然地生出了风物更换季节，星座转移方位的感慨。尾联将人的目光牵引到了更加广阔的空间，把人的思绪带到了更加纵深的历史，感慨人去阁在，江水自流，道出荣华富贵、功名利禄皆为空幻的消沉之思，以此收束全篇。

全诗从时空的脉络出发，对滕王阁进行吟咏，笔意纵横，语言凝练，气度高远，境界宏大，与《滕王阁序》可谓双璧同辉，相得益彰。

## 建昌江　唐·白居易

【原文】

建昌江水县门前①，立马教人唤渡船②。

忽似往年归蔡渡③，草风沙雨渭河边④。

【注释】

①建昌江：即修水。源出江西修水县西，东流入鄱阳湖。县：即建昌县，唐代属洪州，今江西永修县。

②教：使，令。唤渡船：召唤渡船。后人本着白居易诗意，于此处修水岸边建唤渡亭，立石刻诗。

③蔡渡：古渡口名。在渭河南岸，与作者故居渭村隔渭水相对望。因汉代孝子蔡顺而得名。

④沙雨：犹小雨，细雨。渭河：古称渭水，是黄河的最大支流。

【译文】

建昌江的水横卧在县城边，立马站在江边，叫人呼喊渡船。

忽然感觉和往年回家一样，在蔡渡等船，风吹拂野草，雨拍打着沙滩，我立马在渭河岸边。

## 【赏析】

公元 815 年，白居易因得罪朝廷权贵被贬为江州司马。此诗当为他在江州司马任上时，因公事到江州附近的建昌江去，在渡口等船时有感而写。从表面上看该诗写渡口风光，其实蕴藏着思归的情怀和深沉复杂的思想。

全诗勾勒出了一幅画面：一江碧水，静卧在县城边，澄澈无波，映照着白云和房舍。诗人勒马驻足，"立马教人唤渡船"。一个"唤"字，说明诗人要过江，同时也说明此刻渡船并不在岸边，需要等待。在等待的时候，诗人看着清清江水，忽然想起往年归家路过蔡渡时的情景。历历往事，涌上心头。尾句以微风拂动渡口边的青草，细雨拍打着沙滩，将画面渲染得一片迷蒙。其"草风沙雨"四字，色调凄迷，愈加衬托出诗人幽独凄怆的心境。

这首诗看似描绘了一幅淡墨勾染的风景画，其实是一首情思邈远的抒情诗，可谓熔诗画于一炉。


# 秋思　　宋·陆游

## 【原文】

利欲驱人万火牛①，江湖浪迹一沙鸥②。

日长似岁闲方觉③，事大如天醉亦休④。

砧杵敲残深巷月，梧桐摇落故园秋。

欲舒老眼无高处⑤，安得元龙百尺楼⑥。

## 【注释】

①利欲：名利与欲望。驱：赶逐。火牛：战国时，齐燕交战，齐国将领田单以火牛助战，牛角绑上利刃，牛尾拖着火把，驱牛冲向敌人，打败燕国。

②浪迹：到处游走，行踪不定。

③日长似岁：度日如年。方：才会，才能。觉：觉察，意识到。

④休：忘了，算了。

⑤舒：舒展，这里是登高望远的意思。

⑥安得：哪里能够。元龙：即陈登，字元龙，三国时魏人，他为人高风亮节，素有扶世救民的志向。百尺楼：三国时，许汜说陈元龙让客人睡在床下，自己则睡在床上，不懂待客之道，刘备则说："现在天下大乱，你却贪图享乐，去别人家做客，这是陈元龙最鄙视的事，如果是我，不会让你睡在床下，我会叫你睡在百尺高楼的下面。"

**【译文】**

名利和欲望驱使人向前急行，如同万头火牛奔突一样，倒不如做个江湖之人，像沙鸥鸟一样闲适清逸。

无所事事的时候感觉日子很漫长，一日就像一年，可即使是天大的事，喝醉了也就什么都不想了。

在捣衣棒的敲击声中，从深巷里看到明月渐渐西沉，见到梧桐树的叶子被风摇吹落，不由念及故园之秋。

想要舒展一下眼睛，可是没有登高的地方，怎能像三国高士陈元龙站在百尺高楼上，纵论天下大事呢。

**【赏析】**

这是一首秋日感怀之作。诗中前两联表达了诗人向往闲适而又不能闲居的心情。诗人虽然赞美沙鸥闲逸，但又说闲时度日如年；虽说事大如天，却又

说醉后亦休，表现了一种无可奈何的复杂心理，写得疏放豪爽。颈联情景交融，以闻砧杵之声和深巷望月，以及见梧桐叶落而念故园之秋而抒发感怀，借描写凄凉萧条的秋景，隐喻自己的心情。尾联作为全诗的收尾，可谓点睛之处，末句的"元龙百尺楼"，代表着三国高士陈元龙的忧国忧民之心，也代表着诗人兼济天下之心，诗人借此典故来抒发自己英雄末路、报国无门的悲伤，表达得十分含蓄。

# 泊船瓜洲① 宋·王安石

## 【原文】

京口瓜洲一水间②，钟山只隔数重山。

春风又绿江南岸③，明月何时照我还？

## 【注释】

①泊（bó）船：停船。泊：停泊。指船停泊靠岸。

②京口：古城名。故址在江苏省镇江市。瓜洲：镇名，在长江的北岸，扬州的南郊，就是现在扬州市南部长江边，京杭运河分支。一水间：一水之隔。这里的"一水"指长江。

③绿：吹绿。

## 【译文】

我站在瓜洲渡口向南望去，京口和瓜洲不过一水之遥，从这里到钟山也只隔着几重山峦。

温柔的春风又一次吹绿了江南的两岸，可是天上的明月啊！你什么时候才能照着我回到家乡？

## 【赏析】

这是一首著名的抒情小诗，是王安石乘船经过瓜洲时所写。本诗从字面上不难看出流露着作者对故乡的怀念之情，充满了急欲飞舟渡江回家和亲人团聚的热切愿望。其实，在字里行间也暗示着作者怀有重返政治舞台、推行新政的强烈欲望，同时也表达了作者希望早日功成身退、闲居山林的心愿。

　　全诗不仅情景交融，而且叙事也富有情致。最令人津津乐道的还是在修辞上的锤炼。第三句"春风又绿江南岸"，描绘了江南两岸迷人的春色，寄托了诗人浩瀚的情思。其中"绿"字可以体会到诗人用词的讲究，在这之前，王安石也有过多次斟酌推敲这个字，但最后还是把这个字改成了"绿"，如此，使人更容易体悟到春意盎然的江南景色，同时也给人以生机勃勃之感。

　　全诗寓情于景，抒发了作者遥望江南、思念家乡的深切感情。

【诗句扩展】

　　朝辞白帝彩云间，千里江陵一日还。——唐·李白《早发白帝城》

　　孤帆远影碧空尽，唯见长江天际流。——唐·李白《黄鹤楼送孟浩然之广陵》

　　正是江南好风景，落花时节又逢君。——唐·杜甫《江南逢李龟年》

　　野径云俱黑，江船火独明。——唐·杜甫《春夜喜雨》

　　月落乌啼霜满天，江枫渔火对愁眠。——唐·张继《枫桥夜泊》

　　寒雨连江夜入吴，平明送客楚山孤。——唐·王昌龄《芙蓉楼送辛渐》

　　孤舟蓑笠翁，独钓寒江雪。——唐·柳宗元《江雪》

日出江花红胜火，春来江水绿如蓝。——唐·白居易《忆江南》

嘉陵江曲曲江池，明月虽同人别离。——唐·白居易《江楼月》

行尽江南数十程，晓风残月入华清。——宋·杜常《咏华清宫》

江城人悄初更打，问繁华谁解，再向天公借。——宋·蒋捷《女冠子·元夕》

乱碧萋萋，雨后江天晓。——宋·梅尧臣《苏幕遮·草》

至今思项羽，不肯过江东。——宋·李清照《夏日绝句》

竹外桃花三两枝，春江水暖鸭先知。——宋·苏轼《题惠崇春江晚景》

# 水

## 赠汪伦　唐·李白

【原文】

李白乘舟将欲行，忽闻岸上踏歌声①。

桃花潭水深千尺②，不及汪伦送我情③。

【注释】

①踏歌：古代民间一种歌唱形式，一边唱歌，一边用脚踏地打拍子，可以边走边唱。后来也指"行吟"，即漫步而歌。

②桃花潭：在安徽泾县西南。

③不及：不如。

【译文】

我坐上小船，刚要解缆出发，忽然听到岸上传来悠扬的踏歌声。

桃花潭水纵然深有千尺，也不及汪伦送别我的一片真情。

【赏析】

这首诗是李白于泾县（今安徽地区）游历桃花潭时写给好友汪伦的一首留别诗。诗中描绘李白乘舟欲行时，汪伦赶来踏歌送行的情景，朴素自然地表达出汪伦对自己那种朴实、真诚的情感，这样的送别，也侧面表现出李白和汪伦这两位朋友同是不拘俗礼、快乐自由的人。后两句先用"深千尺"表述桃花潭水的纵深，为下句的转折作铺垫，紧接着笔锋一转，讲述桃花潭水虽然很深，但比不上朋友的情深。这里就近取喻，巧妙运用比喻手法，把无形的情谊化为有形的千尺潭水，生动形象地呈现了真挚深厚的友情，增加了诗的亲切感。

全诗语言平淡，真挚自然，直抒胸臆，有明显的民歌风味，清新流畅，是一篇流传极广的佳作。

# 客至　唐·杜甫

【原文】

舍南舍北皆春水①，但见群鸥日日来②。

花径不曾缘客扫③，蓬门今始为君开④。

盘飧市远无兼味⑤，樽酒家贫只旧醅⑥。

肯与邻翁相对饮⑦，隔篱呼取尽余杯⑧。

【注释】

①舍：指家。

②但见：只见。

③花径：长满花草的小路。缘：因为。

④蓬门：简陋的草屋。

⑤盘飧（sūn）：盘中的菜。飧，熟食。市远：离集市远。无兼味：谦言菜少。

⑥樽（zūn）：酒器。旧醅（pēi）：隔年的陈酒。

⑦肯：是否可以，这是向客人征询。

⑧余杯：余下来的酒。

【译文】

我的房前屋后都环绕着清清的春水，只见成群的鸥鸟天天飞来。

不曾为客人打扫过花径，今天因为你的到来才特地清扫，也是因为你的到来，紧闭的柴门才首次打开。

因为离集市太远，盘中的菜很简单，由于家境清贫，只有很普通的陈酒招待你。

如果你愿意和邻居老翁对饮几杯，我就隔着篱笆把他喊过来。

**【赏析】**

这首诗是上元二年（761）春天，杜甫五十岁时，在成都草堂所作。杜甫在历尽颠沛流离之后，终于结束了长期漂泊的生涯，在成都西郊浣花溪头的一座草堂暂时安居下来。不久这位客人来访，杜甫作了此诗。

这是一首纪事诗，叙述了这位客人来访、主人欣喜招待的情景。首联先从草堂外的景色着笔，点明周围绿水环绕的清幽环境，为作者的生活增添了隐逸的色彩，并用"春水""群鸥"等意象，渲染出一种充满情趣的生活氛围，流露出主人公因客至而欢欣的心情。颔联把笔触转向庭院，表达对客人到来的迎接和敬重。那长满花草的庭院小路，从来没有因为迎客而打扫，今天特意打扫了；一向紧闭的家门，今天才第一次为贵客打开，交情之深与欢快之情，由此足见。颈联实写待客，菜肴欠丰，宴席不盛，因家境贫寒，又未酿新酒，只能拿味薄的隔年老酒来招待，歉疚而无奈。尾联诗人独具匠心，巧妙地宕开一笔，以"肯与邻翁"之问作结，既表达与邻翁关系相处的和谐，可以随时请邻翁前来作陪助兴，也显示了与客人之间无拘无束的情谊。可以说，全诗峰回路转，别开境界，堪称神来之笔。

全诗描写通俗明白，把眼前景物、家常话语、深切情感，熔为一炉，娓娓道来，环环入扣，充满了浓郁的生活气氛，故千百年来能够引起人们的共鸣，一直传唱不衰。

# 暮江吟① 唐·白居易

**【原文】**

一道残阳铺水中②，半江瑟瑟半江红③。

可怜九月初三夜④，露似真珠月似弓⑤。

**【注释】**

①暮江：指曲江池，故址在今陕西西安市东南曲江，以池曲折而得名。池岸花卉围绕，烟水明媚，是当时都中第一胜景。唐玄宗每年三月三日要在那里

宴请群臣。白居易在长安时，也喜欢去那里游览。吟：吟诗。

②残阳：黄昏时落日的余晖。铺：铺洒。

③瑟瑟：一种深绿色宝石。这里形容落日余晖没有照到的江水呈现的颜色。

④可怜：可爱。九月初三：农历九月初三的时候。

⑤真珠：即珍珠。月似弓：弯月如弓。

**【译文】**

一道余晖铺在江面上，在阳光的照射下，江水一半碧绿，一半艳红。

更让人怜爱的是那九月初三之夜，滴滴清露好像粒粒珍珠，朗朗新月形如精致的弯弓。

**【赏析】**

这首诗大约是长庆二年（822）诗人在赴杭州任刺史的途中所写。诗中选取了红日西沉到新月东升这一段时间里的两组景物进行描写，表现了曲江池畔秋天的景色。

夕阳西下之时，一道余晖柔和地铺在江水之上，在阳光的照射下，波光粼粼，金光闪闪。江水看上去，一半呈现出深深的碧绿，一半呈现出橘红。"瑟瑟"与"红"，形成鲜明的对比，极富色彩美感。仅仅十四个字，却给人以身临其境的感觉，莫名生出向往之情。可是在诗人眼里，最可爱的还是"九月初三夜"的江面，岸边

草叶上的滴滴清露像一粒粒珍珠，晶莹剔透。而升起的一弯新月，恰如一张精巧的弯弓挂在天边。诗人用"露珠""弯月"构成一幅美丽的夜景，与之前的暮景相对接。暮色映照下的江面和夜晚的月牙露珠，同样美得令人心动。

全诗运用新颖巧妙的比喻，创造出了一种和谐、宁静的意境。明代杨慎《升庵诗话》评曰："诗有丰韵。言残阳铺水，半江之碧，如瑟瑟之色；半江红，日所映也，可谓工微入画。"《唐宋诗醇》评曰："写景奇丽，是一幅着色秋江图。"

## 竹枝词　唐·刘禹锡

【原文】

杨柳青青江水平①，闻郎江上唱歌声。

东边日出西边雨，道是无晴却有晴②。

【注释】

①江水平：江水平静清澈。

②晴：指天气晴朗。这里是双关语，暗寓爱情。

【译文】

江边的杨柳青青，江水一片平静，江上传来了你熟悉的歌声。

东边出太阳，西边还在下雨，说不是晴天吧，可还是有晴天。

【赏析】

竹枝词，为巴渝（今四川省、重庆市）一带的民歌。歌词杂咏当地风物和男女爱情，富有浓郁的生活气息。这首诗是作者于唐穆宗长庆二年（822）至长庆四年（824）在夔（kuí）州任刺史时所写，共写有《竹枝词》十一首，这是其中的一首。

该诗是一首写青年男女爱情的诗歌。诗中描写了一位沉浸在初恋中的少女，当听到情人的歌声时又怀疑、又欣喜的内心活动。诗人巧妙运用谐音双关的手法，把天"晴"和爱"情"这两件没有联系的事物精巧地联系起来，用简洁平淡的语言刻画出了初恋少女忐忑不安的微妙感情。

全诗语言通俗，情调淳朴，双关语的运用使其更富诗情画意。后两句一直被人们广泛引用，成为脍炙人口的名句。

## 饮湖上初晴后雨　宋·苏轼

【原文】

水光潋滟晴方好①，山色空蒙雨亦奇②。

欲把西湖比西子③，淡妆浓抹总相宜④。

【注释】

①潋滟（liàn yàn）：水面波光闪动的样子。方好：显得正美。

②空蒙：细雨迷蒙的样子。蒙，一作濛。

③西子：西施，春秋时越国著名美女。

④总相宜：总是很合适，十分自然。

【译文】

天气晴朗时，西湖水在太阳照耀下波光闪闪，十分美丽；细雨飘飘时，群山笼罩在烟雨之中，若隐若现，也显得非常奇妙。

如果把西湖比作美丽的西施，那么淡妆也好，浓妆也罢，总能很好地烘托出她那迷人的神韵。

**【赏析】**

苏轼在杭州任通判时，写下了很多歌颂西湖的诗篇，这是其中非常有名的一首，写于熙宁四年（1071）。诗的开头两句，运用巧妙的笔法，既写了湖光，又写了山色；既有晴和之景，又有雨天之韵。后面两句对西湖美景作出全面的评价，以绝色美人喻西湖，不仅赋予西湖之美以生命，而且使西湖的秀美具体化，形象化。

全诗构思新奇，情味隽永，并充满理趣，通过对西湖水光山色、晴姿雨态的描述，生动地说明了本质是美的，即使形式起了变化，也不会对美造成妨碍的道理。

# 庆全庵桃花① 宋·谢枋得

**【原文】**

寻得桃源好避秦②，桃红又是一年春。

花飞莫遣随流水③，怕有渔郎来问津④。

**【注释】**

①庆全庵：诗人隐居于福建建宁唐石山时为其所居取的室名。

②桃源：桃花源，即世外桃源。典故出自陶渊明的《桃花源记》，说晋代一个渔夫偶尔到达一个种满桃花的地方，里面住着一群躲避秦乱的居民，安居乐业如世外仙境。

③莫遣：莫使，不要让。

④问津：询问道路。这里用陶渊明《桃花源记》中"无人问津"意，指寻访。

**【译文】**

寻到一个像桃花源那样理想的地方，好躲避秦朝的暴政，桃花又一次盛开，又一年的春天来到。

花瓣纷纷飘落，不要让它随水漂流，因为那样会引得寻找桃花源的渔夫出现，前来问路。

【赏析】

谢枋得（1226—1289），字君直，号叠山，南宋弋阳（今江西弋阳）人，南宋理宗宝祐四年（1256）举进士。他经历了元朝挥师南下，直至南宋灭亡的历史过程。南宋灭亡后，元朝强逼谢枋得出仕，他拒而不出，并绝食而亡。

该诗是诗人的一首借物咏志之作。诗的开头没有直接描写自己所居住的庆全庵，而是借景抒情，把自己居住的幽静小庙，比作逃避秦王朝暴政的世外桃源，表达了自己愤世嫉俗的情怀和对安宁生活的向往。第二句写到因为隐居失去了世间概念，只有桃花盛开时，才知道又是一年的春天来到。三、四句则通过描写不希望桃花源被渔人问津，折射出诗人身处乱世，希望在这里隐居避难，坚决不仕新朝的决心。

【诗句扩展】

水何澹澹，山岛竦峙。——三国魏·曹操《观沧海》

颠狂柳絮随风舞，轻薄桃花逐水

流。——唐·杜甫《漫兴》

春江潮水连海平，海上明月共潮生。——唐·张若虚《春江花月夜》

君不见，黄河之水天上来，奔流到海不复回。——唐·李白《将进酒》

世间行乐亦如此，古来万事东流水。——唐·李白《梦游天姥吟留别》

桃花潭水深千尺，不及汪伦送我情。——唐·李白《赠汪伦》

渌水明秋月，南湖采白蘋。——唐·李白《渌水曲》

昔时人已没，今日水犹寒。——唐·骆宾王《于易水送人》

水晶帘动微风起，满架蔷薇一院香。——唐·高骈《山居夏日》

问君能有几多愁？恰似一江春水向东流。——唐·李煜《虞美人·春花秋月何时了》

天阶夜色凉如水，坐看牵牛织女星。——唐·杜牧《秋夕》

泉眼无声惜细流，树阴照水爱晴柔。——宋·杨万里《小池》

花自飘零水自流。一种相思，两处闲愁。——宋·李清照《一剪梅·红藕香残玉簟秋》

山重水复疑无路，柳暗花明又一村。——宋·陆游《游山西村》

京口瓜洲一水间，钟山只隔数重山。——宋·王安石《泊船瓜洲》

谁道人生无再少？门前流水尚能西！——宋·苏轼《浣溪沙·游蕲水清泉寺》

水是眼波横，山是眉峰聚。——宋·王观《卜算子·送鲍浩然之浙东》

胜日寻芳泗水滨，无边光景一时新。——宋·朱熹《春日》

便觉眼前生意满，东风吹水绿参差。——宋·张栻《立春偶成》

# 碧

## 咏柳　唐·贺知章

**【原文】**

碧玉妆成一树高①，万条垂下绿丝绦②。

不知细叶谁裁出③，二月春风似剪刀④。

**【注释】**

①碧（bì）玉：形容柳树碧绿的颜色。妆（zhuāng）成：妆饰而成。一树：满树。

②万条：形容数目很多。绦（tāo）：用丝绒织成的长飘带。这里比喻柳树枝条柔美。

③细叶：指柳树叶子细长。裁（cái）：裁剪，指用刀、剪子等分割片状物。

④似剪刀：像剪刀一样。似：像，相似。

**【译文】**

高大的柳树长满了翠绿的新叶，仿佛是用碧玉妆饰而成的，千万条柳枝轻柔地垂下来，就像是随风飘动的绿丝条儿。

不知道这细长的嫩叶是谁的巧手裁剪出来的，原来是那二月里的春风，真像是一把灵巧的剪刀。

**【赏析】**

这是一首咏物诗，作者借赞美柳树，进而赞美了春天的美丽。

一天，贺知章走出家门闲游，远远看见河畔旁的垂柳，好像是碧玉妆饰过的一样，淡淡的绿色真好看。越走越近的时候，他发现茂密的枝条随风摆动，就像千万条绿丝带在飘动，再走近一看，原来是柳树已经长出嫩叶。他轻轻抚摸嫩绿的叶子，心里浮想翩翩。忽然一阵微风拂过，这乍暖还寒的二月风还是很凉的，他似乎忽然有所领悟，哦！这漂亮的柳叶一定是二月春风裁剪出来的。此刻他微微一笑，随口吟出这首诗。

这首诗运用了比喻和拟人的艺术手法，把二月的春风比喻成剪刀，如此化无形为有形，这种极为巧妙的构思与想象力令人佩服。后来"二月春风似剪刀"，逐渐成为千古传诵的佳句。

## 送孟浩然之广陵①　唐·李白

【原文】

故人西辞黄鹤楼②，烟花三月下扬州③。

孤帆远影碧空尽④，唯见长江天际流⑤。

【注释】

①黄鹤楼：故址在今湖北武汉市武昌蛇山的黄鹄矶上，属于长江下游地带。之：往、到达。广陵：即扬州。

②故人：指孟浩然，今湖北襄阳人，其在诗坛上享有盛名。

③烟花：形容柳絮如烟、鲜花似锦的艳丽春景。

④碧空尽：消失在碧蓝的天际。尽：尽头，消失。

⑤唯见：只能看见。天际流：流向天边。天际：天空的尽头。

【译文】

老朋友动身要东去广陵，在西面的黄鹤楼跟我辞行。在柳絮如烟、鲜花似锦的三月沿江流而下到扬州，正是出游的好时候。

孤舟的帆影渐渐远去，缓缓在碧蓝的天空下消失，一望无际的江面之上，只看见滚滚江水流向天的尽头。

**【赏析】**

开元十五年（727）时，李白居住在湖北安陆，并在此住了十年之久，此间，一贯是以诗酒会友，所以结识了长他十一岁的孟浩然，并很快成了挚友。开元十八年（730）的三月，李白得知孟浩然要去广陵，便约他在江夏相会，并在黄鹤楼给他送行。几天后，孟浩然乘船东下，李白送他到江边，见孤帆远去，无限惆怅，遂写下此诗。

诗的开头二句写送别情况。首句讲述老朋友告别而去，离开黄鹤楼由西向东远行；二句写孟浩然由武汉乘船，沿江而下，奔向烟花三月的扬州。后面二句道离别之情。三句写作者送走好友，独自站在黄鹤楼上遥望风帆远去的情景；尾句描写江面上的那只船渐行渐远，终于在水天相接的碧空中消失，视线中所看到的只有滔滔不绝的长江流水。如此伫立凝望，诗人对好友的惜别之情可见一斑。

该诗虽为惜别之作，却写得飘逸灵动，情深而不滞，勾勒出一幅色彩明快，有情有景的送别画，读来意高境远，余味隽永。


# 望天门山　唐·李白

**【原文】**

天门中断楚江开①，碧水东流至此回②。

两岸青山相对出③，孤帆一片日边来④。

**【注释】**

①天门：指天门山，位于今安徽省当涂县西南长江两岸，东为东梁山（又称博望山），西为西梁山（又称梁山）。两山隔江对峙，形同天设的门户，天门由此得名。中断：江水从中间隔断两山。开：劈开，断开。

②至此：意为东流的江水在这里转向北流。回：回旋，回转。指这一段江水由于地势险峻方向有所改变，并更加汹涌。

③两岸青山：分别指东梁山和西梁山。出：突出，出现。

④日边来：从冉冉红日升起的天边驶来。

**【译文】**

巍峨耸立的天门山被楚江之水从中间拦腰劈开，碧绿的江水向东浩浩奔涌，但由于地势险峻，每到这里就会顺势回旋，水流更加澎湃。

分立两岸的东梁山和西梁山相互对峙，各自突出，江面上有一叶孤舟由远及近，仿佛从冉冉红日升起的天边驶来。

**【赏析】**

据《李白全集编年注释》和郁贤皓编著的《李白选集》中所述，此诗当作于唐玄宗开元十三年（725）春夏之交，李白初出四川，乘船赴江东经过当涂（今属安徽）时看到天门山之景而写下的这首诗。

前二句写诗人远眺天门山夹江对峙，江水穿过天门山，水流湍急、激荡回旋的壮丽景象。首句着重写滚滚东流的楚江水冲破天门山奔腾而去的壮阔气势，在作者笔下，赋予楚江以巨大的生命力，显示出冲决一切阻碍的神奇力量；第二句写江水通过两山间的狭窄通道时，形成波涛汹涌的奇观。后二句写望中所见天门两山的雄姿，以及长江江面的远景。第三句写望中所见天门两山的雄姿，一个"出"字，不但逼真地表现了在舟行过程中所见天门山的特有姿态，而且寓含了观望者一种新鲜喜悦之感；末句描绘出了孤帆一片、破浪而行，越来越靠近天门山的情景。

全诗虽然只有短短四句，却构成了一个意境优美，气魄豪迈、生动而鲜明的山水画面，使人顿觉心胸开阔，视野宽广，充满积极向上的力量。


## 郊行即事① 宋·程颢

**【原文】**

芳原绿野恣行时②，春入遥山碧四围③。

兴逐乱红穿柳巷④，困临流水坐苔矶⑤。

莫辞盏酒十分劝，只恐风花一片飞⑥。

况是清明好天气，不妨游衍莫忘归⑦。

**【注释】**

①郊行：在郊外散步行走。

②恣（zì）行：尽情游赏。

③遥山：远山。碧四围：四周都是碧绿的颜色。

④兴：乘兴，随兴。乱红：杂花，这里指落花。

⑤困：疲倦。苔矶（tái jī）：长着青苔的石头。

⑥风花：风中的花朵。

⑦游衍（yóu yǎn）：放任地游玩。

**【译文】**

在长满芳草花卉的原野上，尽情地游赏，远处的山峰充满春色，四周一片碧绿。

带着浓浓的兴致，追逐风中飘飞的红色花瓣，穿过柳丝飘摇的小巷，觉得疲倦时，对着潺潺的流水，坐在长满青苔的石头上欣赏美景。

不要推辞这杯盛情的美酒，辜负殷勤的美意，只怕是风中的花朵轻飘散尽时，就没有这样的兴致了。

况且是清明佳节，又遇着一个好的天气，不妨纵情地游玩，但也不可乐而忘返。

**【赏析】**

程颢（1032—1085），字伯

碧

淳，学者称明道先生，洛阳（今属河南）人。北宋哲学家、教育家、北宋理学的奠基者。他的理学主张后来为朱熹所继承和发展，世称程朱学派。

这是一首春日出游的诗作，诗人描绘了一幅春日郊外风景图，抒发了清明节郊游时愉快的心情，以及劝说世人珍惜友情、珍惜时光的主旨。诗的首联写暮春时分的郊外春色；颔联、颈联写诗人兴致浓郁时追逐落花，穿行柳巷，饮酒惜花，留恋春光；最后直抒心意，表现了诗人对大自然的流连和惜春之情。

诗中那尽性游玩、追逐落花、穿行柳巷的情景，既灵动清新，也极富少年儿童天真活泼的情趣。

## 苏幕遮·碧云天　宋·范仲淹

### 【原文】

碧云天，黄叶地①。秋色连波，波上寒烟翠②。山映斜阳天接水。芳草无情③，更在斜阳外。

黯乡魂④，追旅思⑤。夜夜除非，好梦留人睡。明月楼高休独倚。酒入愁肠⑥，化作相思泪。

### 【注释】

①黄叶：落叶。

②寒烟：指水汽朦胧，如同烟云。

③无情：指芳草无法理解游子的思乡之情。

④黯（àn）：心情忧郁颓丧。

⑤旅思：羁旅异乡的客中愁思。

⑥愁肠：指忧思郁结于心。

### 【译文】

云天蓝碧，黄叶落满地，天边秋色与秋波相连，波上弥漫着空翠略带寒意的秋烟。远山沐浴着夕阳，天空连接着江水。不解思乡之苦的芳草，一直延伸到夕阳之外的天际。

默默思念故乡黯然神伤，缠人的羁旅愁思难以排遣，每天夜里除非是美梦才能留人入睡。当明月照射高楼时不要独自依倚。频频地将苦酒灌入愁肠，化为相思的眼泪。

### 【赏析】

范仲淹（989—1052），字希文，江苏吴县人，北宋著名的文学家、政治家。真宗大中祥符八年（1015）范仲淹中进士，外放任官多年。作为北宋的一代名臣，范仲淹的文学素养极高，他的词作不多，但其风格沉郁苍凉，词句绮丽奔放，为后来的豪放词打开了新的境界。

这首词抒写了羁旅乡思之情，其主要特点在于能以雄健之笔力抒写低回婉转的愁思，声情并茂，意境宏深，与一般婉约派的词风有所不同。

词的上阕写景，描摹的是辽阔而多彩的秋色，"碧云""黄叶""寒烟"等，构成了一幅色彩斑斓的图画。开头第一句"碧云天，黄叶地"，用了两个对比非常强烈的色彩，写出了秋天最有特征的景象。"碧"写出了秋日最高爽的天空，而"黄"写出了秋日落叶最萧索的大地。天与地便在"碧"与"黄"两种颜色中概括无遗。在天与地之间，词人再通过纵深的视角，描绘了更具体的景物——秋波、

山色和斜阳。首先，词人将具体的"秋波"和抽象的"秋色"相接，再用一个"翠"字藏于"寒烟"之中，在秋日的肃杀中平添几分旖旎的想象。而"天接水"三字更是在词人的想象中，使上下空间形成了勾连。在山与水的尽头是不是可以看到我的家乡啊？但是接下来的"芳草无情，更在斜阳外"一句，词人美好的想象被"无情"二字打破了。芳草的意象写出了离别与思乡，"无情"更是写出人世间离别的痛苦与无奈。

词的下阕表达了词人心头萦绕不去、纠缠不已的怀乡之情和羁旅之思。词人为乡愁所扰而好梦难成，便想登楼远眺，以遣愁怀，但明月皎皎，反而使他倍感孤独与怅惘，于是不由得发出"休独倚"之叹。下片开头作者感情迸发，写思乡之苦，时间由黄昏到了深夜，描写了一个被乡思折磨得睡不着觉的词人形象，词人说"除非好梦留人睡"，这不过是反过来说罢了。于是无眠的词人便起来独自倚着高楼，明月照在他的身上，心却到了远方。那思乡的忧愁啊！都说是酒能解愁，但是那一碗酒下去，流出来的是两行更加相思的泪。酒与泪看似两个毫无逻辑关系的事物，被作者巧妙地连接在一起。以"酒入愁肠"对应前面的"芳草无情"，离别是无奈的，而思念更是无法排解的，这是人类永恒的困惑。

全词低回婉转而又不失沉雄清刚之气，不愧为真情流溢、感慨深邃的千古名篇。整首作品上片写景，下片写情，以芳草、斜阳引出相思，把景与情有机地结合在一起，实为写景抒情的佳作。

【诗句扩展】

不觉碧山暮，秋云暗几重。——唐·李白《听蜀僧濬弹琴》

天门中断楚江开，碧水东流至此回。——唐·李白《望天门山》

江碧鸟逾白，山青花欲燃。——唐·杜甫《绝句·其二》

来往不逢人，长歌楚天碧。——唐·柳宗元《溪居》

泪湿阑干花著露，愁到眉峰碧聚。——宋·毛滂《惜分飞·泪湿阑干花著露》

耳边愁听雨萧萧，碧纱窗外有芭蕉。—— 宋·晁补之《浣溪沙·江山秋

高风怒号》

楼上晴天碧四垂，楼前芳草接天涯。——宋·周邦彦《浣溪沙·楼上晴天碧四垂》

六曲阑干偎碧树，杨柳风轻，展尽黄金缕。—— 五代·冯延巳《鹊踏枝·清明》

碧水惊秋，黄云凝暮，败叶零乱空阶。——宋·秦观《满庭芳·碧水惊秋》

池水凝新碧，阑花驻老红。——宋·吴潜《南柯子·池水凝新碧》

碧湖湖上柳阴阴，人影澄波浸，常记年时对花饮。——元·杨果《小桃红·碧湖湖上柳阴阴》

归鸿声断残云碧。背窗雪落炉烟直。—— 宋·李清照《菩萨蛮·归鸿声断残云碧》

碧瓦楼头绣幕遮，赤栏桥外绿溪斜。—— 宋·范成大《碧瓦》

碧幕霞绡一缕红。槐枝啼宿鸟，冷烟浓。——宋·陈亮《小重山·碧幕霞绡一缕红》

庭院碧苔红叶遍，金菊开时，已近重阳宴。——宋·晏几道《蝶恋花·庭院碧苔红叶遍》

碧山锦树明秋霁。路转陡，疑无地。——宋·曹组《青玉案·碧山锦树明秋霁》

暖日闲窗映碧纱，小池春水浸晴霞。—— 五代·欧阳炯《定风波·暖日闲窗映碧纱》

# 影

## 社日①　唐·王驾

**【原文】**

鹅湖山下稻粱肥②，豚栅鸡栖对掩扉③。

桑柘影斜春社散④，家家扶得醉人归。

**【注释】**

①社日：古代春秋两次祭祀土神，全村的人聚在一起祭祀、宴会，称春社、秋社，这里指的是春社。《全唐诗》中，此诗题为《舍日村居》。

②鹅湖山：山名，在今江西省铅山县。

③豚：小猪。栅：猪圈。栖：鸡舍。掩：关上。扉：门户。

④桑柘：桑树和柘树。影斜：太阳落下，影子偏斜。

**【译文】**

鹅湖山下的稻米和高粱都十分肥美，带有猪圈与鸡舍的人家门户对掩着。

日落时分，桑树柘树的影子长长地偏斜，春社的欢宴结束后人们渐渐散去了，喝得醉醺醺的人在家人的搀扶下回家。

**【赏析】**

王驾（851—？），字大用，自号守素先生，唐代河中（今属山西）人，为昭宗朝进士，曾任校书郎、礼部员外郎，与司空图、郑谷为诗友，其诗构思巧妙，自然流畅，为司空图所推崇。

这是一首描写乡村社日风俗的诗，诗中描写了丰收之年农民欢度社日的情景。

诗的首句开门见山点出时间地点,"稻粱肥"表明庄稼长势喜人,预示着丰收在望。次句写农民家中的猪圈鸡舍,暗示禽畜兴旺之意,用"半掩扉"三字暗示村民去参加社日去了,巧妙地将诗意向后联过渡。第三句用"桑柘影斜"说明天色已晚,春社才散,诗的最后一句用"扶得醉人归"代表春社宴会的满足和快乐,将春社的热闹和庆典的欢乐气氛渲染得淋漓尽致。

全诗朴实、真切,诗人虽未有一字正面写社日,却通过一些极富有农村生活情调的画面勾勒,烘托出山村节日的欢乐,比直接描写社日的热闹与欢乐场面更显鲜明活泼,使人读来余韵无穷。

# 北陂杏花①　宋·王安石

【原文】

一陂春水绕花身②,花影妖娆各占春③。

纵被春风吹作雪④,绝胜南陌碾成尘⑤。

【注释】

①陂(bēi):池塘,这里指水中小洲。

②绕花身:指杏花邻水开放,仿佛被春水环绕着一般。

③花:岸上的花。影:花枝在水中的倒影。妖娆(yāo ráo):娇艳美好,妩媚动人。各占春:指杏花和倒影各占春光。

④纵:即使。吹作雪:杏花颜色亮白,形容风吹落花如同飞雪一般。

⑤绝胜:远远胜过。南陌(mò):指南面的小路上。

【译文】

杏花临水开放,仿佛被满塘的春水环绕着一般,枝头的花和水中的倒影,都是那么妩媚动人,各占一分春光。

北陂的杏花即使被无情的东风吹落,化作飘飘飞雪,也肯定胜过那开放在南面小路上的杏花,那些花落了还要被车马碾成尘土。

【赏析】

这是一首咏杏花的绝句，写于王安石贬居江宁之后，是他晚年心境的写照。

诗人借物咏怀，从北陂和南陌的杏花开放，到随风凋落的命运比较中，表明一种心境。这"纵被春风吹作雪，绝胜南陌碾成尘"虽然表面是在描述杏花盛放之后的命运，但实际上是在表明他的政治立场与人生操守。此刻展现在读者面前的，一方面是景物立体的美，另一方面也透露出王安石的审美趣味，即对虚静恬淡之美的情有独钟。

全诗通过赞扬北陂杏花娇媚飞扬的一生之美，表达了王安石刚强耿介的个性和仍然坚持自己原有的改革信念与立场，以及为坚持理想而献身的精神。

# 卜算子·黄州定惠院寓居作　宋·苏轼

【原文】

缺月挂疏桐，漏断人初静①。时见幽人独往来②，缥缈孤鸿影③。
惊起欲回头，有恨无人省④。拣尽寒枝不肯栖，寂寞沙洲冷。

【注释】

①漏断：指夜深。

②幽人：被谪幽居的人，这是作者自指。

③孤鸿：失群孤飞的鸿雁。

④省（xǐng）：理解，了解。

【译文】

月儿弯弯，挂在稀疏的梧桐上，夜深人静，漏壶的水已滴光。谁看见闲居的人在月光下独自徘徊。只有时隐时现的孤鸿知道我的惆怅。

惊飞的孤鸿不断回头探望，好像充满无人理解的忧伤。她在枯枝上飞来飞去，不肯留宿，最后回到了寂寞清冷的沙滩上。

【赏析】

元丰三年（1080），苏轼被贬官到黄州，这首词约为贬到此处不久后所写。

题中所说的定惠院在黄州东南，是苏轼初到黄州时寓居的地方。苏轼以作诗诽谤新法的罪名被捕入狱，这时刚出狱不久，惊魂未定，心境孤寂，词中反映的正是这种情绪。

上阕写自己深夜不寐，独自在月下徘徊，营造了一个夜深人静、月挂疏桐的孤寂环境，并以"幽人"与"缥缈孤鸿影"的描写，表现"幽人"来无踪、去无影的漂泊生活，以及超凡脱俗的孤高情怀。下阕是对孤鸿的特写，在被惊扰之中，宁愿寄宿于荒冷的沙洲，也不肯栖息于寒枝之上。这实际上是苏轼以孤鸿自喻，借物拟人，抒发了他被贬官黄州，无人理解自己的苦闷，表现了其孤高自赏、不愿与世俗同流的精神。

这是一首咏物词，他笔下的孤鸿，完全融进了苏轼的个性，而又与孤鸿本身的形象完全一致。全诗境界高远，旷达洒脱，托物寓人，形象生动。

# 廷试① 宋·夏竦

**【原文】**

殿上衮衣明日月②，砚中旗影动龙蛇③。

纵横礼乐三千字④，独对丹墀日未斜⑤。

**【注释】**

①廷试：会试中举的举子再由皇帝殿试定名次，称廷试。各特科、保荐之士由皇帝一一面试，亦称廷试。《千家诗》原题作《宫词》。

②衮（gǔn）衣：古代帝王和三公所穿的绘有龙的图案的礼服，这里借指皇帝。日月：衣服上绣的日月图案。

③动龙蛇：好像龙蛇在舞动。

④纵横：指才气横溢、随笔挥洒。礼乐：即《礼记》和《乐记》，这里指国家典章制度。

⑤独对：宋朝设有特荐的科举，若对策者得到皇帝赏识，就赐进士及第，所以称为独对。丹墀（chí）：宫中涂成红色的台阶。

**【译文】**

端坐在圣殿上的君王服饰光艳灿烂，犹如日月之辉，旌旗摇曳，投影洒落在砚台墨水上，好像龙蛇在舞动。

天色已晚，金殿对策的才士正在纵横捭阖、挥洒自如，力陈礼乐行政之大纲。

**【赏析】**

夏竦（985—1051），字子乔，初谥"文正"，后改谥"文庄"，北宋江州德安（今属江西省）人，历仕数朝，曾为国史编修官，也曾任多地官员，宋真宗时为襄州知州，宋仁宗时为洪州知州，后任陕西经略、安抚、招讨使等职。文章典雅藻丽，著有《文庄集》。

这首诗是反映宫廷生活的诗作，描写了参加特荐科殿试时的情景。

诗首句写帝王端坐，龙袍灿烂夺目，次句写两列仪仗，彩旗飘飘，营造出一种庄严神圣的气氛，暗颂帝王的威仪贤明，堂皇得体。后两句写才士答卷时才思敏捷，挥毫如飞，从容不迫，凸显内心洋洋自得。

全诗通过对帝王和人才的赞扬，从侧面对皇家进行了歌功颂德。

# 浣溪沙·小院闲窗春色深　宋·李清照

**【原文】**

小院闲窗春色深①，重帘未卷影沉沉②。倚楼无语理瑶琴③。

远岫出云催薄暮④，细风吹雨弄轻阴⑤。梨花欲谢恐难禁⑥。

**【注释】**

①闲窗：雕花和护栏的窗子。一般用作幽闲之意。

②沉沉：指闺房幽暗，意指深邃。孙光宪《河渎神》："小殿沉沉清夜，银灯飘落香炧。"

③瑶琴：饰玉的琴，即玉琴。也作为琴的美称，泛指古琴。

④远岫：远山。岫，山峰。陶渊明《归去来辞》曰："云无心以出岫，鸟倦飞而知还。"

⑤轻阴：暗淡的轻云。张旭《山行留客》："山光物态弄春晖，莫为轻阴便拟归。纵使晴明无雨色，入云深处亦沾衣"。

⑥难禁：难以阻止。

**【译文】**

透过窗子看见院内春天的景色已远去。厚重的门帘没有卷起，闺房内暗影沉沉。倚在绣楼阑干上寂寞无语地拨弄着瑶琴。

远处山峰上云雾缭绕看起来黄昏即将来临，轻柔的晚风吹动着细雨，拨弄着暗淡的云彩。院子里的梨花即将凋谢，让人不禁感怀伤景。

**【赏析】**

这首词的上片主要是描写环境，下片是着重刻画景物。

上片首句点明词中女主人公，透过窗子看到的小院环境。院内寥落，不见人行往来，春色已深，天色将晚，可谓深闺似海！次句写少女身处这深院之中，一任帘幕低垂，室内光线昏暗，孤零岑寂。小、闲、深，正是空闺的写照。春情动，难以用言语形容，只得无声排遣地抚弄瑶琴。"倚楼无语"，道出了"此时无声胜有声"，蕴藉未吐之深情，更具有无限的韵味。

下片与前段结语紧密联系，由室内而室外，从正面揭示愁思之由，"远岫出云催薄暮"为远景。"远岫出云"见陶渊明《归去来辞》："云无心以出岫，鸟倦飞而知还。"云出云归，时光亦随之荏苒而逝，不觉晚景催逼。"细风吹雨弄轻阴"为近景，是说傍晚时分，天色渐暗，轻阴漠漠，而微风吹拂，雨花飞溅，好似与轻阴相戏弄，故云"弄轻阴"。结句"梨花欲谢恐难禁"是承"春色深"而来，其意思表现在风雨摧花，欲谢难禁的忧思上。

历代诗评家评此词"雅练"，"淡语中致语"（沈际飞《草堂诗余》）。写闺中春怨，以不语语之，又借无心之云，细风、疏雨、轻阴淡化，雅化，微微逗露。这种婉曲、蕴藉的传情方式，极富情趣。

# 太常引·建康中秋夜为吕叔潜赋　宋·辛弃疾

**【原文】**

一轮秋影转金波①，飞镜又重磨②。把酒问姮娥③：被白发、欺人奈何！
乘风好去，长空万里，直下看山河。斫去桂婆娑④，人道是，清光更多。

**【注释】**

①金波：指月光。

②飞镜：飞天之明镜，指月亮。

③姮娥：即嫦娥，传说中的月宫仙子。

④斫：砍。婆娑：月中树影摇曳的样子。

**【译文】**

一轮秋月缓缓移动身影，一路洒下万里金波，那仿佛飞天之镜的圆月，就像刚刚被磨亮以后重新又飞上了天廓。我举起酒杯问那月中的嫦娥：嫦娥啊嫦娥，我正遭受白发侵袭，它们好像故意欺负我，我该怎么办呢？

我要乘风飞上万里长空而去，俯视祖国的大好山河。我还要砍去月中摇曳的桂树，人们都会拍手称道，因为这将会使月亮洒向人间的光辉更多。

**【赏析】**

此词当作于宋孝宗淳熙元年（1174）的中秋夜。当时辛弃疾任江东安抚司参议官，治所在建康，也就是今天的南京。这时他南归已有十余年了，其间，为了收复失地，曾多次上书主张抗金复国，但始终不被采纳。在阴暗的政治争斗与排挤打压下，作者只能以诗词来抒发自己的心愿。

本词通过古代神话传说，表达了自己反对委屈求和、立志收复国家失地的政治理想。上片写中秋对月兴叹，抒发作者事业无成，岁月虚度的感慨；下片抒写豪情壮志，通过乘风直上万里长空，俯瞰祖国的山河，表达了他的爱国情怀。"斫去桂婆娑"，表明了词人对光明的向往和对黑暗的憎恶。这里所说的挡住月光的"桂婆娑"，实际上是影射那些带给人民黑暗的婆娑桂影，它既包括南宋朝廷内外的投

降势力，也包括了金人的势力。

全词通过奇思妙想，巧妙地把现实中的思想矛盾升华，寄寓着涤荡污浊、扫除黑暗，还人间一片光明的巨大意义。

【诗句扩展】

寒郊无留影，秋日悬清光。——南朝·江淹《望荆山》

秋风吹地百草干，华容碧影生晚寒。——唐·李贺《开愁歌》

江涵秋影雁初飞，与客携壶上翠微。——唐·杜牧《九日齐山登高》

人倚层楼风满槛，江涵秋影月当门。——宋·曹勋《和谢景英提干》

窗竹写秋影，村砧捣夜声。——清·刘若蕙《秋夜寄外》

峨眉山月半轮秋，影入平羌江水流。——唐·李白《峨眉山月歌》

孤帆远影碧空尽，唯见长江天际流。——唐·李白《黄鹤楼送孟浩然之广陵》

蟾蜍蚀圆影，大明夜已残。——唐·李白《古朗月行》

举杯邀明月，对影成三人。——唐·李白《月下独酌》

万影皆因月，千声各为秋。——唐·刘芳平《秋夜泛舟》

沙上并禽池上暝，云破月来花弄影。——宋·张先《天仙子·水调数声持酒听》

疏影横斜水清浅，暗香浮动月黄昏。——宋·林逋《山园小梅》

半笺娇恨寄幽怀。月移花影约重来。——宋·李清照《浣溪沙·闺情》

看云外山河，还老尽、桂花影。——宋·王沂孙《眉妩·新月》

烛影摇红，向夜阑，乍酒醒、心情懒。——宋·王诜《忆故人·烛影摇红》

任满身花影，犹自追寻。——宋·张镃《满庭芳·促织儿》

# 春

## 早春呈水部张十八员外① 唐·韩愈

【原文】

天街小雨润如酥②，草色遥看近却无。

最是一年春好处③，绝胜烟柳满皇都④。

【注释】

①呈：恭敬地送给。张十八：即诗人张籍，时任水部员外郎。该诗题又作《初春小雨》。

②天街：京城长安的街道。润：滋润。酥：乳酪。

③最是：正是。

④绝胜：远远超过。烟柳：飘着柳絮的垂柳。皇都：指京城长安。

【译文】

京城长安的街道上空飘洒着绵绵细雨，纷纷扬扬，润滑如酥，远望草色依稀连成一片，近看时却显得稀疏零星，若有若无。

一年之中最美好的景色就是早春时候，远远胜过那杨柳繁茂如烟、柳絮飞花飘满皇都。

【赏析】

这首诗作于唐穆宗长庆三年（823）早春，是韩愈写给当时任水部员外郎的诗人张籍的。张籍在兄弟辈中排行十八，故称"张十八"。这是一首描写早春美景的作品，诗人运用简朴的文字赞美了早春小雨后长安街上万物复苏、草木萌动的景象。

首句点出初春细雨的美好，以"润如酥"描摹它的细滑润泽，表现它柔和的特点；第二句用远看、近看的对比手法描画了春雨过后青草萌发的朦胧景象；接下来的二句，由写景转入实赞，用春意最浓时的景致作对比，概括了初春景色的清秀之美，突出诗人对早春的喜爱。

在写法上，诗人并没有写通常的垂柳啼莺、呢喃燕语，而是着眼于滋润万物的细雨，以及富有生命力的青青嫩草，别出新意，彰显了诗人锐利细腻的观察力和高超的文笔，取得了高妙的艺术效果。

## 寒食① 唐·韩翃②

【原文】

春城无处不飞花③，寒食东风御柳斜④。

日暮汉宫传蜡烛⑤，轻烟散入五侯家⑥。

【注释】

①寒食：据左传所载，晋文公要请介之推出山，在清明节前二日，放火烧山相逼，没想到介推子却抱着大树被活活烧死，晋文公为了悼念他，规定每年的这一天不能生火，只能吃冷食，后逐渐演变成古代节日，称为"寒食节"。

②韩翃（生卒年不详），字君平，唐代南阳（今属河南）人，唐玄宗天宝十三年（754）进士，官至中书舍人，为"大历十才子"之一。

③春城：春天的长安城。飞花：形容风吹花落的样子。

④御柳：皇帝御花园里的杨柳。

⑤日暮：日落，这里指夜晚。汉宫：这里比喻唐朝的皇室。传蜡烛：虽然寒食节禁火，但公侯之家受赐可以点蜡烛。

⑥轻烟：蜡烛的烟。五侯：西汉成帝封其五位妻舅为侯，东汉桓帝也曾封了五个得宠的宦官为侯，两者都称五侯，这里以五侯喻皇戚权贵。

【译文】

春天的长安城处处飘飞着落花，寒食节的东风吹得皇宫御花园的杨柳倾斜了。

　　黄昏时分，皇宫内传出御赐的蜡烛，蜡烛的轻烟散入了如"五侯"那样的权贵之家。

### 【赏析】

　　这是一首借汉代的事来讽喻唐代的讽刺诗。诗中写下了唐朝都城长安寒食的美丽春色，内中暗含讽刺。

　　本诗开头两句写仲春景色，通过飞絮满城，杨柳轻拂，展现了仲春时节的艳丽风光。寒食节禁火，然而宫廷和权贵之家竟然得到皇帝的特赐蜡烛，享有特权，这无疑是一个大大的讽刺。后两句诗人巧妙地利用历史事件，借寒食内廷赐火对当时宦官得宠专权的腐败现象进行讽刺，写得含蓄而不乏深刻。

　　据说这首诗颇为唐德宗赏识，并亲书"春城无处不飞花"之句，批道"与此韩翃"，御批韩翃为驾部郎中知制诰的要职，使其名传天下。

# 次北固山下① 　唐·王湾

### 【原文】

　　客路青山外②，行舟绿水前。

　　潮平两岸阔③，风正一帆悬④。

　　海日生残夜⑤，江春入旧年⑥。

　　乡书何由达⑦，归雁洛阳边⑧。

### 【注释】

　　①次：旅途中暂时停宿，此处指停泊之意。北固山：山名，位于今江苏镇江北。

　　②客路：旅途。青山：即北固山。

　　③两岸阔：两岸之间水面宽阔。

　　④风正：顺风。悬：挂。

　　⑤海日：海上的旭日。残夜：夜将尽之时。

⑥江春：江南的春天。

⑦乡书：家信。

⑧归雁：我国古代有用大雁传递书信的传说，源于《汉书·苏武传》。

**【译文】**

北固山间弯弯曲曲有一条小径，一叶小舟在绿水中穿行。

潮水涨到岸边，两岸之间水面更加宽阔；乘着顺风的船，仿佛悬在万顷碧波之上，飘飘然如凌空飞驶。

夜幕还没有褪尽，一轮红日已从海上冉冉升起，还在旧年之时，江南已有了春天的气息。

给家乡捎的书信不知何时才能到达呢？北归的大雁啊，希望你替我将它带到故乡洛阳吧。

**【赏析】**

王湾（693—751），洛阳人，先天元年（712）考中进士，授荥阳县主簿、转洛阳尉。开元五年（717），马怀素为昭文馆学士，奏请校正群籍，召博学之士，王湾在选，后与刘仲丘合编《群书四部录》200卷。王湾博学工诗，诗虽流传不多，但享名甚大。《全唐诗》存其诗十首。

这首诗是诗人在一年冬末春初时，由楚入吴，在沿江东行途中泊舟于江苏镇江北固山下，见江南残冬风光明媚而产生怀乡之思，写下了这首诗作。

首联先写"客路"而后写"行舟"，用"青山"加上"绿水"，既点缀了江南早春时节的典型环境，又道出了诗人所乘的那条小舟正好穿行在这青山绿水之间，这如诗如画的意境立马呈现在读者眼前。颔联写春潮涌涨，江水浩渺开阔，江面似乎与堤岸相平，既气势恢宏，又气象生动，给人一种动中有静，静中藏动的感觉。颈联写江上行舟，即将天亮时的情景。当残夜还未消退之时，一轮红日已从海上升起；当旧年尚未逝去，江南已呈露出春意。"日生残夜""春入旧年"，蕴含了时序变迁，新旧交替的自然规律，表现出具有普遍意义的生活哲理，给人乐观积极向上的力量。"生""入"不仅为这联增添了动感，还使看似两对毫无关系的词有了联系。据说"海日生残夜，江春入旧年"

两句，得到当时的宰相张说的极度赞赏，并亲自书写悬挂于宰相政事堂上，作为让文人学士学习的典范。诗句中所表现的那种壮阔的境象对盛唐诗坛产生了重要的影响，直到唐末，诗人郑谷还说"何如海日生残夜，一句能令万古传"，可见此联之绝佳。尾联见雁思亲，与首联相呼应，由"客路"想起自己的家乡——洛阳，引发了诗人深沉的思乡之情。

全诗意境雄阔，清新壮美，不仅在炼字、炼句方面，而且在炼意方面都别具匠心，堪称千古名篇。

# 凉州词① 唐·王之涣

【原文】

黄河远上白云间②，一片孤城万仞山③。

羌笛何须怨杨柳④，春风不度玉门关⑤。

【注释】

①凉州词：又名《出塞》。为当时流行的一首曲子（《凉州词》）配的唱词。凉州：即武威市，又名雍州、侠都、雍都、凉都。先设雍州、后改凉州，又称雍凉之都，位于甘肃省中部，为河西走廊之门户。古时素有"通一线于广漠，控五郡之咽喉"重地之称。

②黄河远上：远望黄河的源头。

③孤城：指孤零零的驻军城堡。仞（rèn）：长度单位，一仞相当于七尺或八尺。

④羌（qiāng）笛：羌族乐器，属横吹式管乐。杨柳：指南朝梁宫体诗人萧纲创作的《折杨柳》曲："杨柳乱成丝，攀折上春时。叶密鸟飞碍，风轻花落迟。城高短箫发，林空画角悲。曲中无别意，并是为相思。"

⑤度：越过。玉门关：汉武帝时设置的重要关隘，故址在今甘肃敦煌西北。

【译文】

黄河好像是从天上的白云间奔腾而来，一座城池孤零零地耸峙在高山边。

不必用羌笛吹那哀怨的杨柳曲来埋怨春光迟迟不到，春风从来就没有吹到过玉门关。

**【赏析】**

王之涣（688—742），字季凌，原籍晋阳（今山西太原市），徙居绛州（今山西新绛县）。曾任冀州衡水主簿，后为人诬告，辞官归家。晚年任文安县尉。曾与高适、王昌龄、崔国辅等人有唱和。早年精于诗文，乐工多引为歌词，名动一时。擅长五言诗，以描写边塞风光的最为著名，是盛唐边塞诗人之一。其代表作有《登鹳雀楼》《凉州词》等。章太炎推《凉州词》为"绝句之最"。

这是一首雄浑苍凉的边塞诗，前半部分写景，后半部分抒情，描写了北方玉门关外苍凉孤寂而又壮阔的景色。诗的前两句写了发源于云端的汹涌澎湃的黄河以及凉州城地处险要、境界孤危的戍边堡垒；后两句写羌笛吹奏的《折杨柳》曲调勾起了戍边将士的离愁，关外春风不度，杨柳不青，无法折柳寄情，抒发了守边将士们凄怨而又悲壮的情感，寄托了诗人对边疆人民和守边将士的深切同情。

全诗格调沉郁苍凉，意境高远，对朝廷漠视戍边战士的讽刺含而不露，耐人寻味。诗中"何须怨"三字不仅见其艺术手法的委婉含蓄，也可看到当时边防将士在乡愁难解的同时，能意识到卫国戍边责任的重大，所以能以此自我宽解。或许正因为《凉州词》的情调悲而不失其壮，故能成为"唐音"的典型代表作。

# 虞美人·春花秋月何时了　　南唐·李煜

**【原文】**

春花秋月何时了①？往事知多少。小楼昨夜又东风②，故国不堪回首月明中③。

雕栏玉砌应犹在④，只是朱颜改⑤。问君能有几多愁⑥？恰似一江春水向东流。

【注释】

①春花秋月：代指岁月更替。了：了结。

②又东风：又刮起东风，春天又来了。

③故国：这里指灭亡了的南唐政权。回首：回忆。

④雕栏玉砌：雕花的栏杆，玉石的台阶。这里代指南唐的宫殿。

⑤朱颜：指美人，这里泛指人。

⑥君：作者自指。

【译文】

春花年年开放，秋月年年明亮，什么时候不开不明呢？在过去的岁月里，有那么多令人伤心难过的事，如今还知道多少呢？我居住的小楼昨夜又有东风吹来，登楼望月又忍不住回首故国。

旧日金陵城里宫殿中雕花的栏杆，玉砌的台阶应该还都在吧，只不过里面住的人已经换了。我的愁恨到底有多少？我想大概像东流的一江春水一样，无穷无尽。

【赏析】

这首词是李煜被宋军俘到汴京后所作，抒发了李后主对昔日故国的怀恋，以及目前身为阶下囚的屈辱而又无可奈何的苦闷。据说，这首词写好之后，在

他生日七月七日那天晚上，在开封的寓居里宴饮奏乐，叫歌伎进行演唱，声闻于外。后来宋太宗知道后大怒，下令将他毒死。所以，这首词，也被认为是李煜的绝命词。

词的开头说，春花秋月的美好时光，何时了结。因为一看到春花秋月，就有无数往事涌上心头，想到在南唐时欣赏春花秋月的美好日子，不堪回首，所以怕看见春花秋月。这一问句表现了词人内心的惆怅、无奈与怨恨。由此引发下句"往事知多少"。读到这里，虽然我们仍不知道"往事"指的是什么，但可以感觉到是春花、秋月勾起了作者对这些往事的回忆，并让这位亡国之君感到了极其深沉的痛楚和悔恨。在东风吹拂的月明之夜，金陵的故国生活历历浮现。试想那里宫殿的雕栏玉砌应该还在，只是人的容貌因愁苦变得憔悴了。倘若要问有多少愁苦，恰恰像那一江春水无休无止地向东流去。一江指长江，用一江春水来比愁，跟南唐故国金陵在江边相结合，充满怀念故国之情。应该说，李煜这样的词，不仅是写他个人的愁苦，还有极大的概括性，概括了所有具亡国之痛的人的痛苦情感，如怕看到春花秋月，怕想到过去美好的生活。末尾一问一答之句，比喻极为贴切形象，不仅显示了愁恨的悠长深远，而且显示了愁恨的起伏翻腾，发人深思。由此，这二句也因其生动形象的写愁手法成为历来人们所传颂的名句。

全词意境深远，感情真挚，结构精妙，语言清新，达到了极好的艺术效果，淋漓尽致地表达了诗人的真情实感。词虽短小，但余味无穷。

## 春夜　宋·王安石

【原文】

金炉香尽漏声残①，剪剪轻风阵阵寒②。

春色恼人眠不得③，月移花影上栏干④。

【注释】

①金炉：铜制的用来焚香的香炉。漏声：古代用来计时的漏壶中滴水的

声响。

②剪剪（jiǎn）：形容初春的寒风尖利刺骨。

③恼人：引逗、撩动人。

④栏干：栏杆。以竹、木等做成的遮拦物。

**【译文】**

夜深人静，铜炉里的香已经燃尽，滴漏声也快没有了，那微风虽轻却带来了阵阵寒意。

春天的景色总是那样的撩拨人，让人难以入睡，我看见随着月亮的移动，花木的影子悄悄地爬上了栏杆。

**【赏析】**

熙宁元年（1068），王安石在京任翰林学士，按照当时朝廷的制度，翰林学士每夜都要有一人留下轮值，这首诗就是王安石值宿时创作的，这也是一首政治抒情诗。诗中主要描写了春夜院中、室内所见景色。

诗的前两句用灰烬、漏声、寒风营造了一种清冷、凄苦的氛围，衬托出诗人在政治变法失败后内心的苦闷、彷徨与孤寂。第三、四句诗人开始直抒心绪，因为春色的逗引而睡不着，只得痴痴地看着游移的月色和花影，同时一股无助和无奈的凉意蔓延了全身。这首诗外在表象是春夜清幽美景，但内在抒情却曲折而深沉，创作手法高明。诗中处处紧扣深夜，但没有一句直说夜已如何，而只通过夜深时香尽漏残、月移风寒的描写，写出时光的推移，表明诗人徘徊之久和怀想之深。

全诗用笔细腻空灵，巧妙运用叠词、清浊等调声之法，从而使感情表达得更加含蓄、曲折而深沉，有着余而不尽的艺术效果。

**【诗句扩展】**

滟滟随波千万里，何处春江无月明！——唐·张若虚《春江花月夜》

江水流春去欲尽，江潭落月复西斜。——唐·张若虚《春江花月夜》

不知细叶谁裁出，二月春风似剪刀。——唐·贺知章《咏柳》

肠断春江欲尽头，杖藜徐步立芳洲。——唐·杜甫《漫兴》

春寒赐浴华清池，温泉水滑洗凝脂。——唐·白居易《长恨歌》

玉容寂寞泪阑干，梨花一枝春带雨。——唐·白居易《长恨歌》

几处早莺争暖树，谁家新燕啄春泥。——唐·白居易《钱塘湖春行》

忽如一夜春风来，千树万树梨花开。——唐·岑参《白雪歌送武判官归京》

随意春芳歇，王孙自可留。——唐·王维《山居秋暝》

人闲桂花落，夜静春山空。——唐·王维《鸟鸣涧》

谁言寸草心，报得三春晖。——唐·孟郊《游子吟》

春种一粒粟，秋收万颗子。——唐·李绅《悯农》

东风不与周郎便，铜雀春深锁二乔。——唐·杜牧《赤壁》

问讯湖边春色，重来又是三年。——宋·张孝祥《西江月·问讯湖边春色》

更能消几番风雨，匆匆春又归去。——宋·辛弃疾《摸鱼儿·更能消几番风雨》

眼看春又去，翠辇不曾过。——唐·令狐楚《思君恩》

爆竹声中一岁除，春风送暖入屠苏。——宋·王安石《元日》

春风又绿江南岸，明月何时照我还？——宋·王安石《泊船瓜洲》

律回岁晚冰霜少，春到人间草木知。——宋·张栻《立春偶成》

春色满园关不住，一枝红杏出墙来。——宋·叶绍翁《游园不值》

犹自风前飘柳絮，随春且看归何处。——宋·朱淑真《蝶恋花·送春》

无意苦争春，一任群芳妒。——宋·陆游《卜算子·咏梅》

闻说双溪春尚好，也拟泛轻舟。——宋·李清照《武陵春·春晚》

# 夏

## 山亭夏日　唐·高骈

**【原文】**

绿树阴浓夏日长①，楼台倒影入池塘。

水晶帘动微风起②，满架蔷薇一院香③。

**【注释】**

①绿树阴浓：指树丛的阴影很稠密。

②水晶帘：比喻晶莹华美的帘子。

③蔷薇：植物名。

**【译文】**

翠绿的树木阴影浓厚，夏天的白昼时间漫长，楼台的倒影映入池塘之中。

水晶帘子在微风的吹拂下摆动，长满花架的蔷薇让整个院子都充满香气。

**【赏析】**

高骈（821—887），字千里，南平郡王高崇文之孙，幽州（今北京）人，晚唐名将，诗人。高骈出生于禁军世家，官至中书门下平章事，封燕国公、渤海郡王。黄巢起名时，高骈坐拥扬州，各据一方，后被部将毕师铎所杀。

这是一首描写夏日风光的七言绝句。首句写树之繁茂，夏日悠长的情趣；第二句写眼中所见之景，亭台楼阁倒影于清澈的池塘中，给人怡然爽身之感；第三句含蓄精巧地描摹水光潋滟，碧波粼粼的美妙；尾句从嗅觉角度来写夏日，微风吹拂，飘来一阵蔷薇花香，沁人心脾，这一醉芬芳，使该诗洋溢出夏日特有的灵动与生机，更让人精神为之一振。

全诗运用近似绘画的手法把绿树、浓荫、楼台、池塘、门帘、微风、蔷薇等不同的物景用长、入、动、香几个动词和形容词串联起来，构成了一幅色彩鲜丽、情调清和的图画。欣赏这首诗，我们仿佛能看到那个山亭和那位坐在山亭之上悠闲自在的诗人。

## 晚晴　唐·李商隐

【原文】

深居俯夹城①，春去夏犹清。

天意怜幽草②，人间重晚晴。

并添高阁迥③，微注小窗明④。

越鸟巢干后⑤，归飞体更轻。

【注释】

①夹城：城门外的曲城。

②幽草：幽暗地方的小草。

③高阁：指诗人居处的楼阁。迥（jiǒng）：高远。

④微注：因是晚景斜晖，光线显得微弱和柔和，故说"微注"。

⑤越鸟：南方的鸟。巢（cháo）：鸟的窝巢。

【译文】

我的居处深幽，俯瞰夹城，春天已去，夏天凉风送爽。

饱受雨水浸淹的小草，有幸得到上天的怜爱，天空得以转晴。

登上高阁远眺，天高地远，夕阳的余晖洒在窗棂上。

越鸟的窝巢已被晒干，它们的体态也恢复了轻盈。

【赏析】

李商隐自开成三年（838）入赘泾原节度使王茂元（被视为李党）以后，便陷入党争的漩涡中，一直遭到牛党的忌恨与排挤。他只得离开长安，跟随郑亚到桂林当幕僚。离开长安这个党争的是非之地，得以暂免遭受牛党的白眼，精神上也是一种解放。这首诗便是在这种背景下而写的。

首联写自己居处幽僻，并点明正值初夏的时令。颔联写小草饱受雨水的浸淹，得到上天的怜爱而天空得以晴朗。这里隐喻着诗人的身世之感，他在为目前的幸遇而欣慰，同时也自然地流露出对往昔厄运的伤感。颈联对晚晴加以描画，诗人登上高阁，凭栏远眺，但见夕阳的余晖映照在小窗上，尽管光线微弱柔和，但这一脉余晖还是给人带来了欣喜的心境。末联写飞鸟体态轻捷地归巢，带有作者离开党争漩涡、得以暂时轻松的自况意味，正因为如此，诗人在诗中发出了幽草幸遇晚晴之说。

概括来说，诗人用精致细腻的手法描绘了晚晴景物，情景和谐，情与景融，既写出大自然的诗意美，又深含生活感受和人生哲理，自然浑成，不露痕迹。

# 积雨辋川庄作① 唐·王维

**【原文】**

积雨空林烟火迟②，蒸藜炊黍饷东菑③。

漠漠水田飞白鹭④，阴阴夏木啭黄鹂⑤。

山中习静观朝槿⑥，松下清斋折露葵⑦。

野老与人争席罢⑧，海鸥何事更相疑⑨。

**【注释】**

①积雨：久雨。辋（wǎng）川庄：即王维在辋川的宅第，在今陕西蓝田终南山中，是王维隐居之地。

②空林：疏林。

③藜（lí）：一年生草本植物，嫩叶可食。黍（shǔ）：谷物名。饷东菑（zī）：给在东边田里干活的人送饭。菑：泛指农田。

④漠漠：意为广阔无际。

⑤阴阴：幽暗的样子。啭（zhuàn）：小鸟婉转的鸣叫。

⑥习静：谓习养静寂的心性。亦指过幽静生活。槿（jǐn）：植物名。落叶灌木，其花朝开夕谢。古人常以此物悟人生枯荣无常之理。

⑦清斋：谓素食，长斋。露葵：经霜的葵菜。葵为古代重要蔬菜，有"百菜之主"之称。

⑧野老：村野老人，此指作者自己。争席罢：指自己要隐退山林，与世无争。

⑨海鸥：出自《列子》，说古时有一个人没有机心，海鸥很喜欢亲近他，每天到海上与海鸥玩，有一天他父亲要他去捉海鸥，他一到海边，海鸥感到他有了机心，便不再靠近他。

【译文】

连日的雨后，林子太潮湿，薪火起得很慢，煮好的粗茶淡饭将送给村东耕地的人。

广阔的水田之上，飞起几只白鹭鸟，繁茂苍翠的树林中，传来黄鹂鸟的婉转叫声。

我在山中修身养性，观赏那早开晚谢的槿花，在松树下斋戒吃素，不沾荤腥。

我这个村野老人已与世无争，可鸥鸟你为什么还要猜疑我呢？

【赏析】

这首诗的诗题又为《积雨辋川》，是诗人晚年隐居辋川山庄时所写。诗中描绘了久雨之后山庄清新幽美的景色，诗人把自己优雅清淡的禅寂生活与辋川恬静优美的田园风光结合起来叙述，创造了一个物我相惬，情景交融的意境。

诗的首联写诗人山上静观所见的田家生活：连雨时节，天阴地湿，炊烟缓升，农家早炊，饷田野食，呈现出一幅怡然自乐的农村生活画面。颔联写自然景色：广漠平畴，白鹭飞行，深山密林，黄鹂和唱，积雨后的辋川，一片画意盎然。颈联写诗人独处空山之中、幽栖松林之下，观木槿，食露葵，避尘世的幽居生活。尾联连用两个典故，正反结合，表现了诗人远离尘嚣、澹泊自然的心境，流露出对淳朴田园生活的深深眷恋和对宦海生活的厌倦。

全诗形象鲜明，兴味深远，表现了诗人隐居山林，脱离尘俗的闲情逸致，犹如一幅意境闲淡简远的山水画，融诗情、画意、禅趣为一体，极富生活气息。

# 丑奴儿近·博山道中效李易安体① 宋·辛弃疾

## 【原文】

千峰云起，骤雨一霎儿价②。更远树斜阳，风景怎生图画③。青旗卖酒④，山那畔，别有人家。只消山水光中，无事过这一夏。

午醉醒时，松窗竹户⑤，万千潇洒。野鸟飞来，又是一般闲暇。却怪白鸥⑥，觑着人、欲下未下。旧盟都在⑦，新来莫是，别有说话。

## 【注释】

①博山：地名，在今江西上饶市西南。李易安：李清照，号易安居士，宋代著名女词人。

②一霎儿价：一会儿的工夫。李易安《行香子·草际鸣蛩》词："甚霎儿晴，霎儿雨，霎儿风。"

③怎生：怎么，如何。李易安《声声慢·寻寻觅觅》词："守着窗儿，独自怎生得黑。"

④青旗：酒店的布招牌多用青色，故称青旗。

⑤松窗竹户：窗户外面全是松树和竹子。

⑥白鸥：水鸟名。

⑦旧盟：稼轩于退居带湖新居之初，有"盟鸥"之《水调歌头》一阕。

## 【译文】

乌云笼罩着层叠起伏的群山，忽然下起一阵大雨，马上雨又停了，天也晴了。再向远处望去，斜阳照在翠绿的树上，风景美丽动人，怎么才能描绘出这幅图画呢？酒家的门上悬挂着卖酒的青旗，可想而知，在山的那边，一定是另有人家居住。只要在这山光水色激滟的地方，如果没有什么事情干扰，我宁愿在这里平静地度过整个夏天。

午间酌饮小醉睡醒之时，只见窗外的苍松翠竹掩映，郁郁葱葱，多么清静幽闲，心神万分舒畅自然。野鸟翩翩飞来，忽而又飞去，如此又是别有一番自由自在的情趣。但是令我奇怪的是，白鸥盘旋在天空向下斜着眼睛看人，想要下来却又不落下来，猜不出这是为什么。咱们过去所订的盟约还在，我依然遵守，莫非你近来有违背旧盟的念头？

## 【赏析】

宋孝宗淳熙八年（1181）时，作者被弹劾罢官，次年在江西上饶地区的带湖卜筑闲居，直至光宗绍熙三年（1192）再度起用为止，其间长达十年之久，本词正是此间所作。

词中描写了大雨过后傍晚的山光水色，表达了词人对大自然的由衷热爱。上片写博山道中的外景。首写起云，次写骤雨，再次写放晴，描写夏天山村的天气变化无常。"青旗"二句，点出了酒店，交代了作者的去处，既与下片"午醉醒时"相呼应，同时又点出作者闲居生活感到百无聊赖，在无可奈何之中，也只想在山光水色中度过这个清闲的夏天。下片写酒家周围的环境，松窗竹户便是酒家的景致。词人酒醉之后，在这里美美地睡了一觉，醒来后只见窗外松竹环绕，十分幽雅；"野鸟"二句，运用传统的动中取静的写法，更显其环境的静雅，于此，由景入情，意欲决心归隐，与鸥鹭为伴。结尾三句向白鸥提问，显得非常幽默，同时也表现出作者的襟怀，并流露出一种孤独寂寞的况味。

全词浅显明快，恬淡清新，反映了作者退居上饶后，寄情山林的愉悦心情，于归隐的决意中表现出一种洒脱的风格。

## 清平乐·池上纳凉　清·项鸿祚

### 【原文】

水天清话①，院静人消夏②。蜡炬风摇帘不下③，竹影半墙如画。

醉来扶上桃笙④，熟罗扇子凉轻⑤。一霎荷塘过雨⑥，明朝便是秋声。

【注释】

①清话：清雅的谈话。

②消夏：消除暑气，即纳凉。

③蜡炬：蜡烛。

④桃笙：指竹席。据说四川闽中万山中，有桃笙竹，节高而皮软，杀其青可作簟，暑月寝之无汗，故人呼簟为桃笙。

⑤熟罗：丝织物轻软而有疏孔的叫罗。织罗的丝或练或不练，故有熟罗、生罗之别。

⑥一霎：片刻，一会儿。

【译文】

池水明净，夜空清澈，我们在池塘边悠闲地谈话，静谧的庭院中人们都在纳凉消夏。门帘高卷，清风摇动着室内的蜡烛，竹影映照在墙上，好像是一幅美丽的图画。

酒醉后躺卧在竹席上，手执轻罗纨扇轻轻地扇摇着凉风。荷塘里骤雨一会儿就过去了，明天一定会是秋风萧瑟。

【赏析】

项鸿祚（1798—1835）清代词人。原名继章，后改名廷纪，字莲生。钱塘（今浙江杭州）人。他自幼天资聪颖，善于著文。道光十二年（1832）中举人。其填词很讲究音律，虽内容大都是伤春悲秋之作，然却以古艳哀怨的词风著称于世，在写作技巧上也有很多可取之处。

这首词当作于清宣宗道光初年（1821），词中借描写夏夜在庭院纳凉的情景，抒发了几分对人生的哀怨。上片描绘了夜晚的静谧，月光映照墙壁，竹影依风摇曳，更显出夏夜的宁静。下片表达了作者乘凉时的心情。在醉卧竹席、手执罗扇、瞬间雨过、一夜花残的描写中，感叹夏天即将过去，秋天就要到来，寄托词人自己对人生的感慨。

全词精准地抓住了刹那间的愁情，营造了一种清幽的意境，勾勒出一幅常见的池边消夏图。

【诗句扩展】

夏桀之常违兮，乃遂焉而逢殃。——先秦·屈原《离骚》

孟夏草木长，绕屋树扶疏。——晋·陶渊明《读山海经》

端午临中夏，时清日复长。——唐·李隆基《端午》

夏炎百木盛，荫郁增埋覆。——唐·韩愈《南山诗》

陇云晴半雨，边草夏先秋。——唐·贺知章《送人之军》

百顷风潭上，千章夏木清。——唐·杜甫《陪郑广文游何将军山林》

仲夏苦夜短，开轩纳微凉。——唐·杜甫《夏夜叹》

清江一曲抱村流，长夏江村事事幽。——唐·杜甫《江村》

人生几何春已夏，不放香醪如蜜甜。——《绝句漫兴》唐·杜甫

力尽不知热，但惜夏日长。——唐·白居易《观刈麦》

独占芳菲当夏景，不将颜色托春风。——唐·白居易《紫薇花》

桃胶迎夏香琥珀，自课越佣能种瓜。——唐·李贺《南园十三首》

萋萋春草秋绿，落落长松夏寒。——唐·王维《田园乐七首·其四》

沅溪夏晚足凉风，春酒相携就竹丛。——唐·王昌龄《龙标野宴》

夏条绿已密，朱萼缀明鲜。——唐·韦应物《夏花明》

别院深深夏簟清，石榴开遍透帘明。——宋·苏舜钦《夏意》

连雨不知春去，一晴方觉夏深。——宋·范成大《喜晴》

芳菲歇去何须恨，夏木阴阴正可人。——宋·秦观《三月晦日偶题》

夏木皆秀茂，小园交茂林。——宋·张耒《初夏步园》

长夏村墟风日清，檐牙燕雀已生成。——宋·张耒《夏日三首·其一》

纷纷红紫已成尘，布谷声中夏令新。——宋·陆游《初夏绝句》

古来江左多佳句，夏浅胜春最可人。——宋·陆游《初夏》

长夏宜高明，缓带散烦窘。——宋·宋祁《锦亭晚瞩》

# 秋

## 月夜忆舍弟　唐·杜甫

【原文】

戍鼓断人行①，秋边一雁声②。

露从今夜白③，月是故乡明。

有弟皆分散，无家问死生。

寄书长不达④，况乃未休兵⑤。

【注释】

①戍鼓：将夜时戍楼所击禁鼓。断人行：指鼓声响起后，就开始宵禁。

②秋边：秋天的边境。

③露从今夜白：指在气节"白露"的一个夜晚。

④长：一直，老是。达：到。

⑤况乃：何况是。 未休兵：战争还没有结束。

【译文】

戍楼上的更鼓宵禁声断绝了行人往来，秋夜的边塞传来了孤雁的哀鸣。

今夜起就进入了白露节气，感觉月亮还是故乡的最明亮。

虽有兄弟却都各自离散一方，也无法探问到他们的消息。

寄往洛阳城的家书常常难以送到，何况战乱频繁还一直没有停止。

【赏析】

此诗是诗人于公元759年秋在秦州所作。这年九月，正处于安史之乱的动荡之中，安禄山、史思明从范阳引兵南下，攻陷汴州，西进洛阳，山东、河南都处于战乱之中。当时，杜甫的几个弟弟正分散在这一带，由于战事连连，烽火阻隔，音信不通，引起诗人强烈的忧虑和思念。

这首诗以常见的思亲怀友为题材，但诗人却匠心独运、不落俗套地赋予此诗以深广的内涵与意义。首联阐明战事频繁、激烈，道路为之阻隔，渲染出了浓重悲凉的气氛。颔联点题，既写景，也点明"露从今夜白"的时令，以及"月是故乡明"的微妙心理，突出了对故乡的感怀。

颈联由望月转入抒情，表述了他在绵绵愁思中夹杂着生离死别的焦虑和不安，语气分外沉痛，也概括了安史之乱中人民饱经忧患丧乱的不幸遭遇。尾联进一步抒发内心的忧虑之情，书信难达，消息难闻，生死茫茫难以预料的悲哀与感慨。

全诗结构严谨、首尾照应、有致有序，把常见的怀乡思亲的题材写得如此凄楚哀感，正显现出了诗人的大家本色，鲜明地体现出了其沉郁顿挫的风格。

## 望洞庭①　　唐·刘禹锡

【原文】

湖光秋月两相和②，潭面无风镜未磨③。

遥望洞庭山水翠④，白银盘里一青螺⑤。

【注释】

①洞庭：洞庭湖，在今湖南省，中国五大淡水湖之一。湖中有君山。

②湖光：指洞庭湖水泛着银光。和：和，和谐，协调。

③潭：原指深水池，这里指洞庭湖。镜未磨：古代的镜子一般用铜做成，经常磨才能够光亮照人，这里指远望湖水模糊不清，就像没有打磨的镜面。

④山：指君山。洞庭湖中有不少山，最著名的是君山。

⑤白银盘：比喻泛着白光的洞庭湖。青螺：指青螺髻，古代妇女的一种发型。古代常用螺髻比喻峰峦，这里的青螺指君山。

【译文】

洞庭湖上风静浪息，月光和水色交相融和，湖面犹如未经磨拭的铜镜，在月光下别具一种朦胧美。

远望洞庭，山青水绿，林木苍翠的洞庭山耸立在泛着白光的洞庭湖里，就像白色银盘里的一只青螺。

## 【赏析】

这首词作于长庆四年（824）秋。刘禹锡在《历阳书事七十韵》序中称："长庆四年八月，予自夔州刺史转历阳（和州），浮岷江，观洞庭，历夏口，涉浔阳而东。"刘禹锡被贬逐南荒，二十年间来往洞庭，据文献可考的约有六次，其中只有转任和州这一次是在秋天。

此诗描写了秋夜月光下洞庭湖的优美景色。首句描写湖水与素月交相辉映的景象，第二句描绘无风时湖面平静的情状，第三、四句集中描写湖中的君山。诗人以轻快的笔触勾画出一幅优美的洞庭秋月图，生动地描绘了秋夜洞庭湖一片朦胧、宁静、柔美的风光。

在诗人眼里，千里洞庭不过是妆楼奁镜、案上杯盘而已。举重若轻，自然凑泊，毫无矜气作色之态，这是十分难得的。把人与自然的关系表现得这样亲切，把湖山的景物描写得这样高旷清超，这正是诗人性格、情操和美学趣味的反映。在诗人的笔下，洞庭湖的秋夜是那么的淡雅静丽，令人陶醉。

全诗写景细致，比喻美妙，想象丰富，充分表现出诗人的奇思异采，表达了诗人对洞庭湖的喜爱和赞美之情。

# 汾上惊秋① 唐·苏颋

## 【原文】

北风吹白云，万里渡河汾②。
心绪逢摇落③，秋声不可闻④。

## 【注释】

①汾上：指汾阳县（今山西万荣南）。汾：指汾水，为黄河第二大支流。
②河汾：即汾河，这里指汾水流入黄河的一段。

177

③摇落：树叶凋零，喻指秋天。

④秋声：秋风萧瑟的声音。

**【译文】**

北风吹动着白云使之翻滚涌动，我要渡过汾河到万里以外的地方去。

心绪伤感惆怅又逢草木摇落凋零，我再也不愿听到这萧瑟的秋风。

**【赏析】**

苏颋（670—727），字廷硕，京兆武功（今陕西省武功县）人。武则天时进士，唐玄宗时为宰相，素有文名。苏颋是初盛唐之交时著名文士，与燕国公张说齐名，并称"燕许大手笔"。

这首诗是诗人奉使渡汾河时的即兴之作，抒发了诗人的悲秋之情和羁旅之思。诗人客走他乡，心中必定思念故土，这种心情就是诗中所说的"心绪"。

诗的前两句交代了时间和事由，写诗人在北风肆虐的凄凉环境中，试图渡过汾河去往万里之外的地方，给人一种满目疮痍的感觉；后两句直抒胸臆，写诗人远离家乡，心绪不宁，偏又碰上这万木凋零的季节，那飒飒的秋风让人感到倍加伤感。

全诗虽寥寥二十字，但字字勾连古今，意境含蓄，气象幽远，颇有历史沧桑之感。


# 水龙吟·登建康赏心亭① 宋·辛弃疾

**【原文】**

楚天千里清秋，水随天去秋无际。遥岑远目②，献愁供恨，玉簪螺髻③。落日楼头，断鸿声里④，江南游子。把吴钩看了⑤，栏杆拍遍，无人会，登临意。

休说鲈鱼堪脍⑥，尽西风，季鹰归未⑦？求田问舍⑧，怕应羞见，刘郎才气⑨。可惜流年⑩，忧愁风雨⑪，树犹如此！倩何人唤取⑫，红巾翠袖⑬，揾英雄泪⑭！

**【注释】**

①建康：南京在六朝时期的名称，是中国在六朝时期的经济、文化、政治、军事中心。

②岑（cén）：小而高的山；崖岸。遥岑：远山。

③玉簪螺髻：玉做的簪子，像海螺形状的发髻，这里比喻高矮和形状各不相同的山岭。

④断鸿：失群的孤雁。

⑤吴钩：吴春秋时期流行的一种弯刀，以青铜铸成，后被历代文人写入诗篇，成为驰骋疆场，励志报国的精神象征。此处作者以吴钩自喻，比喻自己空有一身才华却得不到重用。

⑥鲈鱼堪脍（kuài）：用西晋张翰典。《世说新语·识鉴篇》记载：张翰在洛阳做官，在秋季西风起时，想到家乡莼菜羹和鲈鱼脍的美味，便立即辞官回乡。后来的文人将思念家乡、弃官归隐称为莼鲈之思。脍（kuài）：是指切细的肉、鱼。

⑦季鹰：这里指张翰，字季鹰。吴郡吴县（今江苏苏州市）人。西晋文学家，张良的后裔。

⑧求田问舍：本意是多方购买田地，到处问询房价。比喻没有远大志向。典出《三国志·魏书·陈登传》，许汜（sì）曾向刘备抱怨陈登看不起他，"久不相与语，自上大床卧，使客卧下床"。刘备批评许汜在国家危难之际只知置地买房。

⑨刘郎：这里指刘备。

⑩流年：流逝的时光。

⑪风雨：比喻飘摇的国势。

⑫倩（qìng）：请托；请求。

⑬红巾翠袖：女子的装饰，代指女子。

⑭揾（wèn）：擦拭。

**【译文】**

楚天千里，辽远宽阔，秋色无边无际，长江之水流向天边，不知何处是它的尽头。极目眺望远山,那崇山峻岭高低各不同,宛如碧玉发簪和女子的螺形发髻,起伏之间却仿佛都在献送国土沦落的忧怨与仇恨。夕阳西下之时,落日斜挂楼头,那失群孤雁的声声悲啼里,充满了江南游子的悲愤压抑。我看着手中吴钩宝刀,狠狠地把楼上的九曲栏杆都拍遍了,但没有人领会我此时登楼远眺的心意。

不要说鲈鱼肉脍的味道精美而值得品尝,秋风已经吹遍大地,那爱吃鲈鱼脍的张季鹰是否已经归来?也不要提及国家危难之际只顾个人买房置地的许汜,那将会羞于见到雄才大气的刘备。只可惜时光如流水般一去不复返,不禁担忧风雨中飘摇的国家,树木都已如此!又能请托何人去呼唤回来呢?就让那红巾翠袖的多情歌女,为我擦拭掉英雄失志时的热泪吧。

**【赏析】**

宋孝宗淳熙元年(1174),辛弃疾将任东安抚司参议官。这时作者南归已八九年了,却投闲置散,没有大的施展和作为。一次,他登上建康的赏心亭,极目远望祖国的山川风物,百感交集,慨叹自己虽满怀壮志,却难以酬愿,于是写下了这首词。

该词上片说,"把吴钩看了,栏杆拍遍",点明报国无路的苦闷。下片说自己不只是怀念乡土,更不愿意作个人身家打算,忧愁的是国势飘摇和年华虚度。词中深刻地写出了一个爱国志士壮志难申、抑郁悲愤的心情。

本词是作者的名作之一，它不仅充分反映了那个时代的社会矛盾，表现了比较真实的内容，而且运用了精湛熟练的艺术手法把内容完美地表达出来，直到今天仍具有强大的感染力量，使人们百读不厌。

# 野步① 清·赵翼

【原文】

峭寒催换木棉裘②，倚杖郊原作近游③。

最是秋风管闲事，红他枫叶白人头④。

【注释】

①野步：郊野漫步。

②峭（qiào）寒：料峭，寒冷。木棉：旧称多年生海岛棉为木棉，这里泛指棉花。裘（qiú）：皮衣，这里实指长袍。

③倚杖：依靠着手杖。杜甫《倚杖》："看花虽郭内，倚杖即溪边。"

④红他枫叶白人头：秋风使枫叶变红、人的头发变白。

【译文】

料峭的寒风驱使我换上了厚厚的棉衣，我拄着拐杖到附近的郊区原野去看看玩玩。

感慨秋风最爱多管闲事了，它一来，不但把枫叶变红，还让人的头发变白了。

【赏析】

赵翼（1727—1814），字云崧，一字耘崧，号瓯北，晚号三半老人，江苏阳湖（今江苏省常州市）人，与袁枚、张问陶并称清代性灵派三大家，与袁枚、蒋士铨并称为"江右三大家"。乾隆二十六年（1761）进士，授翰林院编修。

这首诗作于乾隆五十四年（1789），诗人当时六十三岁，已退居在家，但诗人并没有像一般老年人那样，因害怕寒冷而足不出户，反而勇敢地拄着手杖到郊外的原野散步漫游。于此，一位率真可爱的老者形象跃于眼前。在郊区野外短途散步中，诗人看到大自然中的枫树一片火红，生机郁郁，让人倾慕，相形之下，自己已鬓发斑白，于是感慨之下创作此诗。诗中借对秋风的嗔怨，抒发了一种时光把人抛、人老见白头的愁绪。

全诗语言通俗浅显，风格诙谐风趣，写作上不落俗套，自创新意，在透着淡淡哀凉的思绪中让人寻味，表现了诗人对年华逝去的感伤之情。

【诗句扩展】

秋风吹不尽，总是玉关情。——唐·李白《子夜吴歌·秋歌》

万里悲秋常作客，百年多病独登台。——唐·杜甫《登高》

君问归期未有期，巴山夜雨涨秋池。——唐·李商隐《夜雨寄北》

秋丛绕舍似陶家，遍绕篱边日渐斜。——唐·元稹《菊花》

南浦凄凄别，西风袅袅秋。——唐·白居易《南浦别》

春风桃李花开日，秋雨梧桐叶落时。——唐·白居易《长恨歌》

西宫南内多秋草，落叶满阶红不扫。——唐·白居易《长恨歌》

空山新雨后，天气晚来秋。——唐·王维《山居秋暝》

洛阳城里见秋风，欲作家书意万重。——唐·张籍《秋思》

角声满天秋色里，塞上燕脂凝夜紫。——唐·李贺《雁门太守行》

解落三秋叶，能开二月花。——唐·李峤《风》

树树皆秋色，山山唯落晖。——唐·王绩《野望》

风帆更起，望一天秋色，离愁无数。——宋·张孝祥《念奴娇·风帆更起》

胡未灭，鬓先秋，泪空流。——宋·陆游《诉衷情·当年万里觅封侯》

秋雨一何碧，山色倚晴空。——宋·方岳《水调歌头·平山堂用东坡韵》

蹴罢秋千，起来慵整纤纤手。——宋·李清照《点绛唇·蹴罢秋千》

恼乱横波秋一寸，斜阳只与黄昏近。——宋·赵令畤《蝶恋花·卷絮风头寒欲尽》

塞下秋来风景异，衡阳雁去无留意。——宋·范仲淹《渔家傲·秋思》

秋色连波，波上寒烟翠 。——宋·范仲淹《苏幕遮》

萧萧梧叶送寒声，江上秋风动客情。——宋·叶绍翁《夜书所见》

人生若只如初见，何事秋风悲画扇。——清·纳兰性德《木兰词·拟古决绝词柬友》

# 渡汉江<sup>①</sup>　唐·宋之问

**【原文】**

岭外音书断<sup>②</sup>，经冬复历春。

近乡情更怯<sup>③</sup>，不敢问来人<sup>④</sup>。

**【注释】**

①汉江：指襄阳附近的一段汉水。

②岭外：五岭以南的广东省广大地区，通常称岭南。唐代常作罪臣的流放地。书：信。

③怯：胆怯，害怕。

④来人：指从家乡来的人。

**【译文】**

客居岭外与亲人断绝了音信，熬过了冬天又到了春天。

越走近故乡心中就越觉得胆怯，不敢打听从家那边过来的人。

**【赏析】**

《渡汉江》是宋之问诗中流传最为广泛的一首小诗，它生动地写出了久居他乡的人回家时的共同心理感受。据说，这首诗是诗人从泷州贬所逃回家乡，经过汉江（即汉水）时写下的。

诗的前两句追叙贬居岭南的情况，"音书断"，表现了岭南的遥远、荒凉，不通人烟，"复历春"表明捱过了一年又一年的漫长时光。于此，那种度日如年、难以忍受的精神痛苦，历历可见。后两句以抒情表现特殊的心理状态。宋之问的家在巩县，汉水离巩县，虽然还有不少路，但较之岭外的泷州，毕竟要近得多，所以诗里说"近乡"。这里写思乡时是正意反说，写越近家乡，越不敢问及家乡消息，担心听到坏的消息，而破坏了好的愿望，抒发了作者念及家人，忐忑不安的矛盾心情。透过"情更怯"与"不敢问"之语，读者可以强烈感到诗人此时内心的抑制和急切愿望，以及由此造成的精神痛苦。这种真切的抒写，富于情致，耐人咀嚼。

# 感遇·江南有丹橘　唐·张九龄

## 【原文】

江南有丹橘①，经冬犹绿林。

岂伊地气暖②？自有岁寒心③。

可以荐嘉客④，奈何阻重深⑤。

运命唯所遇，循环不可寻。

徒言树桃李⑥，此木岂无阴？

## 【注释】

①江南：指长江以南地区。古代多指今江苏、安徽两省的南部和浙江省一带。

②伊：语助词。

③岁寒心：意思为耐寒的特性。

④荐：进奉之意。

⑤阻重深：被阻隔在深远的地方。

⑥树：此指种植之意。

## 【译文】

江南有叶茂枝繁的丹橘树，它经冬不凋终年常绿。

这并不是因为地气和暖，而是这种它本身就具有耐寒的本性。

我想把它呈送给远方尊贵的客人，无奈山重水阻。

命运遭遇往往不一，因果循环之中的奥秘难以捉摸。

不要只说桃李有果有林，难道橘树就不能成阴吗？

【赏析】

张九龄在被贬为荆州长史后，共写了《感遇十二首》的组诗，诗中运用比兴手法，表现了坚贞高洁的品德，抒发自己遭受排挤的忧思。此篇为其中的第七首。这首诗借用屈原《橘颂》的诗意，以丹橘自喻，表现了诗人自己的高尚情操、美好品德及对理想的追求。

诗的开头两句，诗人以热情的笔调，颂扬橘树经历风霜、四季常青，经得起严冬考验的韧性。因此，诗人以丹橘自喻具有深刻的含意。三、四两句，写橘树的自身特点，告诉人们橘树的经冬翠绿，并不是因为江南气候温暖的缘故，而是因为它自身有着耐寒的本性。这是借橘树的坚韧本性表露诗人的心灵和品德之美。五、六两句意思是，原本想把甜美的丹橘呈献给远方尊贵的客人，可是关山重重，水路迢迢，通道受阻，难

以如愿。这里言下之意，表露的是本可以将贤者推荐给朝廷，可惜通道不畅，路径受阻。诗人在遭贬的情况下，依然不甘沉沦，时刻关心国家的前途和命运，其品质难能可贵。七、八两句，是诗人根据自身的经历，对命运和遭遇，以及难以捉摸的道理或奥秘所发出的感叹。最后两句诗人大声疾呼，在为橘树鸣不平的同时，也是在为贤者鸣不平，可谓深刻有力。这是对朝廷当权者听信谗言、贤恶不分的严厉斥责，也是全诗的主旨所在。

全诗构思精巧，结构严密，抒情写意，回环起伏，具有极高的艺术魅力。

# 早冬　唐·白居易

【原文】

十月江南天气好，可怜冬景似春华①。

霜轻未杀萋萋草②，日暖初干漠漠沙。

老柘叶黄如嫩树③，寒樱枝白是狂花④。

此时却羡闲人醉，五马无由入酒家⑤。

【注释】

①春华：春天的花，这里指春天。

②萋萋：草木茂盛的样子。

③柘（zhè）叶：柘木的叶。

④寒樱：秋冬时节的樱花树。狂花：不依时序而开的花。

⑤五马：太守（刺史）的别称，作者时任太守。无由：没有办法。

【译文】

十月里的江南天气非常好，冬景像春天一样可爱。

一层薄薄薄的霜露落在小草上，在阳光的照耀下好像是被风干了的沙粒一般。

老柘树的叶子虽黄，但仍像初生的一样，樱花树不依时序地开出了一枝枝白花。

此时的我只羡慕喝酒人的那份清闲，可惜我身为刺史不能到酒家饮酒。

【赏析】

这首诗当为诗人在杭州任太守时所作，全诗展现了江南早冬时节的场景，表达了作者对江南早冬的喜爱。

首联点明时令、地点，讲述十月里的江南虽进入早冬时节，但气候却仍然温暖宜人，为下句比拟春天般的美好与可爱作铺垫。颔联从霜轻薄露、不见料峭、不欺芳草、日光温暖、映照黄沙的特征着笔，呼应首联的"江南"之好。颈联从眼前所见的苍老柘树、叶片微黄、生机盎然、不失娇嫩，以及簇簇樱花、一片粉白、不依时序、枝头绽放的情景来描摹，愈显"江南"之秀美。尾联通过"却羡"与"无由"，淋漓尽致地表述了诗人对如此冬景的怡然和沉醉之感。

全诗捕捉景物精准，造语准确形象，写得真切生动，极好地抒发了对早冬江南的欢心，以及对悠闲、恬淡生活的向往之情。

# 上邪　汉·无名氏

【原文】

上邪①！我欲与君相知②，长命无绝衰③。

山无陵，江水为竭④；冬雷震震，夏雨雪⑤。天地合，乃敢与君绝⑥！

【注释】

①上邪（yé）：汉时俗语，犹言"天啊"，意思是指天为誓。

②相知：相亲相爱。

③无绝衰：指与心上人相知相爱的情意永远不会断绝。

④陵：大土山。竭：干涸。

⑤震震：形容雷声。雨雪：降雪。

⑥乃：才敢。

【译文】

上天呀！我渴望与你相知相惜，长存此心永不褪减。

除非巍巍群山消逝不见，除非滔滔江水干涸枯竭；除非凛凛寒冬雷声翻滚，除非炎炎酷暑白雪纷飞。除非天地相交聚合连接，直到这样的事情全都发生时，我才敢将对你的情意抛弃决绝！

【赏析】

这首诗属于汉代乐府民歌中的《鼓吹曲辞》。《鼓吹曲辞》，又称为短箫铙歌。有人认为是"杂曲"的异称，其中一部分是一种军营中行用的乐曲。它使用一些由北方羌胡等少数民族传入的乐器演奏，富有塞外音乐的特点。有的采用民间的歌谣，另有一些是文人的制作，内容较为庞杂，主要流行于汉至唐代。

这首诗是汉乐府中的一首情歌，就是表现一位痴情女子对爱人的热烈表白，在艺术上很见匠心。诗想象丰富，构思奇特，诗的主人公在呼天为誓，直率地表示"与君相知，长命无绝衰"的愿望之后，转而从"与君绝"的角度落墨，设想了三组五件奇特的自然变异现象，作为"与君绝"的条件：山河巨变——"山无陵，江水为竭"；四季颠倒——"冬雷震震，夏雨雪"；世界消失——"天地合"。这些设想一件比一件荒谬，一件比一件离奇，都是根本不可能发之事。这就把主人公至死不渝的爱情强调得无以复加，以至于把"与君绝"的可能性从根本上排除了。由于这位姑娘表达爱的方式特别出奇，表达爱的誓词特别热烈，致使千载之下，这位姑娘的神情声口仍能活脱脱地从纸上传达出来，令人身临其境。

汉乐府以质朴见长，直抒胸臆，这首诗的主人公以一种独特的抒情方式准确地表达了热恋中的人特有的绝对化心理，堪称"短章之神品"。清代张玉谷在《古诗赏析·卷五》中评价此诗说："首三，正说，意言已尽，后五，反面竭力申说。如此，然后敢绝，是终不可绝也。迭用五事，两就地维说，两就天时说，直说到天地混合，一气赶落，不见堆垛，局奇笔横。"可谓句句至理。

【诗句扩展】

边庭节物与华异，冬霰秋霜春不歇。——隋·卢思道《从军行》

仲冬山果熟，正月野花开。——唐·杜审言《旅寓安南》

冬行虽幽墨，冰雪工琢镂。——唐·韩愈《南山诗》

冬寒不严地恒泄，阳气发乱无全功。——唐·韩愈《杏花》

且如今年冬，未休关西卒。——唐·杜甫《兵车行》

春歌丛台上，冬猎青丘旁。——唐·杜甫《壮游》

金华山北涪水西，仲冬风日始凄凄。——唐·杜甫《野望》

满眼伤心冬景和，一山红树寺边多。——唐·元稹《远望》

十月江南天气好，可怜冬景似春华。——唐·白居易《早冬》

玄蝉去尽叶黄落，一树冬青人未归。——唐·李商隐《访隐者不遇成二绝》

梅花不肯傍春光，自向深冬著艳阳。——唐·韩偓《梅花》

冬青树上挂凌霄，岁晏花凋树不凋。——唐·顾况《行路难》

冬去冰须泮，春来草自生。——唐·冯道《天道》

自古承春早，严冬斗雪开。——唐·朱庆馀《早梅》

三冬暂就儒生学，千耦还从父老耕。——宋·陆游《观村童戏溪上》

野店残冬，绿酒春浓。——宋·汪莘《行香子·腊八日与洪仲简溪行其夜雪作》

过午非常暖，疑他不是冬。——宋·杨万里《晨炊浦村》

野客预知农事好，三冬瑞雪未全消。——宋·戴复古《除夜》

白日惊飚冬已半，解鞍正值昏鸦乱。——清·纳兰性德《菩萨蛮·白日惊飚冬已半》

一冬也是堂堂地，岂信人间胜著多。——清·黄宗羲《山居杂咏》

# 诗

## 念奴娇·春情　宋·李清照

【原文】

萧条庭院，又斜风细雨，重门须闭①。宠柳娇花寒食近②，种种恼人天气。险韵诗成③，扶头酒醒④，别是闲滋味。征鸿过尽⑤，万千心事难寄。

楼上几日春寒，帘垂四面，玉阑干慵倚⑥。被冷香消新梦觉，不许愁人不起。清露晨流，新桐初引⑦，多少游春意。日高烟敛⑧，更看今日晴未。

【注释】

①重门：多层的门。

②寒食：古代在清明节前两天的节日，焚火三天，只吃冷食，所以称寒食。

③险韵诗：用生僻的字来做韵脚的诗。

④扶头酒：让人容易醉倒的酒。

⑤征鸿：远飞的大雁。

⑥玉阑干：栏杆的美称。慵：懒。

⑦初引：初长。《世说新语·赏誉》："于时清露晨流，新桐初引。"这两句形容春日清晨，露珠晶莹欲滴，桐树初展嫩芽。

⑧烟敛：烟收、烟散的意思。烟：此指像烟一样弥漫在空中的云气。

【译文】

庭院萧条冷落，又吹来了斜风细雨，一层层的院门关闭。春天的嫩柳渐绿，娇花即将开放，寒食节临近，又到了阴雨不定，天气让人烦闷的时日。用韵比较险仄的诗篇已写成，从沉醉的酒意中清醒，还是闲散无聊的情绪，别有一番闲愁在心头。远飞的大雁从天空飞过，心中满腹的话语却难以托寄。

连日来楼上春寒较重，放下四面的帘幕，玉栏杆我也懒得凭倚。被子清冷，香火已消，我从短梦中醒来。这情景，使本来已经愁绪万千的我难以躺卧不起。早晨露珠晶莹，桐树叶一片嫩绿，增添了不少游春的情志。太阳已高，晨烟初放，再看看今天是不是又一个放晴的好天气。

**【赏析】**

这是一首怀人之作，叙写了寒食节时对丈夫的怀念。词中借雨后的春景描写，表达了自己独居的落寞之情。

上片写春闲之日对远人的思念。开头三句写环境气候，道出了词人所处的环境，给人以寂寞幽深之感。接着写作诗填词，以酒沉醉，但幽怨的滋味浓烈，一怀闲愁还是无法排解。"宠柳娇花寒食近，种种恼人天气"，这句由斜风细雨，而想到宠柳娇花，既倾注了对美好事物的关切与向往，也透露出自哀自怜的感慨。"别是闲滋味"，一个"闲"字，将寂寞幽怨的伤春情怀委婉地表达了出来，耐人寻味。"万千心事"积于心中，难以排遣，想吐露寄出却也无方，只好还是把它深深地埋藏在内心。

下片写春寒之日百无聊赖的心情。起首几句，承接上片的"万千心事"之意，在连日阴霾、春寒料峭、帘垂四面的幽暗中，词人孤寂地深坐楼头，其怀念远方之人的落寞情怀，不言而喻。"玉阑干慵倚"，刻画词人无聊意绪，而隐隐离情亦在其中。鸿雁过尽，音信无凭，纵使阑干倚遍，亦复何用！满腹的心事无人可诉，唯有寄托于梦境；而刚入梦境，又被寒冷逼醒唤回。辗转难眠之意，溢于言表。"不许愁人不起"，寥寥六个字，包含了太多无可奈何的情愫，离情最苦，痛

苦不堪。从"清露晨流"到结尾，词的意境为之一变。此前，词清调苦，婉曲深挚；此后，疏朗清空，低回蕴藉。从"重门须闭"，"帘垂四面"，到"日高烟敛，更看今日晴未"，至此卷起珠帘，打开房门。透过日光烟云，预料是大好晴天，但词人似乎还在疑惑之中，仍放心不下地要进一步"更看今日晴未"，暗中与前面所写的连日里风雨春寒相呼应，也为"多少游春意"的打算而关注，前后呼应，脉络清晰，有言尽而意不尽之感。

全词用细腻曲折的笔触，真实地再现了春景，并引出了词人独居的落寞心情。词浅意深，清丽婉妙，融情入景，浑然天成。

# 秋词 　唐·刘禹锡

**【原文】**

自古逢秋悲寂寥①，我言秋日胜春朝②。

晴空一鹤排云上③，便引诗情到碧霄④。

**【注释】**

①自古：从古以来，泛指从前。寂寥：空旷无声，萧条空寂，这里指景象凄凉。

②春朝：初春。这里可译作春天。

③排：推开。

④碧霄：青天。

**【译文】**

自古以来，骚人墨客都认为秋天萧条落寞，我却认为秋天远远胜过春天。

天高云淡的晴空，一只仙鹤拨开层云直冲云霄，也激发我的诗兴飞向万里晴空。

**【赏析】**

公元805年，太子李诵即位，是为顺宗。随后，王叔文推行了一场轰轰烈烈的运动，打击宦官势力，革除政治积弊，史称"永贞革新"，刘禹锡为核心成员之一。可不久，新太子李纯软禁了顺宗，提前登基。永贞革新失败之后，刘禹锡先是在九月被贬连州（现广东连州市）刺史，到了十月就又被贬朗州（现湖南常德）司马，接连被贬，给刘禹锡带来了沉重打击。但他自有豪气，在朗州也并不沉沦。人生虽遭重大挫折，骨子里豪放的气质依然在诗里自然地流露。刘禹锡被贬之后写了《秋词二首》，此诗便是其中的一首。

诗的开头二句，"自古逢秋悲寂寥，我言秋日胜春朝"，体现了诗人特立独行的个性，一反千古文人们的论断。通常来说，伤春悲秋是人的自然情绪，春天百花凋残，引人伤悲，秋天无边落木，使人空寂。而刘禹锡偏说，秋天要比春天好得多，这便是他独特排众的判断。这二句在奇突的转折中给人以期待与思考。后二句，"晴空一鹤排云上，便引诗情到碧霄"，引出理由，作出论证。看那秋日天高云淡的晴空里，有一只仙鹤拨开云层，展翅翱翔，这风景并不是春天所能见到的，眼前的情景把我的诗兴也随同仙鹤一起带到了万里晴空。这里之所以举出仙鹤，是因为只有仙鹤能更好地印证和媲美诗人高洁的品质。

该诗气势雄浑，意境壮丽，通过鲜明的艺术形象表达深刻的思想，既有哲理意蕴，也有艺术魅力，发人深省。全诗融情、景、理于一炉，表现出的高扬精神和开阔胸襟，唱出的那曲非同凡响的秋歌，为我们后人留下了一份难能可贵的精神财富。

# 闻官军收河南河北① 唐·杜甫

## 【原文】

剑外忽传收蓟北②，初闻涕泪满衣裳③。
却看妻子愁何在④，漫卷诗书喜欲狂⑤。
白日放歌须纵酒⑥，青春作伴好还乡⑦。
即从巴峡穿巫峡⑧，便下襄阳向洛阳⑨。

## 【注释】

①河南河北：唐代安史之乱时，叛军所占领的根据地。

②剑外：剑门关以外，这里指四川。蓟（jì）北：今河北北部一带，是叛军的老巢。

③涕（tì）：眼泪。

④却看：回过头来看。

⑤漫卷：胡乱卷起。指高兴得不能读书了。

⑥放歌：放声高歌。纵酒：开怀痛饮。

⑦青春：明丽的春天景色。

⑧巫峡：长江三峡之一，因穿过巫山得名。

⑨襄（xiāng）阳：今属湖北。洛阳：今属河南，古代城池。

【译文】

在四川忽然听到了唐军收复幽州和蓟州的消息，听到这个消息非常激动，眼泪沾满了衣裳。

回头看家中的妻子和儿女们，个个手舞足蹈，喜气洋洋，再也不是愁眉苦脸的样子，此时的我已无心写作，胡乱地卷起诗书，高兴得几乎发狂。

天空晴朗美好，就应当放声歌唱，开怀畅饮，趁着明媚的春光，与妻儿一路返回故乡。

打算从巴峡启程穿过巫峡，然后穿过襄阳城直奔日思夜想的洛阳。

【赏析】

这首诗作于广德元年（763）春天。宝应元年（762）的冬天，唐军在洛阳附近的衡水打了一个大胜仗，收复了洛阳和郑（今河南郑州）、汴（今河南开封）等州，叛军头领薛嵩、张忠志等纷纷投降。第二年，史思明的儿子史朝义兵败自缢，其部将田承嗣、李怀仙等相继投降，至此，持续七年多的"安史之乱"宣告结束。杜甫是一个热爱祖国而又饱经丧乱的诗人，当时正流落在四川。当听到安史之乱结束的消息后，悲喜交集，激动万分，随口吟唱出这首诗。

此诗被称为杜甫"生平第一首快诗"。诗中突出表现一个"喜"字，抒发作者听到官军收复河南河北的消息后极度喜悦的心情，使读者的思维也不由得跟着诗人的快意表达跳跃起来。诗人用比较夸张的手法描绘自己的心情，深刻表达了他渴望国家统一、人民生活安定的深切愿望，凸显了博大的爱国胸怀和高尚的精神境界。

# 城东早春① 　唐·杨巨源

【原文】

诗家清景在新春②，绿柳才黄半未匀③。

若待上林花似锦④，出门俱是看花人⑤。

【注释】

①城东：指长安城东。

②诗家：诗人。清景：美景。

③半：大半。未匀：不匀称。

④上林：指上林苑，皇上的御花园，这里泛指长安的花园。

⑤俱：全部，都是。

【译文】

新春时节是诗人描写美景的最佳时刻，柳枝刚刚吐出淡黄的嫩芽，颜色还有一半未曾匀净。

如果在仲春时节，长安城的花园里繁花似锦时再出门看花，那么，出门一看，就全是踏青游春的赏花人了。

【赏析】

杨巨源（755—832），字景山，后改名为巨济，唐代河中（今山西永济县）人，唐德宗贞元五年（789）进士，曾任太常博士、国子司业、河中少尹等职位，七十岁时退归乡里，其诗风清新明丽。

这是一首写景诗，诗人描写了长安城东迷人的早春景色，表现了对早春的热爱和赞美之情。诗人用边议论边写景的手法来写此诗，前两句突出诗题中的"早春"之意。首句是诗人在城东游赏时对所见早春景色的赞美。次句紧接首句，是对早春景色的具体描绘。早春时，柳叶新萌，其色嫩黄，诗人通过"才""未半匀"等字眼，突出早春的"早"和"新"，显得生机勃勃，色彩饱满。后两句笔锋一转，呈现出繁花似锦的春色，来反衬早春的"清景"，两相对比，鲜明地表现了早春的可爱，反衬出诗人对早春清新之景的喜爱。

全诗将清新的早春之景和浓艳的仲春之景并列列出，对比鲜明，色调明快，同时意蕴深刻，读来耐人寻味，在描写春天的诗歌里堪称佳篇。

# 舟中读元九诗① 唐·白居易

**【原文】**

把君诗卷灯前读②，诗尽灯残天未明③。

眼痛灭灯犹暗坐④，逆风吹浪打船声。

**【注释】**

①元九：即元稹，白居易的朋友。

②把：捧，拿。

③残：残留。

④暗：黑暗。

**【译文】**

把你的诗卷捧在灯前观看，读完了诗灯快要熄灭而天还没亮。

读诗读得眼睛发痛，熄灭了灯还在黑暗中坐着，耳边听到逆风吹着浪花拍打着小船的声音。

**【赏析】**

唐宪宗元和十年（815），宰相武元衡遇刺身亡，白居易上书要求缉拿和严惩凶手而得罪权贵，被贬为江州司马。在漫长而寂寞的舟行旅途中，诗人想念早在五个月前被远谪到通州（州治在今四川达县）的好朋友元稹，于夜晚之中，伴着荧荧灯火，细读诗卷，写下了这首《舟中读元九诗》。

此诗细致描绘了在船中灯下捧读元诗的动人情景，以及由此而引发的万端感慨和复杂思绪。诗中由"灯前读君诗"自然地表现了主题"忆斯人",同时结合二人共同的遭遇,内心有着"同是天涯沦落人"的感叹。"眼痛灭灯犹暗坐",告诉人们读诗读得很晚,读到了大半夜,灯油将尽,快要熄灭,天虽未明但也快要亮了,可诗人还要"暗坐",不肯入眠。让读者自然而然地想到,由于想念元九,更想起奸臣当道,朝政日非,因而,一腔忧愤使得他无法安睡。此刻,他独坐在小船内,但听江面狂风巨浪拍打船舷的咆哮声。这既是写实,也寓指环境的艰危和险恶,蕴藏着复杂的思想内容。

全诗短短四句,一反常态,三用"灯"字,不仅丝毫没有重复之感,却见诗人独具匠心之处,它犹如穿起一串明珠的彩线,在节律上增强效果,在感情上推进加深。细读起来,尤为感人,不仅较之常作更为自然清新,而且更深切地表达了对朋友的深挚怀念。

# 望江南·超然台作    宋·苏轼

## 【原文】

春未老,风细柳斜斜。试上超然台上看①,半壕春水一城花②。烟雨暗千家。

寒食后③,酒醒却咨嗟④。休对故人思故国⑤,且将新火试新茶⑥。诗酒趁年华。

## 【注释】

①超然台:在密州(今山东诸城)城北。

②壕:指护城河。

③寒食:节令。旧时清明前一天(一说二天)为寒食节。

④咨嗟:叹息、慨叹。

⑤故国:指故乡,亦可理解为故都。

⑥新火:寒食禁火,节后再举火称新火。新茶:指清明前采摘的"明前茶"。

**【译文】**

趁着春色还未凋残，斜斜的柳丝随着春风飘洒，登上超然台，看春城风景如画。护城河半壕春水，守护着满城春花；轻烟与细雨交织，朦胧了千万户人家。

清明时节把我的乡愁撩起，酒醒了还是长叹不已。叹又何益，不要对老朋友把故乡提起。来吧，燃起寒食后的新火，品尝寒食后的新茶，饮酒赋诗岂能荒废这春天的时光，美好的年华！

**【赏析】**

宋神宗熙宁七年（1074）秋，苏轼由杭州通判调往密州任知州（今山东诸城）。次年苏轼命人修缮这座位于城北的旧台，由其弟苏辙题名为"超然"。苏轼还专赋一文《超然台记》，文中说"台高而安，深而明，夏凉而冬温。雨雪之朝，风月之夕，余未尝不在"。可见词人对这座城台的喜爱。熙宁九年（1076）的暮春，词人登临超然台，眺望一片春色烟雨，眼前之景触动思乡之情，写下了这首词作。

词的上片写登台时所见景象，但见春风轻软，绿柳飘洒，烟雨濛濛，满城春花，透出苏轼对眼前景物的欣喜爱悦之情。下片触景生情，其情绪似有转换，即寒食过后的清明节扫墓的乡俗，引起了苏轼的怀乡之情——家在西蜀，身在山东，欲扫墓而不能，不免有天涯寥落之感。但苏轼善于自觉地调节这种黯然的情绪，"且将新火试新茶，诗酒趁年华"，便是对思乡愁绪的排遣，于自娱自乐中表现出一种超然的境界，同时含

蓄地表达了不愿荒废时日，但愿有所作为的奋发精神。

全词景色明丽，意境清雅，通过对斜柳、楼台、春水、城花、烟雨等暮春景象的描绘，生动地表现了作者细微而复杂的内心活动，表达了游子炽烈的思乡情结。

【诗句扩展】

题诗留万古，绿字锦苔生。——唐·李白《秋浦歌十七首》

白也诗无敌，飘然思不群。——唐·杜甫《春日忆李白》

笔落惊风雨，诗成泣鬼神。——唐·杜甫《寄李十二白二十韵》

诗酒尚堪驱使在，未须料理白头人。——唐·杜甫《江畔独步寻花七绝句》

谁其友亲能哀怜，写吾此诗持送似。——唐·韩愈《谁氏子》

无悰托诗遣，吟罢更无悰。——唐·李商隐《乐游原》

君知否，是山西将种，曾系诗盟。——宋·刘过《沁园春·张路分秋阅》

我报路长嗟日暮，学诗谩有惊人句。——宋·李清照《渔家傲·天接云涛连晓雾》

酒意诗情谁与共？泪融残粉花钿重。——宋·李清照《蝶恋花·暖雨晴风初破冻》

来相召、香车宝马，谢他酒朋诗侣。——宋·李清照《永遇乐·落日熔金》

险韵诗成，扶头酒醒，别是闲滋味。——宋·李清照《念奴娇·春情》

衣上酒痕诗里字。点点行行，总是凄凉意。——宋·晏几道《蝶恋花·醉别两楼醒不记》

伤心故人去后，冷落新诗。——宋·晁冲之《汉宫春·梅》

清愁诗酒少，寒食雨风多。——宋·张镃《寒食》

竹影和诗瘦，梅花入梦香。——元·王庭筠《绝句》

今人犹歌李白诗，明月还如李白时。——明·唐寅《把酒对月歌》

李白能诗复能酒，我今百杯复千首。——明·唐寅《把酒对月歌》

爱好由来下笔难，一诗千改始心安。——清·袁枚《遣兴》

李杜诗篇万口传，至今已觉不新鲜。——清·赵翼《论诗五首·其二》

# 情

## 春夜洛城闻笛① 唐·李白

【原文】

谁家玉笛暗飞声②，散入春风满洛城③。

此夜曲中闻折柳④，何人不起故园情⑤。

【注释】

①洛城：即洛阳城，今河南省洛阳市。

②玉笛：用玉制作的笛子。暗飞声：声音不知从何处传来。

③满：此处作动词用，传满，传遍的意思。

④折柳：即《折杨柳》这首笛子曲。

⑤故园情：怀念家乡的情感。故园：指家乡。

【译文】

阵阵悠扬的笛声，是从谁家飘出的？随着春风飘扬，传遍了整个洛阳城。

这种夜晚听到《折杨柳》的曲调，谁能不萌发思念故乡的深情。

【赏析】

这首诗是开元二十二年（734）所作，还有一种说法是作于二十三年（735）李白游历洛阳时。洛阳在唐代是一个很繁华的都市，时称东都。当时李白客居洛阳城，在寓所里偶然听到悠扬的笛声，不由引发思念家乡的情感，故作此诗。

这首诗描写了夜深人静之时，诗人听到笛声而引起的思乡之情。全诗扣紧一个"闻"字着笔，"暗飞声"，表现了声音悠扬，刚刚传入耳边；"满洛城"，说明在舒缓的曲调中不失笛音起伏的高亢;"折柳",不仅指曲名,还有折柳作别等更多的意向,唤起人更多的联想;"故园情",便是因这笛声而起、无法压抑的自然情思。

全诗抒发了诗人闻笛思乡的深切感情。情真意切,动人心弦,千百年来引起了旅人游子心中强烈的共鸣。

## 锦瑟① 唐·李商隐

**【原文】**

锦瑟无端五十弦②,一弦一柱思华年③。

庄生晓梦迷蝴蝶④,望帝春心托杜鹃⑤。

沧海月明珠有泪⑥,蓝田日暖玉生烟⑦。

此情可待成追忆,只是当时已惘然⑧。

**【注释】**

①锦瑟(sè):装饰华美的瑟。瑟,古代一种弦乐器,声调悲凉。

②无端:无缘无故,没来由。

③柱:瑟上系弦的小木柱。

④"庄生"句:此引庄周梦蝶的故事,以言人生如梦,往事如烟之意。

⑤望帝:古代蜀国的君主,名杜宇,传说他让帝位,死后化为杜鹃鸟。春心:伤春之心。

⑥珠有泪:《博物志》:"南海外有鲛人,水居如鱼,不废绩织,其眼泣则能出珠。"

⑦蓝田:即蓝田山,在今陕西蓝田县,为有名的产玉之地。

⑧惘(wǎng)然:若有所失的样子,此指疑惑不解。

**【译文】**

锦瑟为何竟然有五十条弦,每弦每柱,都令人思念那美好年华。

我心像庄子,为蝴蝶晓梦而迷惘,又像望帝化杜鹃,寄托春心的哀怨。

沧海明月高照，鲛人泣泪皆成珍珠，蓝田红日和暖，可看到良玉生烟。

那些美好的时光只能留在回忆之中了，只是当年却不知道珍惜。

## 【赏析】

《锦瑟》是李商隐极享盛名的一首代表作，关于此诗的主旨历来众说纷纭，莫衷一是。

有人说是写给故去的妻子王氏的悼亡诗；有人说是爱国之篇；有人说是自比文才之论；有人说是写给令狐楚家一个叫"锦瑟"的侍女的爱情诗。总的来说，认为是悼亡之作的人为最多。

该诗首联以幽怨悲凉的锦瑟起兴，直抒内心千般情怀。颔联以"庄生梦蝶"的典故入诗，间接地描写了人生的悲欢离合。颈联以鲛人泣珠和良玉生烟的典故，隐约地描摹了世间风情迷离恍惚，可望而不可即。最后抒写惆怅伤感、惘然难遣的情绪。

总体来说，诗人借咏物而悼亡，字里行间寄予着作者孤怀冷寂、惆怅哀怨之情。这首诗在艺术上极富个性，诗人运用典故、比兴、象征手法，创造出了一种明朗清丽、幽婉哀怆的艺术意境，读来情真意长，感人至深。


# 出郊　宋·王安石

## 【原文】

川原一片绿交加①，深树冥冥不见花②。

风日有情无处着③，初回光景到桑麻④。

## 【注释】

①川原：平原，原野。交加：交错。

②冥冥：昏暗。

③风日：风和丽日。着：着意，着力。

④回：转。桑麻：桑树和麻；泛指农作物或农事。

【译文】

　　原野上生机勃勃，一片片翠绿交相掩映，阳光被厚密的庄稼和树叶挡住，幽冥之中看不到任何鲜花。

　　因为茂密的树叶遮蔽，暖风丽日也感到没有落脚的地方，转而把它们温暖的光景转移到那繁茂的桑麻。

【赏析】

　　这首诗主要描写诗人踏步郊外所见到的风和日丽之景。诗中表现了初夏农村遍野碧绿、生机勃勃的景象，呈现了一幅色彩绚丽而又和谐的图画。

　　诗的前两句融情于景，田野广阔，一片翠绿交相掩映，庄稼厚密，长势喜人；后两句运用拟人的手法，写暖风丽日看到无处落脚后，便把温暖移到繁茂的桑麻上来。这种表现手法含蓄有趣，隐晦有致地表明了大丰收的到来。并且诗人借助这"风日"的感情色彩，巧妙地融合和再现了自己作为一位政治改革家的内心情感，即希望像和风丽日一样，给百姓带来丰收的美好和喜悦。

　　全诗婉丽含蓄，自然流畅，富有浪漫主义气息和激情，是一篇艺术手法高妙、思想性较强的佳作。

## 蝶恋花·春景　　宋·苏轼

【原文】

　　花褪残红青杏小，燕子飞时，绿水人家绕。枝上柳绵吹又少。天涯何处无芳草①。

　　墙里秋千墙外道，墙外行人②，墙里佳人笑。笑渐不闻声渐悄。多情却被无情恼③。

【注释】

　　①芳草：香草。常用以比喻有美德之人。

　　②墙外行人：指作者自己。

　　③多情：指墙外行人。无情：指墙里女子。

【译文】

红花凋谢，杏子初结，又青又小，紫燕轻飞，房舍为绿水环抱。枝上的柳花被风吹得越来越少，无边无际，到处都是丰茂的芳草。

墙里秋千高挂，墙外是条小道，墙外行人听见墙里佳人嬉笑。笑声渐小，墙里静悄悄，天真无邪的佳人哪里知道，多情的行人正为你烦恼。

【赏析】

这是一首婉约词，但在婉约之中又透露出一种苏轼特有的旷达与爽朗，与其他婉约作品有所不同。词中描写了初夏时节发生于一墙之隔的情景，在略表惆怅与嘲讽之余，却引出妙理，发人深省。

上阕写春末夏初景色，残红褪尽，青杏初生，这本是自然界的更替规律，但让人感到几分悲凉，蕴含着春光易逝的叹息，抒发了伤春之情；接着"燕子飞时，绿水人家绕"，诗人把视线从林间枝头移向广阔的空间，淡化了起句的感伤和悲凉，将伤春与旷达两种对立的心境化而为一。下阕写墙外行人的单相思，原本墙里墙外的两种人本不相涉，但一方无情，一方多情，由此惹出了墙外行人为墙内佳人的归去而烦恼的心境。墙内的佳人留下一片爽朗的笑声后，杳然而去；而行人凝望沉思，空自多情，表现出一

种寂寞失意的情绪。"多情却被无情恼",不仅写出了情与情的矛盾,也写出了情与理的矛盾。词人虽然写的是情,但借此也表达了一定的人生哲理。

从写法上来说,小词最忌词语重复,但这首词"墙里""墙外"往复使用,丝毫没有死板僵硬之感,反而更加缠绵悱恻,妙趣横生。全词表达了一种真挚而复杂的情感,思想风格清新疏朗。

## 蝶恋花·离情　宋·李清照

**【原文】**

暖雨晴风初破冻①,柳眼梅腮②,已觉春心动。酒意诗情谁与共?泪融残粉花钿重③。

乍试夹衫金缕缝④,山枕斜欹⑤,枕损钗头凤⑥。独抱浓愁无好梦,夜阑犹剪灯花弄。

**【注释】**

①初破冻:刚刚解冻。

②柳眼:初生柳叶,细长如眼,故谓"柳眼"。梅腮:梅花瓣儿,似美女香腮,故称"梅腮"。

③花钿(diàn):用金翠珠宝等制成花朵的首饰。

④金缕缝:用金钱缝成的衣服。

⑤山枕:即檀枕。古代枕头多用木、瓷等制作,中凹,两端突起,其形如山,故名。欹(qī):靠着。

⑥钗头凤:古代妇女的首饰。即头钗,其形如凤,故名。

**【译文】**

暖暖的雨,晴朗的风,送走了些许冬天的寒意。柳叶生长,梅花怒放,春天来临了。一片春意的景象,撩拨起了少妇的愁怀。心上人不在身边,和谁能对酒吟诗呢?少妇的泪水不禁流淌下来,弄残了敷在脸上的香粉。

少妇试穿金丝缝成的衣服,但心思并不在衣服上面。她无精打采地斜靠在枕头上，把头上的钗儿都压坏了，却也茫然不顾。内心独自的愁思太浓，又哪能做得好梦？唯有在夜深难眠之时，手弄着灯花，心里想着心上人。

**【赏析】**

这是一首思妇之词，为宋代闺秀词之冠。此词是李清照前期的作品。在有些版本中，题作"春怀"。当作于赵明诚闲居故里十年后重新出仕、李清照仍独自留居青州时。赵明诚担任地方官的时候，二人曾有过短暂的离别。

此词开头三句，以明丽的色彩描绘早春特有的风物，表现出心中对生活的信心、期望和热爱，渲染出令人陶醉的环境气氛。"酒意"两句笔锋陡转，感情产生波澜，由惜时赏春之愉悦转为伤春怀远之幽怨。下片意脉承前而来，选取了闺中生活的三个典型细节，简明而又多侧面地刻画了李清照的孤寂情怀。乍试夹衫，山枕独倚，夜弄灯花，把"酒意诗情谁与共"的内心独白化成了生动的视觉形象。特别是最后两句，借用古人灯花报喜之说，其深夜剪弄，就不只为了消解浓愁，而更透出了对丈夫早归的热切期待。

全词从白天写到夜晚，刻画出一位热爱生活、向往幸福、刻骨铭心地思念丈夫的思妇形象。

# 虞美人·听雨　宋·蒋捷

**【原文】**

少年听雨歌楼上，红烛昏罗帐①。壮年听雨客舟中，江阔云低断雁叫西风②。

而今听雨僧庐下③，鬓已星星也④。悲欢离合总无情，一任阶前点滴到天明⑤。

**【注释】**

①昏：昏暗。罗帐：古代床上的纱幔。

②断雁：离群孤雁。

③僧庐：僧房，僧寺。

④星星：形容头上的白发。

⑤一任：听凭，任凭。

**【译文】**

年少的时候，在歌楼上无聊地听着雨声，红烛盏盏，昏暗的灯光下罗帐轻盈。人到中年，在异国他乡的小船上，看蒙蒙细雨，茫茫江面，水天一线，西风中，一只失群的孤雁阵阵哀鸣。

现在人已到了垂暮之年，两鬓已生满了白发，独自一人在僧庐下，听细雨点点。人生悲欢离合的经历是无情的，还是让台阶前一滴滴的小雨下到天亮吧。

**【赏析】**

蒋捷，宋末元初阳羡（今江苏宜兴）人，为南宋咸淳十年（1274）进士。他为官几年的时间，宋朝就很快就灭亡了。他一生颠沛流离，历经忧患，饱受战乱之苦。这首词正是他于忧患之中回顾一生境遇的自述。

全词以"听雨"为线索，以时间为顺序，选取作者一生三个典型片断，凸显词人晚年悲苦凄凉的境遇和心情。通过写在楼上听雨，概括了作者少年、壮年、晚年三个时期的不同感受，真实地反映出了由于年龄不同，对外的感官也有所变化。上片先道出了少年时期，因为不谙世事，听雨时的愉悦心情；然后又写了在壮年时因为已经览尽世事，听雨时深沉的情怀。下片写已经阅尽沧桑的老年时，听雨时已经不为所动。作者因受国亡之痛的影响，感情变得麻木，一任雨声滴下，仿佛已心如止水，波澜不起，而实际上则潜隐着亡国的愁情。

全篇内容包含较广，感情蕴藏深沉，用词精准，曲折含蓄，让人回味连连。

**【诗句扩展】**

不知乘月几人归，落月摇情满江树。——唐·张若虚《春江花月夜》

坐观垂钓者，徒有羡鱼情。——唐·孟浩然《望洞庭湖赠张丞相》

桃花潭水深千尺，不及汪伦送我情。——唐·李白《赠汪伦》

转轴拨弦三两声，未成曲调先有情。——唐·白居易《琵琶行》

晴空一鹤排云上，便引诗情到碧霄。——唐·刘禹锡《秋词》

情人怨遥夜，竟夕起相思。——唐·张九龄《望月怀远》

近乡情更怯，不敢问来人。——唐·宋之问《渡汉江》

琵琶起舞换新声，总是关山旧别情。——唐·王昌龄《从军行》

多情却似总无情，唯觉樽前笑不成。——唐·杜牧《赠别》

便纵有千种风情，更与何人说？——宋·柳永《雨霖铃·寒蝉凄切》

故国神游，多情应笑我，早生华发。——宋·苏轼《念奴娇·赤壁怀古》

两情若是久长时，又岂在、朝朝暮暮。——宋·秦观《鹊桥仙·纤云弄巧》

绿满山川闻杜宇，便作无情，莫也愁人苦。——宋·朱淑真《蝶恋花·送春》

春已半，触目此情无限。——宋·朱淑真《谒金门·春半》

此情不及墙东柳，春色年年如归。——宋·张耒《秋蕊香·帘幕疏疏风透》

行雨梦魂消，飞絮心情乱。——宋·毛滂《生查子·富阳道中》

众芳摇落独暄妍，占尽风情向小园。——宋·林逋《梅花》

日长睡起无情思，闲看儿童捉柳花。——宋·杨万里《闲居初夏午睡起》

# 画

## 别匡山　唐·李白

【原文】

晓峰如画参差碧①，藤影风摇拂槛垂②。

野径来多将犬伴，人间归晚带樵随③。

看云客倚啼猿树，洗钵僧临失鹤池④。

莫怪无心恋清境，已将书剑许明时⑤。

【注释】

①参差碧：青翠的颜色深浅不一。

②槛：当指大明寺的围栏。

③樵：此指采草。

④失鹤池：一作饲鹤池。

⑤书剑：文才武艺，文韬武略。许：许诺给，献给。

【译文】

清晨，远望匡山，但见青翠的山峦呈现出深浅不一的色彩。藤萝的影子在微风中飘动，时而垂落到大明寺的栏杆上。

在山间的小路上，时常有人带着家犬行走，并能看到晚归的农人背着柴草归来。

我常倚着寺院门前大树看云卷云舒，聆听山猿的阵阵啼鸣；有时会看到僧人到失鹤池清洗钵盂。

不是我不留恋这眼前的清丽佳境，只因我已决心将我的文韬武略，全都献给政治清明的时代了，此后我要仗剑远行。

**【赏析】**

此诗作于开元十二年（724）李白离开匡山书院时。本诗是李白早期的重要作品，历代李白诗文集均未收录，仅见于四川彰明、江油二县县志。匡山位于李白故里青莲乡之北五十余里，是他少年读书学剑，习居十年之地。

这首诗表露了诗人高远的追求以及欲建功立业的远大抱负。首联写清晨匡山色彩斑斓的景象；颔联写夕阳西下、农人晚归的情景，显现出浓郁的生活气息；颈联写倚树看云、聆听猿啼、僧洗钵盂，渲染一种安闲舒适的感觉，委婉地表达出对这里所怀有的深沉感情；尾联道出匡山虽美却无心留恋，"已将书剑许明时"，表达了诗人决心把自己的文韬武略奉献给清明的时代。

全诗于清雅闲适中抒发了为实现理想而决心仗剑远游的壮志，以及矢志奋斗的豪情。

# 近试上张水部① 唐·朱庆馀

**【原文】**

洞房昨夜停红烛②，待晓堂前拜舅姑③。

妆罢低声问夫婿④，画眉深浅入时无⑤？

**【注释】**

①张水部：即张籍，曾任水部员外郎。

②停红烛：让红烛通宵点着。停：留置。

③舅姑：公婆。

④妆罢：化完妆，打扮好。

⑤深浅：浓淡。入时无：是否时髦。此处借喻文章是否合适。

**【译文】**

洞房里昨夜花烛彻夜通明，等待拂晓时去拜公婆讨个好评。

妆扮好后轻声地问夫君，我眉毛的浓淡画得是否好看？

这首诗是唐宝历年间的士子朱庆馀参加进士考试前所作。唐代士子在参加进士考试前，时兴"行卷"，即把自己的诗篇呈给有资历、有名望的人，借此可为平日的作品和才誉提供参考，进行推荐。朱庆馀在临考前，怕自己的作品不一定符合主考的要求，因此写下此诗，投赠给张籍请求指教。

前两句渲染典型新婚洞房环境，并写新娘精心地梳妆打扮。后两句写新娘不知自己的妆扮能否讨得公婆的欢心，带着忐忑轻声地问丈夫所画的眉毛是否适宜。此诗以新妇自比，以新郎比张籍，以公婆比主考官，借以征求张籍的意见。全诗选材新颖，视角独特，将自己能否踏上仕途与新妇紧张不安的心绪作比，思路奇妙，寓意自明，令人惊叹。

相传张籍读后大为赞赏，并作《酬朱庆馀》一诗以回赠，曰："越女新妆出镜心，自知明艳更沉吟。齐纨未足时人贵，一曲菱歌敌万金。"在这首诗中，张籍将朱庆馀比作一位采菱姑娘，相貌既美，歌喉又好，因此，必然会受到人们的赞赏，暗示和鼓励他不要为考试担心。朱庆馀也因而得名。

# 闻笛　唐·赵嘏

【原文】

谁家吹笛画楼中①，断续声随断续风。

响遏行云横碧落②，清和冷月到帘栊③。

兴来三弄有桓子④，赋就一篇怀马融⑤。

曲罢不知人在否，余音嘹亮尚飘空⑥。

【注释】

①画楼：雕梁画栋的楼阁。

②遏：阻止，止住。碧落：碧空，天空。

③清：清越，形容笛声清悠高扬。帘：帘幕。栊：窗格。

④三弄：三支乐曲。弄：乐曲称作弄。桓子：晋朝的桓伊，善于吹笛。

⑤马融：东汉文学家，字季长，才学博洽，善鼓琴，好吹笛，著有《长笛赋》一篇。

⑥尚：还。

**【译文】**

不知是谁在美丽的楼阁上吹笛子，悦耳的笛声随着断续的风飘扬。

笛声嘹亮时，好像能阻挡住来去的行云，把它们逸散在天空中，笛声清越时，又像带着冷冷的月色飘到了帘幕和窗格间。

那笛声美妙，不亚于晋时的桓伊所吹弄的三段乐曲，也让人怀想起汉朝马融所写的《长笛赋》。

乐曲吹奏完了，不知吹笛人还在不在楼上，只觉得余音嘹亮绕空不去。

**【赏析】**

赵嘏，唐代诗人。字承祐，楚州山阳（今江苏淮安）人。会昌四年（844）进士及第。入仕为渭南尉。精于七律，笔法清圆熟练，时有警句。曾有"残星几点雁横塞，长笛一声人倚楼"之句被大诗人杜牧看到后，大为欣赏，并称赵嘏为"赵倚楼"。

这首诗是赵嘏的名篇，诗人用拟人、夸张、通感、典故等多种手法，生动形象地描绘出在听到悠扬悦耳的笛声后，心底产生的感受，赞扬了吹笛人的技艺高超。尤其诗中"谁家吹笛画楼中，断续声中断续风"两句，在唐代很著名，它用简洁的语言，描绘了一声声间断的笛声，充满诗意，给读者以真实的艺术感受。

# 鹧鸪天·席上作　宋·范成大

**【原文】**

楼观青红倚快晴①，惊看陆地涌蓬瀛②。南园花影笙歌地，东岭松风鼓角声③。

山绕水，水萦城，柳边沙外古今情。坐中更有挥毫客，一段风流画不成。

**【注释】**

①快晴：令人愉快的晴天。

②蓬瀛（péng yíng）：传说海上有蓬莱、方丈、瀛洲三座仙山。

③鼓角：指军中的战鼓和号角。

**【译文】**

在令人愉快的晴天，我登楼观赏青山红花，突然惊奇地发现陆地上涌出令人神往的蓬瀛仙岛。南国的花影四处，笙歌阵阵，然而东岭的松风却传来前线的鼓角之声。

青山绕着绿水，绿水环着城郭，从古至今河边柳下有过多少仁人志士的忧国忧民情。这中间还有我这个拿笔之人，却因胸有块垒而无法画出一段大好河山的风流。

**【赏析】**

这首词是范成大在郊外饮宴时的即兴之作。当时，北国金人大军压境，南国朝野歌舞升平，范成大的心中感到很不安，他一方面以笔锋直刺"笙歌醉梦间"的南宋小朝廷，另一方面也暗示了自己怀有报国大志不能实现的苦衷，影射着朝廷的掣肘，使他"画不成"自己理想的宏图。

词的上片从对南国美好风光、歌舞升平的勾画中，写到"松风鼓角声"，表明词人对时局的警醒与忐忑不安；下片对饮宴环境作进一步描绘，于环境的影射中，更深刻地表现词人心中忧思伤世的激愤之情。全词字里行间涌动着一股洒脱不羁的豪情，同时蕴藏着一种忧国忧民的深沉感慨。

## 水调歌头·多景楼　宋·陆游

**【原文】**

江左占形胜①，最数古徐州②。连山如画，佳处缥缈著危楼。鼓角临风悲壮，烽火连空明灭③，往事忆孙刘。千里曜戈甲④，万灶宿貔貅⑤。

露沾草，风落木，岁方秋。使君宏放⑥，谈笑洗尽古今愁。不见襄阳登览，磨灭游人无数，遗恨黯难收⑦。叔子独千载⑧，名与汉江流。

**【注释】**

①江左：即江东。古人习惯以东为左，以西为右。

②徐州：指镇江。东晋南渡，曾以徐州治镇江，故镇江又称徐州或南徐州。

③烽火：边防报警的烟火。

④曜（yào）：照耀。

⑤貔貅（pí xiū）：一种凶猛的瑞兽、猛兽，喻指勇猛的战士。

⑥使君：古代州郡长官的尊称，此指镇江知府方滋。

⑦黯（àn）：昏黑。

⑧叔子：西晋大将羊祜，字叔子，镇守襄阳十年，曾登临兴悲。此暗指张浚。

**【译文】**

江东一带地形最险要的地方，要算是雄伟的古徐州镇江。如画的山峰彼此相连，云雾缥缈处矗立着这座高楼。战鼓号角声在风中显得格外悲壮。连天的

215

烽火忽明忽暗，让人不禁想起孙权、刘备共同破曹的往事。那时闪着光芒的银戈金甲绵延千里，万灶营垒里住着勇猛无比的战士。

草上露珠莹莹，树黄随风飘落，又到了一年一度的金秋。知府方滋的气魄宏大豪放，携群僚登楼谈笑风生，他的这种乐观情绪，使古忧今愁一扫而光。西晋大将羊祜镇守襄阳，登临兴悲，使无数登山游览的贤士消除忧愁，只遗憾羊祜志在灭吴而在生时未能亲手克敌完成此大业，令人黯然神伤。独有张浚垂名千载，他的英名如同浩浩汉江千古流长。

**【赏析】**

孝宗隆兴元年（1163），三十九岁的陆游（1125—1210）以枢密院编修官兼编类圣政所检讨官出任镇江府通判，次年二月到任所。张浚在隆兴二年（1164）三月视师镇江，陆游以通家子的资格，为张浚所赏识，且与幕府中人交游甚密。同年四月，孝宗将张浚召回朝中，尔后，解散江淮都督府，罢张浚右相，不久，张浚含恨而死；同年七月，汤思退急于向金人求和，竟毁掉两淮边备。十月初，陆游陪同镇江知府方滋登多景楼（在镇江北固山上甘露寺内）游宴时，内心感叹，写下此词赞扬张浚功业。

这首词的上片由如画连山为背景，联想三国时的孙权和刘备，追忆历史人物；下片写词人登临所怀，联想晋代登襄阳楼的羊祜，暗中赞扬张浚的功绩，然后落到领客来游的方滋。由史及人，旨在表达宋金对峙中的政治态度和对方滋的期待。全词情景相生，万感横集，意境沉绵，容量特大，寄慨遥深，表现了作者强烈的爱国热情。

## 贺新郎·游西湖有感　宋·文及翁

**【原文】**

一勺西湖水。渡江来，百年歌舞，百年醉醉。回首洛阳花石尽①，烟渺黍离之地。更不复、新亭堕泪。簇乐红妆摇画舫②，问中流、击楫何人是？千古恨，几时洗？

余生自负澄清志。更有谁、磻溪③未遇，傅岩④未起。国事如今谁倚仗，衣带一江而已！便都道、江神堪恃。借问孤山林处士⑤，但掉头、笑指梅花蕊。天下事，可知矣！

**【注释】**

①洛阳花石：洛阳多名花奇石，此借指汴京，亦借以泛指中原。宋徽宗爱石，曾派人到南方大肆采集珍奇观赏石，在汴京造艮岳。

②簧乐：多种乐器一起演奏。

③磻溪：在今陕西宝鸡东南。相传姜太公在此垂钓遇周文王。

④傅岩：古地名，位于今山西平陆县东。殷商时期著名贤臣傅说，在此被武丁起用，天下大治，故以傅为姓。

⑤林处士：指林逋。

**【译文】**

西湖水只有一勺那么点儿。然而宋庭南渡一百余年来，这狭小的河山，竟成为君臣上下歌舞酣醉的屏障。眺望北方，洛阳花石已化为灰烬，汴京宫殿亦已成为黍离之地，淹没于渺渺荒烟之中。甚至，连在新亭哀叹河山变色而一洒忧国忧时之泪的人也找不到了。湖上笙簧竞奏，仕女混杂，寻欢作乐，还有谁人能像祖逖那样中流击楫、矢志北伐？靖康之耻的千古恨事，何时才能雪洗？

我天生就慨然有澄清天下之志。可是有报国之志和雄才大略的人，谁被重用了呢？现在有姜尚、傅岩那样的人，朝廷没有发现、没有起用。靠谁来拯救国势危殆，不过凭借如衣带的长江而已！有些人就可笑地说有江神保佑。若问他们救亡之事，他们却寄情于山水，学着林逋顾左右而言梅花已含苞待放。国家的命运，由此可知了。

**【赏析】**

据《古杭杂记》载，文及翁（生卒不详，字时学）是蜀人，宝祐元年（1253）中一甲第二名进士。及第后他在西湖游集，别人问他："西蜀有此景否？"引起了他的感触，赋此词作答。

这首词不遗余力地抨击当时苟安之风，词中多用设问和感叹句，形式多

画

样，或通过对比提问，或自问自答，或通过发问表感慨，抒发了作者忠愤和忧国忧民的情怀，并且严厉斥责了南宋统治者歌舞升平、政治腐败和不图恢复的现状，同时对其偏安一隅深感忧虑。南宋小朝廷的最终覆亡，其主要原因盖在于此。而词人处在宋亡之前，已料到这一历史悲剧的不可避免，可见他在政治上的预见性。全词直抒胸臆，纵横吟咏，酣畅恣肆，显示了议论风生、壮怀激烈的豪放特色，而且散文化、议论化倾向明显，具有辛词"以文为词"的特点。

**【诗句扩展】**

雪暗凋旗画，风多杂鼓声。——唐·杨炯《从军行》

江祖一片石，青天扫画屏。——唐·李白《秋浦歌》

江城如画里，山晓望晴空。——唐·李白《秋登宣城谢朓北楼》

曲终收拨当心画，四弦一声如裂帛。——唐·白居易《琵琶行》

湖上春来似画图，乱峰围绕水平铺。——唐·白居易《春题湖上》

昨夜星辰昨夜风，画楼西畔桂堂东。——唐·李商隐《无题·昨夜星辰昨夜风》

画栏桂树悬秋香，三十六宫土花碧。——唐·李贺《金铜仙人辞汉歌》

懒起画蛾眉，弄妆梳洗迟。——唐·温庭筠《菩萨蛮·小山重叠金明灭》

数萼初含雪，孤标画本难。——唐·崔道融《梅花》

紫陌乱嘶红叱拨，绿杨高映画秋千。——唐·韦庄《长安清明》

旧欢新梦觉来时，黄昏微雨画帘垂。——唐·张曙《浣溪纱·枕障薰炉隔绣帷》

敢将十指夸针巧，不把双眉斗画长。——唐·秦韬玉《贫女》

彩舟云淡，星河鹭起，画图难足。——宋·王安石《桂枝香·金陵怀古》

江山如画，望中烟树历历。——宋·苏轼《念奴娇·中秋》

都缘自有离恨，故画作远山长。——宋·欧阳修《诉衷情·眉意》

画眉未稳，料素娥、犹带离恨。——宋·王沂孙《眉妩·新月》

天如水，画阁十二，少个人同倚。——宋·苏过《点绛唇》

城上斜阳画角哀，沈园非复旧池台。——宋·陆游《沈园二首》

# 意

## 饮酒 晋·陶渊明

【原文】

结庐在人境①，而无车马喧②。

问君何能尔③，心远地自偏④。

采菊东篱下，悠然见南山。

山气日夕佳⑤，飞鸟相与还⑥。

此中有真意⑦，欲辩已忘言⑧。

【注释】

①结庐：建造屋子。人境：人间，人类居住的地方。

②喧：喧嚣声。

③尔：如此，这样。

④心远地自偏：心远离尘世，虽处喧嚣之境也如同居住在偏僻之地。

⑤日夕：傍晚。

⑥相与：相交，结伴。

⑦此中：即此时此地的情和境，也即隐居生活。真意：人生的真正意义。

⑧忘言：忘了如何用语言表达。

【译文】

居住在人来人往的地方，却没有车马的喧扰。

问我为何能如此，只要心志高远，自然就会觉得所处地方僻静了。

在东篱之下采摘菊花，悠然间，那远处的南山映入眼帘。

山中的气息与傍晚的景色十分美好，有飞鸟结着伴儿归来。

这里面蕴含着人生的真正意义，想要辨识，却不知怎样表达。

【赏析】

陶渊明（365—427），名潜，字元亮，浔阳柴桑（今江西九江）人，东晋时期著名诗人。他开创的田园诗体，为古典诗歌打开了一个新的领域。此诗是陶渊明《饮酒》组诗二十首之五，历来为人称道。全诗描写了诗人归隐后悠闲恬静的隐居生活和心境。全诗可分为三层：

第一层为前四句，写"心远地自偏"的道理。此四句可谓平中见奇，貌似实写，却是虚写，由虚处见意，实是写自己的心理感受和处世哲理。"结庐在人境，而无车马喧"，写诗人虽然居住在污浊的人世间，却不受尘俗的烦扰。"问君何能尔，心远地自偏"则在告诉世人只要"心远"，无论身处何地都会达到心灵的宁静。

第二层为中间四句，描写了幽静雅致的自然景物及悠然自得的心神情态。"采菊东篱下，悠然见南山"，是说诗人在采菊时无意中望见庐山，境与意会，情与景和，物我两忘。这两句以客观景物的描写衬托出诗人的闲适心情，是千年以来脍炙人口的名句，

为历代的文人墨客所推崇。"山气"二句，具体写出了诗人所见到的南山景色：在夕阳淡淡的余晖中，山色幽明相间，鸟儿结伴还巢，为读者展示了一幅淡然的自然图景。

第三层为最后两句，以含而不露的手法，提示人生"真意"，点题作结。诗人说，从这幅优美的自然图景中悟出了大自然的"真意"。但这"真意"的内涵是什么，他没有说，只留下"欲辩已忘言"一句，让读者自己去品味。

本诗最突出的艺术特点是在观照万物和体悟人生的过程中，创造了主客体浑融、物我合一的艺术境界。王国维在《人间词话》中称"采菊东篱下，悠然见南山"是"无我之境"，即主观情感与客观物象妙融无痕，浑然天成。诗歌语言看似朴素自然、平淡无奇，实则达到了精练传神、含蓄蕴藉的境界。

# 山中问答　唐·李白

**【原文】**

问余何意栖碧山①，笑而不答心自闲②。

桃花流水窅然去③，别有天地非人间④。

**【注释】**

①余：我，诗人自指。何意：一作"何事"。栖：居住。碧山：在湖北省安陆市内，山下桃花洞是李白读书处。

②自闲：悠闲自得。闲：安然，泰然。

③窅（yǎo）然：幽深遥远的样子。

④别有天地：另有一种境界。非人间：不是人间，此指诗人的隐居生活。

**【译文】**

有人疑惑不解地问我为何住在碧山上。我笑而不答，心里却闲适自乐。

山上的桃花飘落到溪水，随之远远流去。此处别有天地，像是仙境一般。

**【赏析】**

这是一首诗意淡远的七言绝句，诗中以问答形式并暗用典故，抒发了作者闲适自乐的隐居生活，在表现一种天然情趣的同时，也体现了作者的矛盾心理。

诗的开头以提问的形式领起，突出题旨，以唤起读者的注意。当人们正要倾听答案时，诗人笔锋却故意一晃，于"笑而不答"之中让人玩味，不仅表现出诗人喜悦而矜持的神态，营造出轻松愉快的气氛，也带有几分神秘的色彩，诱发读者思索的兴味，使诗增添了变幻神奇的魅力。后面二句，其实就是首句发问的答案，这种"不答"而答、似断实连的结构，加深了诗的韵味。其"别有天地非人间"之句，隐含了诗人许多的伤痛和感慨。那么"人间"究竟如何呢？诗人并没有明说，当我们能了解到当时社会矛盾和李白怀才不遇的人生遭遇时，便能揣摩到其内在的心声。诗中用"栖碧山""心自闲"暗示碧山之美，并以此与"人间"形成鲜明对比，既表现了诗人能将愤世嫉俗与乐观浪漫的情结巧妙地寄托在作品中，形成别致的风格，也体现出矛盾中的对立统一。

全诗虽只有短短四句，但有问、有答，有叙述、有描绘、有议论，转接轻灵，活泼流利，可谓意境清新，诗情浓郁，读来让人遐思，耐人寻味。

# 小至① 唐·杜甫

## 【原文】

天时人事日相催②，冬至阳生春又来③。

刺绣五纹添弱线④，吹葭六琯动浮灰⑤。

岸容待腊将舒柳⑥，山意冲寒欲放梅⑦。

云物不殊乡国异⑧，教儿且覆掌中杯⑨。

## 【注释】

①小至：冬至的前一天。冬至：中国传统二十四节气之一，在阳历的十二月二十一、二十二或二十三日。

②天时：自然界的时序、环境变化。

③阳生：阳气上升。

④五纹：五色丝线。添弱线：指唐代皇宫的纺织工，根据白天的长短安排工作量，冬至过后，白日逐渐变长，便每日增加一线的工作量。

⑤吹葭六琯：古代预测节令的仪器，把"葭"制成灰，放在"十二乐律"的玉管之中，因为热胀冷缩的原理，到了某一节令，灰便自动从管中飞出来。葭：芦苇，此指芦苇内的薄膜。六琯：六律、六吕的合称。

⑥岸容：岸边的容貌、景象。腊：即十二月。舒柳：舒展柳枝，这里指柳树长出新芽。

⑦山意：山峰的气象。冲寒：冲破寒冷。

⑧云物：这里指景物。不殊：没有不同。乡国异：身在不同的乡土和国度。

⑨覆：倾倒。

【译文】

自然界和人事不断地推移变化，日子像被什么催促着一样过得飞快，冬至到了，阳气上升，春天就要到了。

宫中的纺织工用五色丝线刺绣，随着白日逐渐变长，每天增加一线的工作量，预测节令的吹葭六琯吹出冬至的飞灰，发出了阳春之声。

河边的柳树等待腊月一过就会舒展自己嫩绿的枝条，山峰的气象就要冲破寒冷，梅花将要开放。

这里的景物没有什么不同，却不是我的家乡，面对这样的情境，我姑且叫儿子将杯中酒一饮而尽。

【赏析】

这首诗是诗人于大历元年（766）在夔州所写，诗人描写了冬至到来时景物出现的变化。

诗的首联即点出时令，说明冬天即将到来，颔联应"人事"，冬至后白天渐长，刺绣每天就可以多绣些，玉管此时也应该飞灰了。颈联应"天时"，写冬至自然界的变化，描写了许多充满生机的事物，如"舒柳""放梅"，生动地写出了冬天里孕育着春天的景象。尾联写诗人自己的感受，他由眼前景物唤起了对故乡的思念，有些意兴阑珊，所以诗人教儿斟酒，举杯痛饮，以解忧愁。

## 渔家傲·雪里已知春信至　宋·李清照

**【原文】**

雪里已知春信至①，寒梅点缀琼枝腻②，香脸半开娇旖旎③。当庭际，玉人浴出新妆洗④。

造化可能偏有意，故教明月玲珑地。共赏金尊沉绿蚁⑤。莫辞醉，此花不与群花比。

**【注释】**

①春信：春天的消息。

②琼枝：指被白雪点染的梅枝。

③香脸：女人化妆而散发香气的面颊。此处用以比拟半开着的散发芬芳的梅花。

④玉人：美人。此指梅花。

⑤金尊：高贵的酒杯。绿蚁：本来指古代酿酒时上面浮的碎的屑沫子，也叫浮蚁，后引申为酒的代称。

**【译文】**

从白雪皑皑的银色世界里窥见了春天的消息，一树寒梅被白雪点缀得晶莹剔透，光鲜皎洁。含苞初绽的梅花芳气袭人，好像庭院里刚刚出浴，换了新妆的美人。

大自然似乎也有些偏爱，爱这娇艳的梅花作为陪衬，让月光皎洁的清辉洒满大地。让我们举杯开怀畅饮吧，值此花好月圆的良宵，品酒赏梅，尽情畅饮，不醉不休。须知，群花竞艳，但觉得都逊色于梅花。

**【赏析】**

这是一首咏梅词，为词人李清照南渡前所作。词中借咏梅来讴歌自己美好幸福的婚姻爱情。此词表面看是写梅花，实则是写人。梅花是作者自我形象的缩影，深有寄托。

　　该词的上片写寒梅初放之景，即描写梅花的形态，主要采取了衬托和拟人的艺术手法。先是用"雪"和"春信"、"寒"和"琼枝"相衬，以鲜明地表现出梅花傲寒不群之品格；后用"香脸半开""玉人浴出"，形容梅花的秀美妍丽，以人拟花，以花类人，形象生动，引人入胜。下片转用侧面烘托，写赏梅的情致，主要采取了描写、抒情和议论相结合的艺术手法。先是用明月映照雪地，营造出一个玲珑剔透、冰清玉洁的赏梅环境，并进一步烘托了梅花的圣洁，后又描写了人们踏着白雪，顶着明月，饮酒赏梅，发出了"此花不与群花比"的感叹。

　　全词通过比喻、拟人、想象等多种艺术手法的运用，达到了移情于物、以景传情、景中寄意的传神效果，生动地刻画了梅花的形象，并以皎洁的明月、金色的酒樽、淡绿的酒作为交织的背景，给读者呈现出了一幅空灵优美的图画。

# 卜算子·咏梅　宋·陆游

## 【原文】

驿外断桥边①，寂寞开无主②。已是黄昏独自愁，更著风和雨③。

无意苦争春④，一任群芳妒。零落成泥碾作尘⑤，只有香如故⑥。

## 【注释】

①驿（yì）外：指荒僻、冷清之地。断桥：残破的桥。

②寂寞：孤单冷清。无主：没有人过问

③更著（zhuó）：又遭到。

④无意：不想，没有心思。争春：与百花争奇斗艳。此指争权。

⑤零落：凋谢，陨落。碾（niǎn）：轧烂，压碎。

⑥香如故：香气依旧存在。

225

【译文】

驿站之外的断桥边，梅花孤单地开放，无有人过问和照顾。日落黄昏时，她无依无靠，忧愁伤感，却又遭受风雨的摧残。

梅花并不想争艳斗宠，任凭百花的妒忌与排斥。纵然凋零满地，被碾化成尘土，清芬却永远长留。

【赏析】

诗人一生酷爱梅花，将其作为一种精神的载体来倾情歌颂，在他的笔下，赋予了梅花一种坚贞不屈的形象与象征。这首词正是以梅花表喻气节的代表作。

该词通过咏梅，表达了自己孤高雅洁的志趣。开头二句写梅花的处境。梅花开在驿外野地，孤单寂寞，无依无靠，还要遭受风雨的摧残，通过表述梅花的遭遇，暗喻作者被排挤的政治遭遇；后面二句写梅花的坚贞个性。说梅花不想争艳斗宠，任凭群芳嫉妒中伤，不去理会，但求保持自己灵魂的纯洁，任凭飘落满地，化作尘埃，也永远如故，不改变本有的香气。通过对梅的赞咏，显示了词人身处逆境而矢志不渝的崇高品格。

全词托物抒怀，借梅花比喻自己不幸的遭遇，以及与恶势力不懈抗争的精神，通过象征等手法的运用，表现了深刻的思想内涵。


# 卜算子·我住长江头　宋·李之仪

【原文】

我住长江头①，君住长江尾②。日日思君不见君③，共饮长江水。
此水几时休④，此恨何时已⑤? 只愿君心似我心，定不负相思意。

【注释】

①长江头：长江的上游。头：上端。

②长江尾：长江的下游。尾：尾端。

③思：想念，思念。

④休：停止。

⑤已：完结，停止。

【译文】

我居住在长江上游，你居住在长江尾底。日日夜夜想你总见不到你，却共同饮着长江之水。

东流不息的长江水，不知什么时候才能休止，相思别离的苦恨不知什么时候才能停歇？只愿你的心如同我的心一样相守不移，就一定不会辜负一番痴恋的情意。

【赏析】

李之仪（1038—1117），字端叔，号姑溪居士，沧州无棣（今山东省德州）人，北宋著名词人。元祐初年（1086），李之仪被任命为枢密院编修官，后为苏轼知定州时的幕宾。北宋崇宁二年（1103），仕途不顺的李之仪被贬到太平州（今安徽当涂）。他到这个地方赴任不久，家里一起随同过来的儿媳、儿子相继去世，接着，他的结发妻子胡淑修也撒手人寰。这给李之仪带来了沉重打击，使人生跌落到了谷底。

就在李之仪经历人生最黑暗的阶段时，一位年轻貌美的奇女子出现在他的生活中，她就是当地绝色歌妓杨

姝。杨姝才华横溢，早在她十三时，就曾为黄庭坚被贬到当涂做太守而愤愤不平。得知李之仪的经历和黄庭坚颇为类似，难免产生共鸣，在和李之仪偶遇的时候，还专门为他弹奏了一曲《履霜操》，这首饱含深情的曲子一下子就触动了李之仪的内心。只不过杨姝毕竟是一个歌妓，和身为朝廷命官的李之仪身份相差悬殊，顽固的世俗观念使他们两个不能光明正大地在一起。

一次，李之仪和杨姝来到长江边漫步时，面对滚滚不息的江水和身边的绝世佳人，不禁有感而发，写下了这首千古流传的爱情词。

这首小令言短情长，全词围绕着长江水，表达男女相爱的思念和分离的怨愁。词的上片引用民谣，点明了两人处于分离的状态，以及天天浓烈的思念之情；词的下片以江水何时能够停止流动、相思之苦何时能够停歇的问句，道出了情感激荡，难以忍受别离的情绪，并以只愿心意相通、不负相思之语作结，表现出对爱情的忠贞不移。

全词处处是情，层层递进而又回环往复，短短数句却感情起伏。语言明白如话，感情热烈而直露，明显地吸收了民歌的优良传统。但质朴清新中又曲折委婉，含蓄而深沉，显示出高超的艺术技巧，是一首不可多得的佳作。

### 【诗句扩展】

知汝远来应有意，好收吾骨瘴江边。——唐·韩愈《左迁至蓝关示侄孙湘》

与君离别意，同是宦游人。——唐·王勃《送杜少府之任蜀州》

浮云游子意，落日故人情。——唐·李白《送友人》

人生得意须尽欢，莫使金樽空对月。——唐·李白《将进酒》

人生在世不称意，明朝散发弄扁舟。——唐·李白《宣州谢朓楼饯别校书叔云》

随意春芳歇，王孙自可留。——唐·王维《山居秋暝》

君言不得意，归卧南山陲。——唐·王维《送别》

临行密密缝，意恐迟迟归。——唐·孟郊《游子吟》

春风得意马蹄疾，一日看尽长安花。——唐·孟郊《登科后》

洛阳城里见秋风，欲作家书意万重。——唐·张籍《秋思》

报君黄金台上意，提携玉龙为君死。——唐·李贺《雁门太守行》

天意怜幽草，人间重晚晴。——唐·李商隐《晚晴》

百啭千声随意移，山花红紫树高低。——宋·欧阳修《画眉鸟》

况年来、心懒意怯，羞与蛾儿争耍。——宋·蒋捷《女冠子·元夕》

断雨残云无意绪，寂寞朝朝暮暮。——宋·毛滂《惜分飞·泪湿阑干花著露》

平生事，此时凝睇，谁会凭阑意。——宋·王禹偁《点绛唇》

塞下秋来风景异，衡阳雁去无留意。——宋·范仲淹《渔家傲·秋思》

绿杨烟外晓寒轻，红杏枝头春意闹。——宋·宋祁《玉楼春·春景》

意欲捕鸣蝉，忽然闭口立。——清·袁枚《所见》

# 梅

## 洛中访袁拾遗不遇　唐·孟浩然

【原文】

洛阳访才子①，江岭作流人②。

闻说梅花早③，何如北地春。

【注释】

①才子：古代有才华的人，这里指袁拾遗。

②流人：被流放的人，这里指袁拾遗。

③梅花早：梅花早开。

【译文】

到洛阳是想拜访才子袁拾遗，没想到他却被流放到大庾岭。

听说那里的梅花开得很早，但怎能比得上故乡洛阳的春色呢。

【赏析】

这是一首精练而含蓄的小诗。诗人前去拜访朋友，没想到朋友却被流放到了江岭，所以诗中包含了相当复杂的情绪，既有不平，也有伤感；感情深沉，却含而不露。

诗的前两句直接写自己寻访友人不遇，交代了朋友的去处；后两句写岭南和洛阳气候不同，从侧面抒写自己的心情。

全诗贯穿着两个对比，首先是诗人朋友流放前后的对比，由"才子"变成了"流人"；接着是岭南和洛阳气候的对比，写岭外的"梅花"不如洛阳的春色。通过这两个对比，诗人表达了对这位颇有才气的朋友所遭遇不幸的深切同情，伤感的情绪也更加浓厚。

# 杂诗　唐·王维

**【原文】**

君自故乡来，应知故乡事。

来日绮窗前①，寒梅著花未②？

**【注释】**

①来日：指离开故乡到这里来的那天。绮（qǐ）窗：雕饰精美的窗子。

②著：开花。

**【译文】**

您是刚从家乡来的，应该知道家乡的事情。

请问您来那天，雕着花纹的窗户前有一株腊梅花开了没有？

**【赏析】**

唐朝安史之乱发生后，诗人在孟津隐居了多年。长期身在异乡，忽然他乡遇故知，激起了作者强烈的乡思，于是写下了此诗。

全诗运用借问法，以第一人称叙写。一连四句，通过在外游子不断向家乡来人打听和问询，表达了想了解家中之事的急切心情，同时展露出一种儿童式的天真与亲切。可以想到，诗人想问的重大事情很多，而且一定很想知道他妻子在家的情况，然而并没有从这个角度去写，而是问起了"绮窗前"的梅花是否开了，乍看似乎不可思议，然则别具深意。确如前人所说，问得"淡绝妙绝"。窗前着一"绮"字，则窗中之人，必是游子魂牵梦绕的佳人爱妻。清黄叔灿《唐诗笺评》说："'绮窗前'三字，含情无限。"

诗人寓巧于朴，于细微处见精神，用口语化的语言，把对故乡和妻子的思念，对往事的回忆眷恋，表现得格外含蓄与深厚，读来韵味十分浓郁。

# 梅花　宋·王安石

**【原文】**

墙角数枝梅，凌寒独自开①。

遥知不是雪，为有暗香来②。

**【注释】**

①凌寒：冒着严寒。

②为（wèi）：因为。暗香：指梅花的幽香。

**【译文】**

墙角那边有几枝梅花，正冒着严寒独自悄悄地盛开着。

远远望去知道那不是雪，因为有梅花的阵阵幽香飘送过来。

**【赏析】**

王安石的这首五绝语言简洁、朴实。短短二十个字，从梅花的高洁幽香写起，突出了数枝寒梅身居简陋，孤芳自赏的品格。作者对梅花的形象也不过多加以描绘，诗意曲折含蓄，却自有深致，耐人寻味。以梅拟人，凌寒独开，寄寓深远。不但体现出作者尽管所处环境恶劣，仍然坚持自我的信念，而且在意境上自出新意，被后人所效仿。诗的前两句写墙角的梅花不惧严寒，傲然独放，"墙角"这个词语突出了数枝梅身居简陋，孤芳自开的形态。梅花不引人注目，不易为人所知，更未被人赏识，却又毫不在乎，体现出作者所处环境恶劣，却依旧坚持自己的主张的态度。"独自开"又突出梅花不畏寒，写的是梅花的品质，又像是写人品。诗的后两句，重点放在写梅花的幽香上，"遥知"说明梅花的香气从老远飘来，说明作者嗅觉灵敏。"暗香"指的是梅花的香气沁人，以梅拟人，喻其高贵的品格。

# 雪梅（二首）　宋·卢梅坡①

【原文】

## 其一

梅雪争春未肯降②，骚人阁笔费评章③。

梅须逊雪三分白，雪却输梅一段香。

【注释】

①卢梅坡：南宋诗人。生平不详。

②降（xiáng）：服输。

③骚人：诗人。阁笔：放下笔。阁，同"搁"，放下。评章：评议。这里指评议梅与雪的高下。

【译文】

梅花和雪花都认为自己最具早春的特色，谁也不肯服输，这让诗人难以评判，只好停下笔来思考。

客观地说，梅花缺少雪花的几分洁白，雪花也没有梅花那股幽雅的香气。

【赏析】

这是一首哲理诗。首句采用拟人化的手法，写梅雪相互竞争，都认为自己是最具早春特色的，而且互不认输。这种写法，将早春梅花与雪花之美别出心裁、生动活泼地表现了出来。次句写诗人在两者之间难以评判高下，只得停下笔来思索。后两句是诗人对梅与雪的评语，即不同特点的概括，给人以妙趣横生之感。

该诗寓意深厚，它告诉我们，任何事物都有自身的特点，有长处也会有短处，所以看问题要一分为二。取人之长，补己之短，才是正理。全诗既有情趣，也有理趣，值得咏思。

【原文】

# 其二

有梅无雪不精神①，有雪无诗俗了人②。

日暮诗成天又雪，与梅并作十分春。

【注释】

①不精神：没有神采。

②俗了人：使人俗气不雅。

【译文】

只有梅花独放，而没有飞雪陪衬，会缺乏精神气质；如果下雪了却没有诗文相合，也会觉得俗气。

傍晚时分，天空飘起了雪，我诗兴大发，一挥而就写下这首诗；梅、雪与诗结合在一起才构成了最美妙的春色。

【赏析】

此诗阐述了梅、雪、诗三者的关系，它们在审美境界上相互依存，唯有结合在一起，才能组成最美丽的春色。从这首诗中，可看出诗人赏雪、赏梅、吟诗的痴迷精神以及超凡脱俗的高雅情调。通篇全用口语，文字通俗易懂而含义深刻，耐人寻味。

## 闲居初夏午睡起　宋·杨万里

【原文】

梅子留酸软齿牙①，芭蕉分绿与窗纱②。

日长睡起无情思，闲看儿童捉柳花③。

【注释】

①梅子：即杨梅，味道极酸。

②芭蕉分绿：芭蕉的绿色映照在纱窗上。

③柳花：柳絮。

【译文】

梅子的酸味留在嘴里使牙齿变得十分酸软，芭蕉树把它的绿色映衬到窗纱上。

春去夏来，日长人倦，午睡后起来感觉很无聊，闲着无事观看儿童戏捉空中飘飞的柳絮。

【赏析】

这首诗描绘了一幅生动的古代《初夏睡起图》。

前两句描写了初夏时节的事物，梅子的酸爽、芭蕉的碧绿，展现了一幅生动活泼的画面；后两句写诗人初夏午睡醒来，闲来无事观看儿童捉柳絮。

诗人抓住了生活中常见的细小情态，真实描绘，生动再现，既抒发了诗人闲适的心情，也委婉地表达了对英雄无用武之地的落寞之感。

# 三衢道中① 宋·曾几②

**【原文】**

梅子黄时日日晴，小溪泛尽却山行③。

绿阴不减来时路④，添得黄鹂四五声。

**【注释】**

①三衢（qú）：即衢州，今浙江省常山县，因境内有三衢山而得名。

②曾几（jī）（1084—1166），字吉甫，号茶山居士，赣州（今江西赣州市）人，南宋诗人。曾几学识渊博，是陆游的老师，后人将其列入江西诗派。其诗多唱酬题赠之作，风格闲雅清淡。

③泛尽：乘小船到尽头。却：再、又的意思。

④不减：并没有少多少，差不多。

**【译文】**

梅子熟透的时候，每天都是晴和的天气，乘舟沿着小溪走到尽头又改走山路。

这条路上的绿荫一点也不比上一段路少，深林丛中还传来几声黄鹂的鸣叫声。

**【赏析】**

这是一首纪行诗，写出了诗人行于三衢山道中的见闻感受，虽然没有铺写自己的感情，却在字里行间透露出诗人轻松愉快的心情。

诗的前两句交代了出行时间和出行路线，诗人乘轻舟泛溪而行，溪尽而兴不尽，于是舍舟登岸，山路步行。一个"却"字，道出了他高涨的游兴；后两句写绿阴那美好的景象仍然不减登山时的浓郁，路边绿林中又增添了几声悦耳的黄莺的鸣叫声，为三衢山的道中增添了无穷的生机和意趣。

全诗构思精巧新颖，节奏明快自然，极富有生活韵味，将一次平平常常的行程，写得错落有致，平中见奇，让人身临其境地领略到山行的意趣。

【诗句扩展】

草秀故春色，梅艳昔年妆。——唐·李世民《元日》

云霞出海曙，梅柳渡江春。——唐·杜审言《和晋陵陆丞早春游望》

园中有早梅，年例犯寒开。——唐·孟浩然《早梅》

郎骑竹马来，绕床弄青梅。——唐·李白《长干行》

千金骏马换小妾，笑坐雕鞍歌落梅。——唐·李白《襄阳歌》

梅蕊腊前破，梅花年后多。——唐·杜甫《江梅》

塞北梅花羌笛吹，淮南桂树小山词。——唐·刘禹锡《杨柳枝词》

明朝望乡处，应见陇头梅。——唐·宋之问《题大庾岭北驿》

不经一番寒彻骨，怎得梅花扑鼻香。——唐·黄檗禅师《上堂开示颂》

忽觉东风景渐迟，野梅山杏暗芳菲。——唐·韦庄《春日》

寒梅最堪恨，常作去年花。——唐·李商隐《忆梅》

指冷玉笙寒，吹彻小梅春透。——宋·秦观《如梦令·莺嘴啄花红溜》

最关情，折尽梅花，难寄相思。——宋·周密《高阳台·送陈君衡被召》

和羞走，倚门回首，却把青梅嗅。——宋·李清照《点绛唇·蹴罢秋千》

江梅已过柳生绵。黄昏疏雨湿秋千。——宋·李清照《浣溪沙·淡荡春光寒食天》

梅残数点雪，麦涨一川云。——宋·王安石《题齐安壁》

一川烟草，满城风絮，梅子黄时雨。——宋·贺铸《青玉案·凌波不过横塘路》

淡黄杨柳暗栖鸦，玉人和月摘梅花。——宋·贺铸《减字浣溪沙·楼角初绡一缕霞》

乳鸭池塘水浅深，熟梅天气半晴阴。——宋·戴复古《初夏游张园》

## 鹦鹉洲　唐·李白

【原文】

鹦鹉来过吴江水①，江上洲传鹦鹉名。

鹦鹉西飞陇山去②，芳洲之树何青青③。

烟开兰叶香风暖，岸夹桃花锦浪生④。

迁客此时徒极目⑤，长洲孤月向谁明⑥。

【注释】

①吴江：指流经武昌一带的长江。因三国时属吴国，故称吴江。

②陇山：在今陕西陇县西北。古代"陇"与"垄"相通，指的是田埂，人们看到横亘于关中平原西部的山脉如同田埂一样，就把它们称之为陇山。相传鹦鹉出产自这里。

③芳洲：香草丛生的水中陆地。这里指鹦鹉洲。

④锦浪：形容江浪像锦绣一样美丽。两句意为：春风吹开了烟雾，送来浓郁的兰香；两岸桃花盛开，映照得江浪绚丽如锦。

⑤迁客：指被流放的人。这里是诗人自称。

⑥长洲：指鹦鹉洲。向谁明：即照向何人。

【译文】

曾经有鹦鹉来过吴江的岸边，人们才认识鹦鹉，吴江上的小洲也因祢衡在黄射大宴宾客时的一首《鹦鹉赋》而留传了鹦鹉的美名。

如今，鹦鹉已向西飞回陇山去了，可鹦鹉洲上依旧那么花香四溢，草木青青。

　　春风吹开了缭绕的烟雾，阵阵随风飘送而来暖暖的兰香，两岸的桃花纷纷扬扬飘落江中，水面如同生发了锦绣彩缎，荡漾着层层浪波。

　　如此美景之中，我这个被贬谪的旅人此时只有徒然远望，但不知鹦鹉洲上空那一轮孤月，现在照向哪里，又是为谁而明亮呢。

【赏析】

　　此诗当作于唐肃宗上元元年（760）。当年春天，被流放的李白遇赦，经过一冬的巴陵之游又回到了江夏。在这里，诗人览胜访友，其诗酒逸兴的情志又重新被焕发了出来。诗题中的鹦鹉洲为江夏名胜，原在武汉市武昌城外江中。相传由东汉末年祢衡在黄祖的长子黄射大宴宾客时，即席挥笔写就一篇《鹦鹉赋》而得名。后祢衡被黄祖杀害，亦葬于洲上。

　　此诗为一首吊古伤今之作。诗中借描写鹦鹉洲的艳丽春景以及古人祢衡的悲惨遭遇，抒发心中的感慨，反衬诗人自己饱经颠沛流离之苦的孤寂心情。诗人平生非常倾慕祢衡，常以祢衡自比，所以针对自己晚年的蹉跎岁月和不幸遭遇，更会自然地将自己与祢衡联系起来思考。诗中以徒然远望、仰天问月、不知月为谁明作结，其惆怅、茫然、郁愤之心毕现，可以说该诗写得含蓄、深沉，读来引人深思。

　　前人评诗认为李白这首诗与另一首《登金陵凤凰台》是与崔颢《黄鹤楼》有一争高下之意。清代中期文学家及著名思想家方东树在《昭昧詹言》中曾对此说过这样一段话："崔颢《黄鹤楼》，千古擅名之作。只是以文笔行之，一气转折。五六虽断写景，而气亦直下喷溢。收亦然，所以可贵。太白《鹦鹉洲》格

兰

239

律工力悉敌，风格逼肖。未尝有意学之而自似。"其论可谓切合实际。

# 塞下曲六首（其一）　唐·李白

**【原文】**

五月天山雪，无花只有寒。

笛中闻折柳①，春色未曾看。

晓战随金鼓②，宵眠抱玉鞍。

愿将腰下剑，直为斩楼兰③。

**【注释】**

①折柳：即《折杨柳》，古乐曲名。

②金鼓：金：指锣。进军时击鼓，退军时鸣金。

③斩楼兰：据《汉书》记载：汉代地处西域的楼兰国经常杀死汉朝使节，傅介子出使西域，楼兰王贪图他所献金帛，被引诱入帐中杀死，遂持王首而还。

**【译文】**

五月的时候，祁连山上仍是满山积雪，没有盛开的花朵，到处是凛冽的寒气。

戍守边疆的征夫们只有在《折杨柳》的笛声中才能想象得到无限春光，而现实中从来就没有见过春天的模样。

将士们一大早就在战鼓声中殊死激战，到了夜里也只能是抱着马鞍睡觉。

他们个个希望自己腰间悬挂的宝剑，能够像傅介子那样为国除害，斩杀敌人。

**【赏析】**

《塞下曲》出于汉乐府《出塞》《入塞》等曲（属《横吹曲》），这组诗作于唐玄宗天宝二载（743），共六首，此为其中之第一首。该诗属于唐代新乐府题，歌辞多以边塞军旅生活为题材。作者在写此诗的前一年初入长安，当时于朝中供奉翰林，胸中正怀有建功立业的远大政治抱负。

　　此诗主要描述了汉武帝平定匈奴侵扰的时代，军中将士奋勇杀敌的情形，也有对闺中思夫的抒写。首联点明时间、地点，写对"天山"的有寒无花的所见所感。颔联通过笛中闻柳、不见春色，渲染出一种苍凉寒苦的情调与环境。颈联写白天在钲、鼓声中行军作战，晚上抱着马鞍子打盹小睡，言其军情的紧张与高度戒备。尾联借用傅介子出使西域复仇，楼兰王贪他所献金帛，被他诱至帐中杀死，遂持王首而还的典故，表现诗人甘愿赴身疆场，为国杀敌的雄心壮志。全诗于温婉细腻而又疏宕豪放之中，表达了诗人高尚的爱国情怀。

# 感遇二首（其一）　　唐·张九龄

## 【原文】

兰叶春葳蕤①，桂华秋皎洁②。

欣欣此生意，自尔为佳节③。

谁知林栖者④，闻风坐相悦⑤。

草木有本心，何求美人折。

## 【注释】

①葳蕤（wēi ruí）：枝叶披垂貌。

②华：古"花"字。皎洁：这里是形容桂花蕊晶莹、明亮。

③自：各自。尔：如此。

④林栖者：栖身于山林间的人，指隐士。

⑤闻风：闻到香气。指仰慕兰桂芳洁的风尚。坐：因为。悦：爱赏，指因爱赏而来采折。

## 【译文】

春日里的兰卉纷披翠叶，秋天里的月桂皎洁盈枝。

呈现如此一片勃勃的生机，自然顺应了美好的季节。

谁想到山林中的隐士，闻到了幽香便悦慕风姿。

兰

草木芬芳原本出自天性，何必要美人采佩才显芳菲。

【赏析】

开元（713—741）后期，唐玄宗沉溺声色，奸佞专权，朝政日趋黑暗。为了规劝玄宗励精图治，张九龄曾撰《千秋金镜录》一部，专门论述前代治乱兴亡的历史教训，并将它作为对皇帝生日的寿礼进献给玄宗。唐玄宗心中不悦，加之李林甫的谗谤、排挤，结果张九龄被贬为荆州长史。此诗系张九龄遭谗贬谪后所作《感遇》十二首中的第一首。

诗中以兰、桂自况，借兰桂之芳香比喻自己的高志美德，诗的一开始就运用整齐的对偶句，以春兰秋桂对比，点出其清雅高洁的特点。三、四句写兰桂充满活力却荣而不媚，不求人知之品质。五、六句以"谁知"引出与兰桂同调的山中隐者来。末两句点出无心与物相竞的情怀。全诗一方面表达了恬淡从容超脱的襟怀，另一方面也表现了诗人忧谗惧祸的心理。全诗贴切自然，蕴含深厚，耐人寻味。

# 送汴州监军俱文珍[①]　　唐·韩愈

【原文】

奉使羌池静[②]，临戎汴水安[③]。

冲天鹏翅阔，报国剑铓寒[④]。

晓日驱征骑，春风咏采兰。

谁言臣子道，忠孝两全难。

【注释】

①俱文珍：唐德宗时宦官，后更名刘贞亮。历事德宗、顺宗、宪宗三朝，官至右卫大将军，知内侍省事。元和八年卒，赠开府仪同三司。见《新唐书·宦者传上》。

②奉使羌池：德宗贞元三年闰五月，唐王朝与吐蕃盟于平凉州（今属甘肃省），吐蕃劫盟，俱文珍等被劫持至原州（今平凉市）才放回。见《新唐

书·浑瑊传》。羌池：指青海湖。今青海、甘肃一带为周时羌地。

③临戎：亲临战阵；从军。

④剑铓（máng）：剑锋，剑的顶部尖锐部分。

【译文】

俱文珍奉命出使到羌地，使那里的青海湖一片平静，在汴水一带亲临上阵，保障一方安宁。

他心中有冲天的志向，远大的抱负，为了报效国家披荆斩棘，剑锋闪烁逼人的寒光。

天刚亮时就跨马出征，凯旋归来后，以春风般的美好心境去尽孝养亲。

谁说这世上的为臣之道，自古以来就是忠孝难以两全。

【赏析】

这是一首韩愈送给同朝汴州监军俱文珍的诗作。据韩愈序文，序与诗均于贞元十三年春，俱文珍将归长安，董晋与群僚饯送于汴州青门外时所作。

诗中首联通过对俱文珍奉命出使的描绘，赞扬了他平定一方的才能。接下来"冲天鹏翅阔，报国剑铓寒"写出了他冲天凌云的志向，以及报效国家义无反顾的崇高形象，显现出他那厚重的家国情怀。全诗从开头慷慨登程的豪情万丈，到结尾不辱使命归来后依然不忘尽孝养亲的孝道描写，无不充满着一种热血和力量。结尾一句反问，既是对俱文珍的褒扬，同时也暗寓了宦海生涯"忠孝两难全"的苦涩。全诗情景交融，读来十分感人，也因此深受后人喜爱。


# 忆江南　唐·刘禹锡

【原文】

## 其一

春去也，多谢洛城人①。弱柳从风疑举袂②，丛兰浥露似沾巾③。独坐亦含颦④。

# 其二

春去也，共惜艳阳年。犹有桃花流水上，无辞竹叶醉尊前⑤。惟待见青天。

**【译文】**

春天匆匆地过去，它深情致谢留恋春光的洛城人。弱柳随风舞动仿佛挥袖伤别，一丛丛兰花香露晶莹像是洒泪罗巾。一位女子凄然独坐愁锁眉心。

春天匆匆地过去，一起珍惜美好的时光吧。看依然有桃花飘落在流水上，哪怕斟满竹叶酒，一饮而尽地醉倒在酒杯前。只希望等待雨过天晴。

**【赏析】**

此二首词约为唐文宗开成三年（838）作于洛阳。作者曾经自注："和乐天（即白居易）春词，依《忆江南》曲拍为句。"

第一首词着重写伤春。开头两句感叹洛城春去，写人与春天的惜别之情；中间两句，不写人惜春，而从春恋人着笔，运用拟人化的手法描摹弱柳随风挥袖、兰草沾露洒泪的情景来表达与春天的惜别之情，婉转有致，耐人寻味；末句写女子惜春的情态，独坐锁眉愁怨，道出对春天离开的惋惜与依恋之情。

第二首词着重写惜春。开头发出了"共惜艳阳年"的感慨；其后写作者见到春天已过、桃花飘落在流水上的情景，包含了一种无可奈何的伤感情绪；后两句写惜春的行为，即斟满竹叶青的酒，哪怕醉倒在酒杯前，只希望等待雨过转晴的天气，能够再好好地欣赏一番春天的残景和余味。可见，"惜春"意绪深深地充溢在词人的心头。

纵观全词，构思新颖，描写细腻，婉转有致，手法多变，词人巧借抒情主人公的伤春、惜春之情，发出自己盛年难再，政治抱负无法实现的感喟，由此使全词显得情调凄婉，滋生着缕缕淡淡的哀愁，却又不流于绮靡。正如清代况周颐《蕙风词话》中评价说："唐贤为词，往往丽而不流，与其诗不甚相远也。刘梦得《忆江南》'春去也'云云，流丽之笔，下开北宋子野、少游一派。"近代学者俞陛云在《唐五代两宋词选释》中提道："作伤春词者，多从送春人着想。此独言春将去而恋人，柳飘离袂，兰浥啼痕，写春之多情，别饶风趣，春犹如此，人何以堪！"

# 雨霖铃·寒蝉凄切　宋·柳永

## 【原文】

寒蝉凄切，对长亭晚①，骤雨初歇。都门帐饮无绪②，方留恋处，兰舟催发③。执手相看泪眼，竟无语凝噎④。念去去千里烟波⑤，暮霭沉沉楚天阔⑥。

多情自古伤离别，更那堪，冷落清秋节！今宵酒醒何处？杨柳岸、晓风残月。此去经年⑦，应是良辰好景虚设。便纵有千种风情⑧，更与何人说？

## 【注释】

①长亭：古时设在交通大道边供行人休歇的亭舍，也是送别的地方。

②都门：京城，指汴京。帐饮：在郊外张设帐幕宴饮饯别。无绪：没有心情。

③兰舟：相传鲁班刻兰木树为舟，后用作船的美称。

④凝噎（yē）：因悲伤过度喉咙气塞声阻，说不出话来。

⑤去去：去而又去，指一程又一程地远离。

⑥暮霭（ǎi）：傍晚的薄雾。沉沉：深厚貌。楚天：古时长江中下游一带地区属楚国，故称南天为楚天。

⑦经年：经过一年或若干年。

⑧风情：情意，深情蜜意。

兰

【译文】

秋蝉的叫声凄凉而急促，傍晚时分，面对着长亭，骤雨刚停。在京都郊外设帐饯行，却没有畅饮的心绪，正在依依不舍的时候，船上的人已催着出发。握着对方的手含着泪对视，哽咽着说不出话来。想到这一去路途遥远，千里烟波渺茫，傍晚的云雾笼罩着南天，深厚广阔，不知尽头。

自古以来，多情的人总是为离别而伤感，更何况是在这冷清、凄凉的秋天！谁知我今夜酒醒时身在何处？怕是只有杨柳岸边，面对凄厉的晨风和黎明的残月了。这一去长年相别，我料想即使遇到好天气、好风景，也如同虚设。即使有满腹的情意，又再同谁去诉说呢？

【赏析】

柳永（987—1053），原名柳三变，字景庄，后改名永。崇安（今福建武夷山）人，祖籍河东（今山西永济），北宋著名词人，婉约派的代表人物。其词题材新颖，手法多样，在当时流传甚广，曾有从西夏回来的北宋官员称"凡

有井水饮处，皆能歌柳词。"他的词自成一派，人称"柳氏家法""七郎风味"，对后世影响极大，苏东坡、黄庭坚、周邦彦等著名词人都曾受到过柳永的启发和影响。

这首词就是柳永离开汴京、前往浙江时与心上人离别之作，词中以具体鲜明而又能触动离愁的自然风景画面来渲染主题，感情真挚，词风哀婉，是抒写离情别绪的千古名篇。

上片写送别的情景，深刻而细致地表现话别的场面。"寒蝉凄切"，劈头便是一阵阵寒蝉的哀鸣，给全诗配上凄切的声音背景，定下了一个愁苦的基调。"对长亭晚，骤雨初歇"是写事件发生的时间和地点。"都门帐饮无绪，留恋处，兰舟催发"一句承上句，由景转入描写离别的场面。"无绪"更能衬托"留恋"之深。后面句中"去去"二字相叠，极言行程之远，加上"千里烟波"阻隔，已是让人的思魂难到。偏偏那低沉沉的暮霭，模糊了天与水的界限，让南行的天空更加空旷无际，更增加了离别在空间上的深度和广度。

下片写别后的种种思绪，表达了惆怅而又真挚的感情。首句点明自古离别最苦，而接近清秋节的离别则使人倍添伤感。"杨柳岸，晓风残月"一句中"月"字渲染出一种清寒、凄清之感，这种感觉正好吻合诗人与恋人分手后孤独悱恻的心境。接下来讲述不知何时才能再见，纵然有想象中的这般良辰美景，如果没有你，那也是形同虚设吧！我心头便是有万般的风情，又该向谁去诉说呢？最后一句"更与何人说？"，写出作者离别之后无处言说的痛苦。

全词以白描手法写景、状物、叙事、抒情，将情人惜别时的真情实感表达得缠绵悱恻，凄婉动人。

【诗句扩展】

兰有秀兮菊有芳，怀佳人兮不能忘。——汉·刘彻《秋风辞》

唧唧复唧唧，木兰当户织。——南北朝·佚名《木兰诗》

泽兰侵小径，河柳覆长渠。——唐·王勃《郊兴》

破额山前碧玉流，骚人遥驻木兰舟。——唐·柳宗元《酬曹侍御过象县见寄》

好乘浮云骢，佳期兰渚东。——唐·李白《长干行》

兰陵美酒郁金香，玉碗盛来琥珀光。——唐·李白《客中行》

昆山玉碎凤凰叫，芙蓉泣露香兰笑。——唐·李贺《李凭箜篌引》

衰兰送客咸阳道，天若有情天亦老。——唐·李贺《金铜仙人辞汉歌》

黄沙百战穿金甲，不破楼兰终不还。——唐·王昌龄《从军行》

明敕星驰封宝剑，辞君一夜取楼兰。——唐·王昌龄《从军行》

江头橘树君自种，那不长系木兰船。——唐·张籍《春别曲》

兰溪三日桃花雨，半夜鲤鱼来上滩。——唐·戴叔伦《兰溪棹歌》

绿塘摇滟接星津，轧轧兰桡入白蘋。——唐·温庭筠《莲花》

梅市旧书，兰亭古墨，依稀风韵生秋。——宋·秦观《望海潮·秦峰苍翠》

轻解罗裳，独上兰舟。——宋·李清照《一剪梅·红藕香残玉簟秋》

驾长车，踏破贺兰山缺。——宋·岳飞《满江红·写怀》

幽兰旋老，杜若还生，水乡尚寄旅。——宋·吴文英《莺啼序·春晚感怀》

言石曾非石上生，名兰乃是兰之类。——宋·梅尧臣《石兰》

行殿幽兰悲夜火，故都乔木泣秋风。——清·赵翼《题元遗山集》

# 竹

## 山居秋暝　唐·王维

**【原文】**

空山新雨后①，天气晚来秋。

明月松间照，清泉石上流。

竹喧归浣女②，莲动下渔舟。

随意春芳歇③，王孙自可留④。

**【注释】**

①空山：空旷，空寂的山野。新：刚刚。

②浣（huàn）女：洗衣服的女子。

③春芳歇：春天的花草凋谢了。

④王孙：贵族的后裔，这里指隐居的高士。

**【译文】**

空旷的青山沐浴了一场新雨，临近夜晚时，秋天的凉意已显得更浓。

明月透过松林洒落斑驳的静影，清泉轻轻地在大石上叮咚流淌。

竹林传出归家洗衣女的谈笑声，莲叶浮动，那是顺流而下的渔舟。

尽管那春天的美景已消逝，但眼前的秋景依然令人陶醉和向往。

**【赏析】**

这首诗当为作者隐居于终南山下辋川别业时所作，此诗以雨后秋山明快舒朗、清新亮洁的环境特点构成了全诗的基调。

开头二句写雨后山中秋景，点出世外桃源般的美好。三、四句写夜晚之中，皓月当空，透过松间洒下清光，泉水悠悠，流淌于山石之上，呈现出幽清明净的画面。五、六句写竹林里传来浣衣女的笑语，以及渔舟从莲花深处划出、顺流而下的图景，如此和谐闲适的生活，正是诗人内心的向往。尾联抒发感怀，表达寄情山水，崇尚田园的心声，对宦海的厌恶之情溢于言表。

全诗于诗情画意中寄托了诗人高洁的情怀及对理想境界的追求。明月清泉，竹喧莲动，浣女渔舟，有声有色，动静结合，构成一幅清新和谐的黄昏秋雨山居图。

## 元日① 宋·王安石

**【原文】**

爆竹声中一岁除②，春风送暖入屠苏③。

千门万户曈曈日④，总把新桃换旧符⑤。

**【注释】**

①元日：农历正月初一，即春节。

②一岁除：一年已经过去。除：过去。

③屠苏（tú sū）：指屠苏酒，用屠苏、肉桂、山椒、白术等药浸泡而成。饮屠苏酒是古代过年时的一种习俗，大年初一全家合饮屠苏酒，以驱邪避瘟疫，求得长寿。

④曈曈（tóng）：日出时光亮温暖的样子。

⑤桃：桃符，古代一种风俗，农历正月初一时人们用桃木板写上神荼、郁垒两位神灵的名字，悬挂在门旁，用来驱邪。

**【译文】**

在清脆的爆竹声中送走旧的一年，在和暖的春风中迎来新年，人们畅饮着新酿的屠苏酒。

初升的太阳照耀着千家万户，各家都忙着把旧的桃符取下，换上新的桃符。

## 【赏析】

公元 1068 年，王安石上书主张变法，得到了宋神宗的支持。次年被任命为参知政事，主持变法。同年新年，王安石见家家忙着准备过春节，联想到变法伊始的新气象，心有所感而创作了此诗。诗中通过描写新年元日热闹、欢乐和万象更新的景象，抒发了诗人推行新法的政治决心，充满欢快及积极向上的奋发精神。

诗的首句紧扣题目，写在阵阵鞭炮声中送走旧岁，迎来新年，渲染春节热闹欢乐的气氛。次句写人们迎着和煦的春风，开怀畅饮屠苏酒。第三句承接前面诗意，写旭日的光辉普照千家万户。结尾一句既是写当时的民间习俗，又蕴含除旧布新的意思，与首句爆竹送旧岁紧密呼应，形象地表现了万象更新的景象。全诗笔调轻快明朗，眼前景与心中情水乳交融，是一首融情入景，寓意深刻的佳作。

# 冬景　宋·刘克庄

## 【原文】

晴窗早觉爱朝曦①，竹外秋声渐作威②。

命仆安排新暖阁，呼童熨贴旧寒衣。

叶浮嫩绿酒初熟③，橙切香黄蟹正肥④。

蓉菊满园皆可羡⑤，赏心从此莫相违⑥。

## 【注释】

①早觉：早上醒来。朝曦：早晨的阳光。

②秋声：秋天自然界的声响。威：发威，即强烈的意思。

③叶浮嫩绿：比喻新酒酒色像嫩绿色的竹叶般鲜绿清凉。

④橙切香黄：比喻初冬螃蟹正肥，煮熟后像切开的橙子般鲜黄甘美。

⑤蓉：木芙蓉。可羡：值得玩赏。

⑥违：辜负，错过。

【译文】

早晨醒来，窗外天气晴朗，我非常喜欢这早上的阳光，竹林外传来阵阵秋风，那声音越来越强烈，好像要发威一样。

我吩咐仆人在阁楼里放上取暖的火炉，呼唤童仆把去年的棉衣烫平。

然后端出新酿好的美酒，酒上还浮着像竹叶一样嫩绿的泡沫，切开橙子，又香又黄，螃蟹也是新鲜肥美。

秋日里，木芙蓉和菊花开满了园子，散发着阵阵清香，这样好的景色真让人感到高兴，让我们尽情地欣赏这美景，品尝这美食，不要辜负了美好时光。

【赏析】

此诗题又作《晚秋》。这是一首写景诗，诗人用白描的手法描写了晚秋早冬的景象，充满了生活情趣。

诗人着眼于闲适的日常生活，说秋风越刮越猛，冬天就要来到了。于是吩咐仆人安排暖阁、熨贴寒衣。他又取来新酿的美酒，切开香黄的橙子，摆上肥肥的螃蟹，尽情欣赏那满园的芙蓉花和菊花。诗人通过对这些生活细节的描写，让我们感受到了诗人及时行乐的情绪和对生活的热爱。

## 即景　宋·朱淑真

【原文】

竹摇清影罩幽窗①，两两时禽噪夕阳②。
谢却海棠飞尽絮③，困人天气日初长④。

【注释】

①幽窗：幽暗的窗口。

②时禽：泛指这个时期的雀鸟。

③谢却：凋谢。飞尽：飞落不见。

④困人天气：指初夏使人慵懒的气候。初：开始。

【译文】

微风中的竹子将清雅的影子笼罩在幽暗的窗口，成双成对的鸟儿在夕阳下肆意鸣叫。

在这海棠花凋谢、柳絮飞尽的初夏，只觉天气使人感到乏困，白昼也变得越来越长。

【赏析】

这是一首写景诗，诗人有声有色地描绘了初夏的景致。

诗的前两句有静有动，静态中的"清影"和"幽窗"、动态中的"竹摇"和"鸟噪"交相辉映；后两句将前句中的烦躁情绪进一步深化，写初夏时分海棠花谢，柳絮飞尽，白天越来越长了，给人一种困乏的感觉。

全诗寄情绪于景物，淡淡几笔，却极具感染力，抒发了诗人郁郁寡欢的心情。

竹

# 摊破浣溪沙　明·陈继儒

## 【原文】

梓树花香月半明，棹歌归去蟪蛄鸣①。曲曲柳湾茅屋矮，挂鱼罾②。

笑指吾庐何处是？一池荷叶小桥横。灯火纸窗修竹里，读书声。

## 【注释】

①棹：船桨，此指船。蟪蛄（huì gū）：蝉科昆虫，初夏鸣。

②鱼罾（zēng）：鱼网。

## 【译文】

月亮隐于两岸的梓树花香中。归家的渔歌伴着草中的虫儿齐鸣。弯弯曲曲的河道挂满柳条，矮小的茅屋在其后。农院中挂满了捕鱼的渔具。

要问我的家在哪里？从一池荷叶的桥边走过，在那竹林中灯光透过纸窗的屋舍里，传来孩子读书声的地方就是我的住地。

## 【赏析】

陈继儒（1558—1639），字仲醇，号眉公、麋公。明代华亭（今上海松江县）人。绝意仕途，隐居昆山，专心著述。能诗善文，短翰小词，极有风致，明代文学家、书画家。

本词是作者写的一首记游小词。上片写在一个初夏的夜晚，词人驾一叶扁舟，驶过弯弯曲曲、挂满柳条的河道，听棹歌声远，草虫幽鸣，彰显了夜色的静谧柔美。下片以设问的句式，笑着告诉别人自己家的位置，沿着长满荷叶的池塘，走过小桥便是。在那竹林间灯火透过纸窗的屋舍，还传来了孩子们的读书声。下片描述了屋舍周围的风光与环境。

全词寓情于景，情景交融，清新柔和，流丽自然。通过生动的笔触，勾勒了一幅清谧淡雅的风景画，写出了农家生活的和谐自然之美，表达了作者欢快自乐的心境。

# 新竹　清·郑板桥

【原文】

新竹高于旧竹枝，全凭老干为扶持①。

明年再有新生者，十丈龙孙绕凤池②。

【注释】

①老干：老竹枝。

②龙孙：竹笋的别称。凤池：凤凰池，古时指宰相衙门所在地，此指周围生长竹子的池塘。

【译文】

新长的竹子要比旧竹子高，它们的生长全凭老的枝干扶持。

等到明年又有新长出来的，会长得更高，就这样池塘周围布满了郁郁葱葱的幼竹。

【赏析】

郑板桥（1693—1765），名燮，字克柔，汉族，江苏兴化人。一生主要客居扬州，以卖画为生。清代官吏、书画家、文学家。"扬州八怪"之一。其诗、书、画被称为"三绝"，擅画兰、竹、石、松、菊等植物，尤以画竹最负盛名。

作者的这首诗，写出了青出于蓝而胜于蓝，更写出了新生力量的成长离不开前辈的扶持与栽培。诗的前面两句，讲述新竹子长得高于老竹子，是依靠老竹子的滋养与扶持。这里通过对竹子生长的回顾，表达了"长江后浪推前浪，一代更比一代强"的含义，同时又表达了后生要懂得感恩，不忘前辈的扶持之恩。后两句是写展望，通过新竹的不断滋生与长大，汇集成一片郁郁葱葱的竹海，借以表达新生力量充满着蓬勃的生机，茁壮成长，必将更加壮阔也更加强大。

全诗融景于情，借物喻理，生动形象，在抒发感怀中表达了现实而又客观的人生哲理，耐人寻味。

## 【诗句扩展】

山际见来烟，竹中窥落日。——南北朝·吴均《山中杂诗》

竹竿何袅袅，鱼尾何簁簁。——汉·卓文君《白头吟》

郎骑竹马来，绕床弄青梅。——唐·李白《长干行》

野竹分青霭，飞泉挂碧峰。——唐·李白《访戴天山道士不遇》

江深竹静两三家，多事红花映白花。——唐·杜甫《江畔独步寻花》

殷勤竹林寺，更得几回过。——唐·朱放《题竹林寺》

叶落槐亭院，冰生竹阁池。——唐·白居易《偶作寄朗之》

浔阳地僻无音乐，终岁不闻丝竹声。——唐·白居易《琵琶行》

遥看一处攒云树，近入千家散花竹。——唐·王维《桃源行》

渔翁夜傍西岩宿，晓汲清湘燃楚竹。——唐·柳宗元《渔翁》

江娥啼竹素女愁，李凭中国弹箜篌。——唐·李贺《李凭箜篌引》

舍南有竹堪书字，老去溪头作钓翁。——唐·李贺《南园十三首》

竹坞无尘水槛清，相思迢递隔重城。——唐·李商隐《宿骆氏亭寄怀崔雍崔衮》

瑶池阿母绮窗开，黄竹歌声动地哀。——唐·李商隐《瑶池》

过江千尺浪，入竹万竿斜。——唐·李峤《风》

西窗下，风摇翠竹，疑是故人来。——宋·秦观《满庭芳·碧水惊秋》

寒夜客来茶当酒，竹炉汤沸火初红。——宋·杜耒《寒夜》

水绕陂田竹绕篱，榆钱落尽槿花稀。——宋·张舜民《村居》

客里相逢，篱角黄昏，无言自倚修竹。——宋·姜夔《疏影·苔枝缀玉》

竹影和诗瘦，梅花入梦香。——元·王庭筠《绝句》

寒依疏影萧萧竹，春掩残香漠漠苔。——明·高启《咏梅九首》

飞花令全鉴

# 菊

## 过故人庄　唐·孟浩然

【原文】

故人具鸡黍①，邀我至田家。

绿树村边合，青山郭外斜②。

开轩面场圃③，把酒话桑麻④。

待到重阳日，还来就菊花。

【注释】

①鸡黍（shǔ）：杀鸡煮黄米饭，农家待客丰盛的饭菜。

②郭：外城墙。

③轩（xuān）：窗户。圃（pǔ）：菜园。

④话桑麻：谈庄稼事。

【译文】

老朋友准备了丰盛的饭菜，邀我到他的田舍做客。

绿树环抱着幽美的村庄，青山在城墙外隐隐横斜。

推开窗子，面对着打谷场和菜园，共饮美酒，闲谈农事。

等到重阳佳节来临之时，我还要来观赏菊花。

【赏析】

这是一首田园诗，描述了诗人应邀到老朋友家做客的经过，表现了农家恬静闲适的生活情景，以及故人待客的热情。

开头二句，不加渲染，自然道来，老朋友以"鸡黍"相邀，既显出田家特有风味，又可见他们朋友之间不加客套地待客之纯朴。三、四句写眼中所见之景，绿树环抱，围绕着村落；青山苍翠，在城外处横卧，山村此般美丽的风光，犹如一幅清淡的水墨画呈现在读者面前，显得格外清新。五、六句由前面的外景描写转入屋内的聊天交谈，以面对场院菜圃，把酒谈论庄稼，写出了山村生活的情趣。结尾两句以重阳节再来观赏菊花和品饮菊花酒，写出故人相待的热情，做客的愉快，主客之间的亲切融洽，跃然纸上，可谓言有尽而意无穷。

全诗娓娓道来，自然流畅，语言朴实无华，意境清新隽永，通过对田园生活风光的赞美，表达了作者对山村田园生活的向往，是一首社会安定祥和、农人安居乐业的颂歌。

# 九月十日即事①　唐·李白

【原文】

昨日登高罢②，今朝再举觞③。

菊花何太苦，遭此两重阳④？

【注释】

①即事：此处指以眼前事物为题材，遂称之为即事。

②登高：指重阳节登高的习俗。

③举觞（shāng）：举杯。觞，古代喝酒用的器具。

④遭此两重阳：古时重阳节有采菊宴赏的习俗。重阳后一日宴赏为小重阳。菊花两遇饮宴，两遭采摘，故有遭此两重阳之言。

【译文】

昨天适逢重阳佳节，我刚刚登过这座龙山高瞻宴饮，今天再次到这里又举起了酒杯。

再看那片片菊花，为何会这样受苦，面对接连而来的大小重阳，却要经历两次被采折之罪。

**【赏析】**

这首诗是唐代宗宝应元年（762）秋重阳节后一日，李白在当涂龙山二次登高时所作。前一日登高并作了首《九日龙山饮》，此番再度登上龙山，作者感叹菊花连续两天遭到采摘，于是联想到自己遭到政治上的重创，写下此诗。

诗人站在菊花的立场上，以其极为敏感的心发现了这一诗意的空间。实际上，诗人是借感叹菊花，而感慨自己被谗言所害，导致离京、被流放夜郎的种种坎坷与不幸。此诗语虽平淡，却有内涵，表现了作者一生屡遭挫败和打击，而在节日里观看到眼前景物所引发的忧伤情绪。

# 行军九日思长安故园① 唐·岑参

**【原文】**

强欲登高去②，无人送酒来③。

遥怜故园菊④，应傍战场开⑤。

**【注释】**

①九日：指九月九日的重阳节。

②强：勉强。登高：重阳节有登高赏菊饮酒以避灾祸的风俗。

③送酒：这里是一个典故。陶渊明有一次过重阳节，因家中贫寒而无力买酒，就在宅边的菊花丛中独自闷坐。当时的太守王弘知道后，叫人送去了酒，这才饮醉而归。

④遥：遥远。怜：怜惜。

⑤傍：倚着，靠近。

**【译文】**

我在重阳节这天勉强自己登上高处远眺，然而却没有王弘那样的人给我送酒。

我想念着远方长安故居中的菊花，大概在这战火纷飞中零星地开放了吧。

**【赏析】**

岑参（约715—770），原籍南阳（今属河南新野），迁居江陵（今属湖北）。天宝年间进士，先后两次到西北边塞，佐高仙芝、封常清军幕。晚年官嘉州刺史，世称"岑嘉州"。罢官后客死成都旅舍。以边塞诗与高适齐名，并称"高岑"。其诗歌富有浪漫主义的特色，尤其擅长七言歌行。作品有《岑嘉州集》。

这是一首抒发思乡情怀的诗，但它表现的不是一般的节日思乡，而是对国事的忧虑和对战乱中人民疾苦的关切。

诗的第一句交代了时间，紧扣题目中的"九日"。一个"强"字表现了诗人强烈的无可奈何的情绪；第二句化用陶渊明的典故，写出了旅况的凄凉萧瑟，暗寓着题目中"行军"的特定环境；第三句写诗人在佳节之际想到了长安家园，表达了诗人深切的思乡之情。最后一句是关键的一句，使读者仿佛看到了一幅鲜明的战乱图，寄托着诗人对千万饱经战争忧患的人民的同情，对国事的忧虑，对早日平定安史之乱、取得和平的渴望。

整首诗风格质朴，构思精巧，是一首言简意深、耐人寻味的抒情佳作。

# 秋兴八首（其一）　唐·杜甫

**【原文】**

玉露凋伤枫树林①，巫山巫峡气萧森②。

江间波浪兼天涌③，塞上风云接地阴④。

丛菊两开他日泪⑤，孤舟一系故园心⑥。

寒衣处处催刀尺⑦，白帝城高急暮砧⑧。

**【注释】**

①玉露：秋天的霜露，因其白，故以玉喻之。凋伤：使草木凋落衰败。

②巫山巫峡：即指夔州（今奉节）一带的长江和峡谷。萧森：萧瑟阴森。

③兼天涌：波浪滔天。兼天：连天。

④塞上：指巫山。接地阴：风云盖地。

⑤丛菊两开：杜甫此前一年秋天在云安，此年秋天在夔州，从离开成都算

起，已历两秋，故云"两开"。他日：往日，指多年来的艰难岁月。

⑥故园：此处指长安。

⑦寒衣：御寒的冬服。催刀尺：指赶制新衣。

⑧白帝城：古城名，在今重庆奉节东白帝山上。东汉初年公孙述所筑，公孙述自号白帝，故名城为"白帝城"。急暮砧：黄昏时急促的捣衣声。

**【译文】**

枫树在深秋露水的侵蚀下凋零，巫山和巫峡笼罩在阴森萧瑟之中。

巫峡江水波浪滔天，巫山的乌云一片阴沉。

花开花落已两载，看着盛开的花，想到两年未曾回家，不由伤心落泪。小船还系在岸边，虽然不能东归，心却长系故园。

261

又开始赶制御寒的冬衣了，白帝城上随风传来了一阵阵捣制寒衣的砧声。分明又是一年过去了，我对故乡的思念也愈加凝重深沉。

【赏析】

《秋兴八首》是杜甫于唐大历元年（766）秋，在夔州时写下的一组七言律诗。因秋而感发诗性，故为"秋兴"。杜甫自唐肃宗乾元二年（759）弃官，至当时已历七个年头，眼见战乱不息，国无宁日，人们流离失所，当此秋风萧瑟之时，不免触景生情，因此写下了这组诗。

此诗为其之一，是这组诗的序曲。首联直接点明时间、地点，叙写白露为霜的秋天，巫山巫峡的阴沉。颔联写江间波浪、塞上风云，极言阴晦萧森之状，暗喻作者内心对时局那种动荡不安、翻腾起伏的忧思与郁勃不平之气。颈联托景抒情，写秋景触动羁旅之情思，由丛菊两开掉泪，足见羁留夔州心情的凄伤。尾联由白天写到傍晚，通过赶制寒衣，以及晚风中传来急促的捣衣声，表达暮秋游子的羁旅思乡之情。

全诗通过对巫山巫峡的秋色描绘，烘托出阴森萧瑟、动荡不安的环境气氛，表现了作者因战乱而常年流落他乡、难以回归故乡的悲凉和对国家前途的担忧。

## 菊花　唐·元稹

【原文】

秋丛绕舍似陶家①，遍绕篱边日渐斜②。

不是花中偏爱菊，此花开尽更无花③。

【注释】

①秋丛：丛生的秋菊。陶家：东晋诗人陶渊明的家。

②遍绕：环绕一遍。篱（lí）：篱笆。

③尽：完。更：再。

【译文】

一丛丛秋菊围绕着房屋开放，好似到了陶渊明的家。绕着篱笆观赏这些菊花，不知不觉太阳已西下。

不是因为我偏爱菊花，而是因为菊花开过后就再没有别的花可以欣赏了。

菊

## 【赏析】

这首诗是作者于贞元十二年（796）在长安所写。诗人从咏菊这一常见的题材中，发掘出不平常的诗意，给人以新的思考与启发。

首句写屋舍外菊花丛丛，给人以爱菊成癖的东晋大诗人陶渊明家之感，可见菊花之盛。次句写诗人观花流连忘返的浓烈兴致，不知不觉中日已西下，表现出对菊花的痴迷。后面二句表述诗人爱菊的原因，道出了一年四季，在百花之中，菊花经风雨、历严霜却凋谢得最晚的自然现象，一方面赞美其坚强的品格，另一方面表达了菊花过后再无花景可赏的怜惜，由此说明诗人特殊的爱菊之情。

全诗短短四句，用语淡雅，构思巧妙，新颖自然，别有境界与趣味。

# 冬景① 宋·苏轼

**【原文】**

荷尽已无擎雨盖②，菊残犹有傲霜枝③。

一年好景君须记④，最是橙黄橘绿时⑤。

**【注释】**

①诗题一作《赠刘景文》。

②荷尽：荷花枯萎，残败凋谢。擎（qíng）雨盖：此指荷叶。

③傲霜：不怕霜动寒冷，坚强不屈。

④君：您。

⑤最是：正是。

**【译文】**

荷花已败尽，连舒展的荷叶也枯萎了；菊花已凋残，只剩傲霜的枝条在寒风中挺立。

一年中最好的景致您必须记住：那就是在这橙子黄了、橘子绿了的初冬时候。

**【赏析】**

该诗的诗题又叫《赠刘景文》。刘景文（1033—1092），即刘季孙，字景文，祥符（今河南开封）人。苏轼任杭州知府时，刘景文任两浙兵马都监，二人的关系非常要好。苏轼很尊崇刘景文，多次赞许他为"无双国士"。

这首诗是苏轼于元祐五年（1090）在杭州任知州时所作，赠给好友刘景文的。诗的前两句写景，抓住"荷尽""菊残"描绘出秋末冬初的萧瑟景象。"已无"与"犹有"形成强烈对比，突出菊花傲霜斗寒的形象。后两句议景，表露赠诗的目的。说明冬景虽然萧瑟冷落，但也有硕果累累、成熟丰收的一面，给人以昂扬之感。

诗人将对刘氏为人与品格的称颂，不着痕迹地糅合在对初冬景物的描写中，通过对橘树和松柏的吟咏，足以折射出刘景文坚贞的节操和秉性。

菊

## 【诗句扩展】

秋菊有佳色，裛露掇其英。——晋·陶渊明《饮酒·其七》

九日重阳节，开门有菊花。——唐·王勃《九日》

因招白衣人，笑酌黄花菊。——唐·李白《九日登山》

菊垂今秋花，石戴古车辙。——唐·杜甫《北征》

闻君新酒熟，况值菊花秋。——唐·元稹《饮新酒》

耐寒唯有东篱菊，金粟初开晓更清。——唐·白居易《咏菊》

满园花菊郁金黄，中有孤丛色似霜。——唐·白居易《重阳席上赋白菊》

今日暂同芳菊酒，明朝应作断蓬飞。——唐·王之涣《九日送别》

菊开犹阻雨，蝶意切于人。——唐·司空图《重阳》

雨匀紫菊丛丛色，风弄红蕉叶叶声。——唐·杜荀鹤《闽中秋思》

清诗既名朓，金菊亦姓陶。——唐·孟郊《秋怀十五首》

西风酒旗市，细雨菊花天。——宋·欧阳修《秋怀》

问篱边黄菊，知为谁开。——宋·秦观《满庭芳·碧水惊秋》

马穿山径菊初黄，信马悠悠野兴长。——宋·王禹偁《村行》

杞菊垂珠滴露红，两蚕相应语莎丛。——宋·范成大《秋日田园杂兴》

东山胜游在眼，待纫兰、撷菊相将。——宋·贺铸《凤求凰》

归来松菊开三径，老去柴桑受一廛。——明·宋濂《渊明祠》

# 书

## 春望　唐·杜甫

【原文】

国破山河在①，城春草木深②。

感时花溅泪③，恨别鸟惊心。

烽火连三月④，家书抵万金。

白头搔更短⑤，浑欲不胜簪⑥。

【注释】

①国：国都，指长安（今陕西西安）。破：陷落。山河在：旧日的山河仍然存在。

②城：长安城。草木深：指人烟稀少。

③溅泪：流泪。

④烽火：古时报警的烟火，此指安史之乱的战火。三月：言时间很长，非确指。

⑤搔（sāo）：用手指轻轻地抓。

⑥不胜簪：言头发少得连簪子都插不上。

【译文】

国度长安沦陷，城池残破，虽然山河依旧，但人烟稀少，荒草丛生。

面对这乱世的离愁别恨，花也为之落泪，鸟也为之惊心。

连续不断的战火已经延续了好久，一封家书实在难得，抵得上万两黄金。

内心愁烦至极，只有搔首而已，可白发越搔越短，简直连发簪都插不上了。

**【赏析】**

天宝十四年（755）的十一月，安禄山起兵叛唐，次年六月，叛军攻陷潼关，唐玄宗匆忙逃往四川。七月，太子李亨即位于灵武，世称肃宗，改元至德。杜甫听到此消息后，认为自己报效国家的机会来了，他将家属安顿在鄜州后，只身一人前去投奔肃宗，结果不幸在途中被叛军俘获，押送至长安，后因官职卑微才未被囚禁。至德二年的春天，身处沦陷区的杜甫目睹了长安城一片萧条零落的景象，百感交集，于是写下了这首被后人传诵的名作。

全诗紧扣一个"望"字，层层深转，抒发了诗人忧国、伤时、念家、悲己的情感，以及对亲人的思念之情。首联写国破惨运，虽然山河依旧却是一片荒凉破败之感。颔联用拟人化的手法，写因感时恨别，连花鸟也垂泪惊心，表达出深沉的亡国之悲。颈联言战火不断，消息杳然，久盼音信却不得的惆怅与迫切心情。尾联写诗人白发越来越稀疏，连簪子都插不住了，以此表现忧愤之深广。

全篇情景交融，感情深沉，言简意赅，真挚自然，充分体现了杜甫"沉郁顿挫"的诗风。

# 章台夜思①　唐·韦庄

**【原文】**

清瑟怨遥夜②，绕弦风雨哀。

孤灯闻楚角③，残月下章台④。

芳草已云暮⑤，故人殊未来⑥。

乡书不可寄⑦，秋雁又南回⑧。

**【注释】**

①章台：即章华台，宫名，在长安城中。

②清瑟：乐调凄清的弦乐器。遥夜：长夜。

③楚角：楚地产的军中吹奏的乐器。亦指发出凄楚鸣声的号角。

④下：落下。

⑤芳草：这里指春光。已云暮：已经暮晚，指春光快要消歇了。云：助词，无实际意义。

⑥殊：竟，尚。

⑦乡书：指家书，家信。不可寄：是说无法寄。

⑧雁又南回：因雁是候鸟，秋天从此南来，春天又飞往北方。古时有鸿雁传书的传说。

### 【译文】

凄清的瑟声在深夜里飘荡，弦音幽怨，似有凄风苦雨缭绕。

孤灯下又听见楚角的哀声低回，朦胧的残月徐徐落下章台。

芳草渐渐枯萎零落，亲人故友还从未来此地。

但见鸿雁南飞，可家书不能寄回。

### 【赏析】

韦庄（约 836 — 910），唐末五代诗人、词人。字端己，谥文靖。京兆杜陵（今陕西西安市东南）人。唐初宰相韦见素后人，诗人韦应物四世孙。少孤贫力学，才敏过人，疏旷不拘，任性自用。广明元年（880）陷黄巢兵乱，身困重围。后逃至洛阳，赴润州入周宝幕府，开始了为期十年的江南

避乱生涯。乾宁元年（894）进士及第，历任拾遗、补阙等职。其诗极富画意，词尤工，与温庭筠并称"温韦"，同为"花间派"重要词人。

这是一首作者身在外地思念家乡的诗。前四句为章台夜景。凄清的瑟调倾吐怨怅的漫漫夜曲，缠绕瑟弦的是凄风苦雨的哀鸣。孤灯无眠，传来夜幕深处的楚角低吟，残月黯然，沉落于羁旅所困的长安章台。清瑟之怨，风雨之哀，楚角之苦，无不打上情感烙印；孤灯之殷红，残月之惨白，章台之昏黑，皆染上鲜明的对照色彩。透过无边的夜与遥远的声，孤寂之情，乡关之念，怀人之思，已溢于言表。于是，后四句着重抒写章台夜思。春去秋来，"草木变衰，所思不见，雁行空过，天远书沉"，不管是夜境还是夜思，都写得"一片空灵，含情无际"（俞陛云《诗境浅说》）。

全诗层次清晰，章法严密。前半写景，景中寓情；后半叙事，事中寄慨。而慨叹故人、故乡的久违，又是前半首所抒悲情的原因，前后联系紧密，浑然一体，读来感人至深。

## 归隐　唐·陈抟

**【原文】**

十年踪迹走红尘①，回首青山入梦频②。

紫绶纵荣争及睡③，朱门虽富不如贫④。

愁闻剑戟扶危主⑤，闷听笙歌聒醉人⑥。

携取旧书归旧隐⑦，野花啼鸟一般春⑧。

**【注释】**

①红尘：尘土飞扬，指繁华热闹的人世间。

②回首：回想，回忆起。频：频繁。

③紫绶：系着官印的绶带。纵容：纵然荣耀。争及：怎么及得上。

④朱门：古代王侯权贵的大门常漆成红色，所以朱门也就成了富贵人家的代称。

⑤戟：一种武器。扶危主：辅佐挽救危难中的君主。

⑥闷听：讨厌听到。聒：吵闹。

⑦旧隐：以前归隐的地方。

⑧一般：相同。

**【译文】**

十年来萍踪浪迹地在人世间行走，曾居住过的青山时常出现在梦中。

加官进爵纵然荣耀，又怎么比得上舒适地酣睡呢。住在朱红大门里，虽然富贵也比不上淡泊贫穷。

听到忠臣贤将手持剑戟扶救君王我就讨厌，听到靡靡笙歌醉人我就心烦。

我携带着旧书回到以前归隐的地方，那里的野花和啼鸟与以前一模一样。

**【赏析】**

陈抟（tuán）（？—989），字图南，号扶摇子，唐末、五代亳州（今属安徽）人。北宋著名的道家学者、养生家，尊奉黄老之学。在五代乱世中追求功名利禄多年，可一直未能如愿，终于决心隐居。这首诗是诗人对归隐修道的内心独白。

诗中通过红尘游遍，青山入梦，表述对十年踪迹的幡然清醒。在看破俗世中，运用对比的手法，用睡眠的舒适来否定高官的荣耀，用贫居的自由来否定朱门的富贵，表明诗人不愿为世事操心，也劝诫世人不要沉溺于欢娱之中。诗中宣扬了避世高蹈、逍遥度日的乐趣，向世人披露了做官的种种不堪，写出了诗人对官场生活和所谓的笙歌醉舞、功名富贵的厌倦，并通过携书归隐、伴花看鸟的叙述，表达了诗人对隐居生活的向往，展现出了淡泊的心境与情怀。

# 清明  宋·王禹偁

**【原文】**

无花无酒过清明，兴味萧然似野僧①。

昨日邻家乞新火②，晓窗分与读书灯③。

**【注释】**

①兴味：兴趣、趣味。萧然：清净冷落的样子。

②乞新火：指寒食过后的清明时节，去乞讨邻家新钻的火种。新火：唐宋习俗，清明前一日为寒食节，要禁火寒食，到清明节再起火，称为新火。

③晓窗：清晨的窗户。

**【译文】**

我是在无花可观赏，无酒可饮的情况下过这个清明节的，这样寂寞清苦的生活，就像荒山野庙的和尚，一切对于我来说都显得很萧条寂寞。

昨天从邻家讨来新燃的火种，在清明节的一大早，就在窗前点灯，坐下来潜心读书。

**【赏析】**

王禹偁（954—1001），字元之，北宋济州巨野（今山东巨野）人，为宋太宗朝进士，历任右拾遗、左司谏、知制诰、翰林学士。因正直敢言，屡遭贬谪。其诗风自然平易，多反映社会现实。

这首诗以清明佳节为背景，描写了一个贫苦知识分子萧条冷静的生活，表达了诗人生活的艰难和以读书为乐的情怀。

时逢清明佳节，在他人插柳赏花、踏青饮酒的时候，诗人却兴味索然，清苦得像荒山野寺的僧人，只好乞得火种，挑灯夜读，直到拂晓。全诗运用衬托、对比的手法，再现了古代清贫寒士的困顿生活，给人凄凉、清苦之感。

此诗风格质朴，用笔传神，在选题上独具一格，堪称佳作。

271

# 寓意① 宋·晏殊

【原文】

油壁香车不再逢②，峡云无迹任西东③。

梨花院落溶溶月④，柳絮池塘淡淡风⑤。

几日寂寥伤酒后⑥，一番萧瑟禁烟中⑦。

鱼书欲寄何由达⑧，水远山长处处同⑨。

【注释】

①寓意：有所寄托，即以诗寄托自己的心意。

②油壁香车：古代妇女所坐的车子，因车厢涂刷了油漆而得名。这里指代
女子。

③峡云：巫山峡谷上的云彩。宋玉《高唐赋》写楚襄王与巫山神女梦中相
会，峡云暗指男女幽会之事。

④溶溶：月光如水般清澈明净。

⑤淡淡：轻微的意思。

⑥伤酒：饮酒过量导致身体不舒服。

⑦萧瑟（xiāo sè）：缺乏生机。禁烟：清明前一天或二天为寒食节，旧俗
在那天禁火，吃冷食。

⑧鱼书：古代诗歌中常出现鱼肚中藏书信的描写，所以把书信称作鱼书。
何由达：即无法寄达。

⑨水远山长：形容天各一方，因山水相隔通信困难。

【译文】

她坐在华丽的油壁香车里，再也不能与她相逢了，她的踪影就像那巫山的
彩云一样不知飘向何方。

梨花盛开的小院沐浴在如水的月光中，柳絮轻扬的池塘吹来阵阵微风。

连日来借酒消愁，倍感伤怀寂寞，寒食的禁烟中，更觉得萧瑟与惆怅。

我想寄一封信给你，可不知怎样才能送到，可叹那高山河流层层相阻，难以如愿。

【赏析】

晏殊（991—1055），字同叔，谥号元献，北宋抚州临川（今江西）人，宋真宗景德二年（1005），以神童召试，赐进士出身，仁宗朝官至宰辅。晏殊能诗善词，他的诗风格温柔婉丽，多为情诗。

这首诗的诗题又叫《无题》，是一首恋情诗，抒写了诗人在与情人分别后，对其铭心刻骨的思念之情。首联追叙离别时的情景和难以相逢的感叹；颔联寄情于景，回忆当年与情人花前月下的美好时光；颈联写自己孤寂萧瑟的相思之苦；尾联写山高水远，寄书不达，无可奈何的怅惘之情。

该诗在风格上类似李商隐的无题诗，运用含蓄的手法，表现自己伤别的哀思。不同的是全诗风格清新流畅，呈现出一派淡雅与疏宕，没有一般爱情诗那种绮丽浓艳的色彩。


# 一剪梅·红藕香残玉簟秋　　宋·李清照

【原文】

红藕香残玉簟秋①。轻解罗裳，独上兰舟②。云中谁寄锦书来③？雁字回时④，月满西楼⑤。

花自飘零水自流⑥。一种相思，两处闲愁⑦。此情无计可消除⑧，才下眉头，却上心头。

【注释】

①红藕：红色的荷花。玉簟（diàn）：精致的竹席。

②兰舟：用木兰树木制造的船只，船的美称。

③锦书：对书信的一种美称。《晋书·窦滔妻苏氏传》云：苏蕙织锦为回文旋图诗，以赠其被徙流沙的丈夫窦滔。这种用锦织成的字称锦字，又称

锦书。

④雁字：是指雁群在飞的时候会排成"一"或"人"形，故称。古时人认为鸿雁能够传书。

⑤西楼：泛指居所。南唐李煜《相见欢》词："无言独上西楼，月如钩。"

⑥飘零：凋谢，凋零。

⑦闲愁：无端无谓的忧愁。

⑧无计：没有办法。

**【译文】**

红色的荷花凋零，唯有淡淡残香，从竹席上已感到秋凉。轻轻地提着薄纱裙子，独自登上一叶兰舟。仰望长空，白云悠悠，雁群排成队形飞来，有没有家书寄来呢？鸿雁飞回的时候已是夜晚，皎洁的月光洒照在西楼。

花儿自在地飘零，水儿自在地流动。一样离别的相思，两处牵动着闲愁。这种相思的愁苦实在找不到办法排遣，刚从微蹙的眉间消失，又缠绕地涌上心头。

**【赏析】**

这首词是李清照前期的作品，当作于婚后不久。据李清照《金石录后序》中所言，宋徽宗建中靖国元年（1101）李清照嫁与赵明诚，婚后感情笃厚，有共同的兴趣爱好。而后其父李格非在党争中蒙冤，李清照亦受到株连，被迫还乡，与丈夫时有别离。这不免勾起她的许多思念之情，写下了多首词篇，这首《一剪梅·红藕香残玉簟秋》便是在这

种背景下所写的。

　　本词着重抒写离别之后的相思之情。上片触景生情，写秋天衰败的景色，季节转换，也寓意着人生的悲欢离合。首句"红藕香残玉簟秋"，从目之所见，身之所感起笔，写荷花凋谢、唯有淡淡余香，坐在竹席上已分明感到秋天的凉意，渲染了环境气氛。表面上看是写荷花残，竹席凉，实质上暗含青春易逝，红颜易老之意境。"云中谁寄锦书来"，则明写别后的悬念。接以"雁字回时，月满西楼"二句，构成了一种望尽天涯、目断神迷的意境。

　　下片则是直抒相思与别愁。用浅显易懂的语言，表达了词人深切的相思之情。"花自飘零水自流"，承上启下，词意不断。它既是即景，又兼比兴。其所展示的花落水流之景，给人以无奈之感与凄凉之恨。"一种相思，两处闲愁"二句，在写自己相思之苦、闲愁之深的同时，由己身推想到对方，深知这种相思闲愁是双方心灵相通的共感，以见两心之相印。下面几句表述了相思之苦实在无法排遣的哀怨，发出了刚从眉间消失，又从心头涌起的慨叹。

　　全词轻柔自然，缠绵悱恻，情感动人，具有极强的艺术魅力。"此情无计可消除，才下眉头，却上心头"更是成为李清照的名句，让人称道不已。

【诗句扩展】

　　窗竹影摇书案上，野泉声入砚池中。——唐·杜荀鹤《题弟侄书堂》

　　读书破万卷，下笔如有神。——唐·杜甫《奉赠韦左丞丈二十二韵》

　　数州消息断，愁坐正书空。——唐·杜甫《对雪》

　　每愧尚书情眷眷，自怜居士病绵绵。——唐·白居易《以诗代书，酬慕巢尚书见寄》

　　数间茅屋闲临水，一盏秋灯夜读书。——唐·刘禹锡《送曹璩归越中旧隐诗》

　　书当快意读易尽，客有可人期不来。——宋·陈师道《绝句·书当快意读易尽》

　　坑灰未冷山东乱，刘项原来不读书。——唐·章碣《焚书坑》

　　数间茅舍，藏书万卷，投老村家。——元·张可久《人月圆·山中书事》

别来半岁音书绝，一寸离肠千万结。——唐·韦庄《应天长·别来半岁音书绝》

檐前数片无人扫，又得书窗一夜明。——唐·戎昱《霁雪》

书墙暗记移花日，洗瓮先知酝酒期。——唐·韩偓《即目》

寻常不省曾如此，应是江州司马书。——唐·元稹《得乐天书》

为有书来与我期，便从兰杜惹相思。——清·庄棫《定风波·为有书来与我期》

书盈锦轴，恨满金徽。——宋·蔡伸《苏武慢·雁落平沙》

怕飞红、拍絮入书楼。——宋·万俟咏《木兰花慢·恨莺花渐老》

一咏一觞谁共，负平生书册。——宋·吕渭老《好事近·飞雪过江来》

# 酒

## 客中作① 唐·李白

【原文】

兰陵美酒郁金香②，玉碗盛来琥珀光③。

但使主人能醉客④，不知何处是他乡。

【注释】

①客中：指旅居他乡。

②兰陵：今山东省苍山县兰陵镇；一说位于今四川省境内。郁金香：散发郁金的香气。郁金，一种香草，用以浸酒，浸后酒呈金黄色。

③玉碗：指精美的碗。琥珀（hǔ pò）：一种树脂化石，呈黄色或赤褐色，色泽晶莹。此处形容美酒色泽如琥珀。

④但使：只要。

【译文】

兰陵的美酒散发出郁金香的芬芳，盛在玉碗里的酒，闪烁着琥珀般的光芒。

只要主人殷勤相劝，我会不醉不休，而不会觉得自己是身在异乡。

【赏析】

这首诗是作者开元（唐玄宗年号，713—741）年间漫游东鲁之时所作。李白在天宝（唐玄宗年号，742—756）初年长安之行以后才移家东鲁。这首诗作于东鲁的兰陵，而以兰陵为"客中"，应该是其入长安前的作品。

在此诗中，诗人没有写客居他乡的游子的那种羁旅乡愁，而是一反常态，抒写了诗人虽然客居他乡，却浑然不觉身在他乡的乐观心情。前二句笔调轻快，盛赞兰陵美酒的香气和晶莹剔透的色泽；后二句意蕴深长，写主人的热情和流连忘返的情绪。全诗语意清奇，形象洒脱，耐人寻味，生动地表现了李白豪爽不羁的个性，以及豪放飘逸的诗风，并从一个侧面反映出了盛唐时期的繁荣气息。

# 送元二使安西① 唐·王维

【原文】

渭城朝雨浥轻尘②，客舍青青柳色新③。

劝君更尽一杯酒，西出阳关无故人④。

【注释】

①元二：何人不详。安西：安西都护府治所，在今新疆维吾尔自治区库车附近。

②渭城：即咸阳，现今陕西省西安市。浥（yì）：湿润。

③客舍：驿馆，旅馆。柳色：柳象征离别。

④阳关：古关名，在甘肃省敦煌西南，因在玉门关以南，故称阳关，古代出塞必经之地。

【译文】

清晨的细雨湿润了渭城的浮尘，旅馆中的柳树是那么色泽清新。

我劝您再饮一杯离别的酒吧，西出阳关后就再也遇不到老朋友了。

【赏析】

这首《送元二使安西》，又名《渭城曲》《阳关曲》，是一首著名的送别诗。诗的前两句点明送别的时间、地点，写诗人对将要去边远之地的友人元二的深深依恋和牵挂，为送别创造一个愁郁的环境气氛；后两句写频频劝酒，于此临行前的依依惜别之情毕现，表现了作者对友人的深挚情谊。这首具有普遍性和代表性的离别诗，适合于绝大多数离筵别席的演唱，后来被编入乐府，谱成《阳关三叠》，成为传唱广泛、流行久远的歌曲。

# 凉州词　唐·王翰

## 【原文】

葡萄美酒夜光杯①，欲饮琵琶马上催②。

醉卧沙场君莫笑③，古来征战几人回④。

## 【注释】

①夜光杯：一种据说在夜间能发光的酒杯，这里指制作精美的酒杯。

②欲：将要。琵琶：弹拨类弦乐器。

③沙场：战场。

④古来：自古以来。征战：打仗。

## 【译文】

甜美甘醇的葡萄酒，盛满在精美的夜光杯中，歌伎们弹奏起琵琶，那欢快的旋律声是在催饮助兴。

想到即将跨马奔赴沙场杀敌报国，战士们豪情满怀，今日一定要一醉方休，即使醉倒在战场上又何妨？此次出征，早将生死置之度外。

## 【赏析】

王翰（生卒年不详），字子羽，并州晋阳（今山西太原）人，中唐边塞诗人。王翰性格豪放，诗文大开大合，流丽畅达，其中七绝《凉州词》是流传千古的名篇，明代王世贞就推其为唐代七绝的压卷之作。

此诗通过描写边塞军队生活的场面，表现了守边战士谈笑沙场、视死如归的英雄气概。

诗的前两句用富有地域特色的事物来烘托军中饮宴的气氛。"葡萄酒""夜光杯""琵琶"，这一切都渲染出边塞将士在这难得的一次军中饮宴间欢快畅饮、激情飞扬的气氛。后两句写的是筵席上的痛饮和劝酒，耳听着阵阵欢快、激越的琵琶声，将士们情绪奔放，互相劝酒，在一片豪情之中，表达为国效力于沙场的刚毅之气，而这正是唐朝边塞诗豪放、开朗、乐观的特色，抒发了将士们卫国戍边、视死如归的悲壮之情。

　　全诗格调虽悲壮苍凉，但并不悲观绝望；诗人对生活充满热爱，但并不畏惧死亡。整首诗把战士们将生死置之度外的豪情渲染得淋漓尽致。

## 泊秦淮　唐·杜牧

【原文】

烟笼寒水月笼沙，夜泊秦淮近酒家①。

商女不知亡国恨②，隔江犹唱后庭花③。

【注释】

①秦淮：河名，源出江苏省溧水县，贯穿南京市。

②商女：指以歌唱为生的乐妓。

③后庭花：歌曲名，南朝后主所作《玉树后庭花》，后人指亡国之音。

【译文】

烟雾弥漫在清冷的江面，月色笼罩着银白的沙滩，夜晚我将小舟停泊于秦淮河畔，正靠近酒家所在的地方。

歌女不知什么是亡国之恨，竟依然在对岸吟唱着淫靡之曲《玉树后庭花》。

【赏析】

六朝古都金陵的秦淮河两岸历来是达官贵族们享乐游宴的场所，"秦淮"也因此逐渐成为奢靡生活的代名词。诗人夜泊于此，眼见灯红酒绿，耳闻淫歌艳曲，触景生情，又想及唐朝国势日衰，当权者昏庸荒淫，感慨万千，写下了此诗。

诗中通过写夜泊秦淮所见所闻，寄寓诗人深沉的感慨。同时揭露了晚唐统治集团中的上层人物沉溺声色、醉生梦死的腐朽生活，表达了诗人振聋发聩的警示。本诗构思奇巧，情景交融，用典恰当，寓意含蓄。

# 朝中措·长年心事寄林扃　宋·范成大

【原文】

长年心事寄林扃①，尘鬓已星星②。芳意不如水远，归心欲与云平。

留连一醉，花残日永③，雨后山明。从此量船载酒，莫教闲却春情④。

【注释】

①扃（jiōng）：自门外关闭门户用的门闩，引申为门户。孔稚珪《北山移文》："虽情投于魏阙，或假步于山扃。"

②星星：鬓发花白的样子。左思《白发赋》："星星白发，生于鬓垂。"

③日永：白天显得漫长。

④春情：美好的情景。

【译文】

归居的心已经向往多年，风尘仆仆地在仕途中行走人已疲倦，两鬓如今已经斑白。细细思量，做官时的追名逐利，不如这平淡的水长远，回家归隐的决心，已经与天上的白云齐平。

到那时自有一醉方休的流连，每天快乐地欣赏花开花落，和那雨后明媚的青山。用小船装满酿酒，邀几个好友开怀畅饮，不让时光虚度，也不让美好的春景溜走。

【赏析】

这是一首伤春词，表现了作者对仕宦生涯的厌倦、淡漠和对归隐山林的向往之情。词的上片以云和水暗喻作者的退隐之心。"芳意"当指仕宦之情，"归心"则是摆脱官场的退隐之意。下片写归隐山林的乐趣。设想在春明景和之日，携酒出游，赏花看山，流连之中怡然一醉，不让大好春光在浑浑噩噩中错过。全词以决意置身山野之乐，来表达自己欲放弃仕途归隐田园的心志，表现了作者对仕宦生涯的厌倦、淡漠和对归隐山林的向往之情。陈廷焯《白雨斋词话》评论说："石湖词音节最婉转，读稼轩词后读石湖词，令人心平气和。"的确，读这首词，能给人以一种"心平气和"的感觉。

# 蝶恋花·泪湿罗衣脂粉满　宋·李清照

【原文】

泪湿罗衣脂粉满。四叠阳关，唱到千千遍。人道山长山又断。萧萧微雨闻孤馆①。

惜别伤离方寸乱②。忘了临行，酒盏深和浅。好把音书凭过雁。东莱不似蓬莱远③。

【注释】

①孤馆：孤独寂寞的旅馆。宋周邦彦《绕佛阁》："楼观迥出，高映孤馆。"
②方寸：指人心。
③东莱：即莱州，时为赵明诚为官之地，今山东莱州市，曾名掖县。

【译文】

泪水浸湿了丝绸的薄衫，洇湿了双腮。送别的《四叠阳关》曲唱了一遍又一遍，纵有千言万语，也难叙别情。而今身在异乡，山高水远，相距遥遥。萧萧的夜雨让人心烦，独处孤馆更是愁上加愁，不禁感到心绪空荡。

离情别绪搅得内心纷乱如麻，以致在饯别宴席上喝了多少酒，杯中酒是深是浅都没有印象了。我想嘱咐姐妹，你们要鱼雁频传音讯常通，以慰我心，东莱毕竟不像蓬莱那样遥远。

**【赏析】**

该词当写于宣和三年（1121）秋天，此时赵明诚在莱州任太守。该词写作背景有两种说法，一种是认为作者在滞留青州时写给移守莱州的丈夫；另一种是认为作者在赴莱州途中的昌乐馆写给留居青州的姊妹们。赞成后一种说法者较多。

词中通过词人自青州赴莱州途中的所思所感，表达希望姐妹们互通书信、经常联系的深情。词作上片先写回想，后抒写现实，由远及近，层层道来。通过直陈送别的难分难舍场面，表达无限的伤感，展现了词人感情的深挚。下片，词人的思绪又回到离别时的场景，但笔端则集中抒写自己当时的心境。"方寸乱"及"忘了临行，酒盏深和浅"之句，真切地表达了当时难舍难分的情怀。

李清照是婉约派代表人物，通过这首词，不仅能看出作者笔调中有抒发细腻生动的特点，也有着挥洒恣放的特色。

**【诗句扩展】**

莫谩愁沽酒，囊中自有钱。——唐·贺知章《题袁氏别业》

绿蚁新醅酒，红泥小火炉。——唐·白居易《问刘十九》

红袖织绫夸柿蒂，青旗沽酒趁梨花。——唐·白居易《杭州春望》

千里莺啼绿映红，水村山郭酒旗风。——唐·杜牧《江南春》

借问酒家何处有，牧童遥指杏花村。——唐·杜牧《清明》

车旁侧挂一壶酒，凤笙龙管行相催。——唐·李白《襄阳歌》

强欲登高去，无人送酒来。——唐·岑参《行军九日思长安故园》

欲买桂花同载酒，终不似，少年游。——宋·刘过《唐多令·芦叶满汀洲》

无花无酒过清明，兴味萧然似野僧。——宋·王禹偁《清明》

说与旁人浑不解，杖藜携酒看芝山。——宋·刘季孙《题屏》

三杯两盏淡酒，怎敌他、晚来风急。——宋·李清照《声声慢·寻寻觅觅》

来相召、香车宝马，谢他酒朋诗侣。——宋·李清照《永遇乐·落日镕金》

昨夜雨疏风骤，浓睡不消残酒。——宋·李清照《如梦令·昨夜雨疏风骤》

把酒送春春不语，黄昏却下潇潇雨。——宋·朱淑真《蝶恋花·送春》

一片春愁待酒浇，江上舟摇，楼上帘招。——宋·蒋捷《一剪梅·舟过吴江》

绿尊细细供春酌，酒醒无奈愁如昨。——宋·管鉴《醉落魄·止月二十日张园赏海棠作》

今宵酒醒何处？杨柳岸，晓风残月。——宋·柳永《雨霖铃》

别离滋味浓于酒，著人瘦。——宋·张耒《秋蕊香》

新酒又添残酒困，今春不减前春恨。——宋·赵令畤《蝶恋花·卷絮风头寒欲尽》

安得中山千日酒，酩然直到太平时。——宋·王中《干戈》

莫辞盏酒十分劝，只恐风花一片飞。——宋·程颢《郊行即事》

# 琴

## 山中与幽人对酌① 唐·李白

【原文】

两人对酌山花开，一杯一杯复一杯。

我醉欲眠卿且去②，明朝有意抱琴来。

【注释】

①幽人：幽隐之人，这里指隐逸的高人。对酌：相对饮酒。

②"我醉"句：据《宋书·陶渊明传》中记载：陶渊明不懂音乐，但是家里收藏了一把没有琴弦的古琴，每当喝酒的时候就抚摸古琴，对来访者无论贵贱，有酒就摆出共饮，如果陶渊明先醉，便对客人说："我醉欲眠卿可去。"

【译文】

我们两个人在盛开的山花丛中举酒对饮，喝完一杯又一杯，十分惬意。

我现在喝醉了准备睡觉，你可以自行离开，如果觉得余兴未尽还想继续开怀畅饮的话，明天早晨你可抱着琴再来。

【赏析】

这是一首写山中对酌、表现饮者清闲脱俗而兴致浓郁的诗。首句写花丛中对饮，点出环境之美，给人以别有洞天之感。次句写一杯复一杯，言兴致之浓。三句写性情之率真，于不拘礼节之中表达友情之真挚。尾句是嘱托，是邀请，也是自己与对方情趣相投、把酒言欢的开心表达。

全诗明白如话，用典率真，通过极其自然的语言，表现了诗人和幽居朋友随心所欲、不拘小节的人生态度，这也正是李白豪放性格的体现。

# 竹里馆① 唐·王维

**【原文】**

独坐幽篁里②，弹琴复长啸③。

深林人不知④，明月来相照⑤。

**【注释】**

①竹里馆：辋川别墅胜景之一，房屋周围有竹林，故名。

②幽篁（huáng）：幽深的竹林。

③长啸（xiào）：撮口发出长而清越的声音，是古人抒发感情的一种方式。

④深林：指"幽篁"。

⑤相照：意思是唯有明月似解人意而来相照。

**【译文】**

独自静坐在幽静的竹林子里，时而弹琴，时而长啸。

竹林里僻静幽深，无人知晓，却有明亮的月光照耀着。

**【赏析】**

王维（701—761），字摩诘，祖籍祁县（今山西祁县）人。他的诗题材广泛，各体都擅长，五律、五绝成就最高。早期作品表现对权贵的不满和自我进取精神，后期写了大量山水田园诗佳作，极富诗情画意，被后人赞为"诗中有画"。诗风清丽淡雅，意境高远。他是盛唐山水田园诗派中最杰出的代表，在当时被誉为"诗名冠代"，诗一写出即"人皆讽诵"。

这首诗是王维晚年隐居蓝田辋川时所写，表现了隐者的闲适生活及情趣。前两句写诗人独自一人坐在幽深茂密的竹林之中，一边弹着琴弦，一边又发出长长的啸声，体现出诗人高雅闲淡、超拔脱俗的气质；后两句写诗人僻居深林之中，却并不为此感到孤独，因为那天空中的一轮明月似乎懂得我心，在温馨地照耀自己，显示出诗人新颖而独特的艺术想象力。

全诗语言平淡自然，格调幽静闲远，描绘出了清新诱人的月夜幽林的意境，可谓情景交融，魅力深远。因此，这首诗成为千古传唱的名篇。

## 琴诗　宋·苏轼

【原文】

若言琴上有琴声①，放在匣中何不鸣②？

若言声在指头上，何不于君指上听？

【注释】

①若：如果。

②匣：盒子。

【译文】

若说琴声响自琴弦上，琴在匣中咋没有琴声？

若说琴声来自手指上，为什么不在你的手指上听？

【赏析】

这是一首理趣诗，诗人通过弹琴的道理来启发思考人生的相关问题。《楞严经》有"虽有妙音，若无妙指，终不能发"等语，此诗用两句反诘，寓答于问，妙趣天成，显然受禅理的启迪。

诗中的两个提问，即"琴上有琴声，匣中何不鸣？""声在指头上，何不指上听？"导出了一个似乎浅近、其实很有概括性的问题：美妙的琴声究竟是怎么产生的？推而广之，歌、舞、诗、画、书法乃至人类所有创造性的活动及其产品是怎么产生的？通过选取这样简单的意向角度，引发人们深沉的思考。这首理趣诗的魅力就在于问而不答，引人深思，由此赢得人们的喜爱。

该诗蕴藏的含义在于，任何事业的成功，都是客观条件和主观能动性结合的结果，即主客观条件达到统一与和谐，这样才能取得满意的效果，表现出了诗人探究事物真谛的浓厚兴趣，也显示出诗人朴素的辩证法思想。

全诗天真活泼，机趣横生。著名学者陈迩冬先生认为这首诗写出了哲理，有禅偈的机锋，似儿歌的天籁。

# 渔家傲·三十年来无孔窍　宋·黄庭坚

**【原文】**

三十年来无孔窍①，几回得眼还迷照②。一见桃花参学了③。呈法要④，无弦琴上单于调⑤。

摘叶寻枝虚半老，看花特地重年少。今后水云人欲晓⑥。非玄妙，灵云合被桃花笑⑦。

**【注释】**

①孔窍：指心。典出《庄子》"儵忽凿窍"之寓言。《淮南子》："夫孔窍者，精神之户牖也。"

②得眼：指盲人重见光明。也喻指人从迷茫到醒悟的过程。

③了：即完成。

④呈法要：指的是获得佛法的奥妙。

⑤无弦琴：即没有上弦的琴。单于调：曲调名。

⑥水云：此指禅僧。原指行脚僧，因其踪迹如行云流水而得名。

⑦灵云：唐代僧人志勤禅师。

**【译文】**

灵云三十年以来心灵蒙尘，愚昧浑噩，有时候仿佛醒悟了些许后来又迷茫了。直到看见桃花才真正参悟佛法。领悟佛法的真谛，就好比在没有上弦的琴上弹奏《单于调》。

灵云为了获得悟性，几经曲折，虚度了半辈子的光阴，大家应该把灵云的事引以为戒，趁着年轻赶紧悟道。其实，并不是看见花才能悟道，天地万物，流水行云都蕴含这禅机，因此，参悟常理、学习佛学并不是高不可攀的事情，要知道灵云修行三十年才参悟禅理，想必桃花也该笑话他了。

**【赏析】**

这首词是诗人于元丰三年（1080）在吉州太和县任职时所作。这年的秋天，他自汴京归江南，经江宁时遇到江口阻风，却突然顿悟禅宗佛法，便作此词来阐述顿悟的法门。词的上片着重描写了灵云和尚如何蹉跎光阴，直到三十年后才看见桃花参悟佛理禅机的经历，暗指灵云和尚长时间看不破世间虚妄的幻象，无端端地蹉跎半生光阴的事情。词的下片主要描绘的是灵云参悟禅机后领悟的境界。里面的"无弦琴"化用的是陶渊明的故事，即萧统《陶靖节传》中记载的"（渊明）不解音律，而蓄无弦琴一张"。词人写这句词的主要意思是为了阐释佛法无边的禅理。

总的来说，词人对灵云和尚最终顿悟的事情表示赞赏，但是，对其花费三十年的光阴才参悟禅机的事情认为并不值得，词人觉得佛法禅机讲求的就是纵横自如、纯真自然的意境，没有必要浪费那么多宝贵的光阴。

该首作品引禅入词，演绎了南岳临济宗灵云志勤和尚的故事，同时融入了自己的深入思考，读来饶有风趣，也深受启发。

# 薄倖　宋·贺铸

**【原文】**

淡妆多态，更的的、频回眄睐①。便认得、琴心先许②，欲绾合欢双带③。记画堂、风月逢迎，轻颦浅笑娇无奈。向睡鸭炉边，翔鸾屏里，羞把香罗暗解。

自过了、烧灯后④，都不见踏青挑菜。几回凭双燕，丁宁深意，往来却恨重帘碍。约何时再，正春浓酒困，人闲昼永无聊赖。厌厌睡起，犹有花梢日在。

**【注释】**

①的的：形容眼波不时注视的样子。睐：斜望。

②琴心：以琴声达意。

③绾：盘结。合欢带：与"同心结"同义。

④烧灯：指元宵节。

**【译文】**

她梳妆淡雅姿态绰约，频频回首向我深情顾盼。我知道她已经以心相许，愿与我共结合欢。还记得风月天我们在画堂相见，她轻皱双眉甜甜微笑天真无邪，慢慢地走到睡鸭香炉边，在鸾凤屏风背后，她羞怯地解开罗带和我同眠。

自从过了元宵节后，在踏青挑菜女子中没有见到她。多少次嘱托梁上双燕为我带去一片深情，可恨的是却被重重帘幕阻碍。不知何时再能与她相约，如今正春浓酒困，百无聊赖，昼长夜短。懒洋洋一觉睡醒，太阳还挂在花枝上。

**【赏析】**

这是一首怀人的作品，可能是想要通过歌咏男女恋情，寄托一些情思。上片主要写对前欢的追忆，写了初次见面时的场景。下片主要写离别之后的相思之苦。全词铺叙十分详细，情致委曲，在北宋慢词艺术上有较高成就。

**【诗句扩展】**

浪抚一张琴，虚栽五株柳。——唐·李白《嘲王历阳不肯饮酒》

早服还丹无世情，琴心三叠道初成。——唐·李白《庐山谣寄卢侍御虚舟》

不如陶省事，犹抱有弦琴。——唐·白居易《履道春居》

更无人作伴，唯对一张琴。——唐·白居易《池窗》

琴中古曲是幽兰，为我殷勤更弄看。——唐·白居易《听幽兰》

江上调玉琴，一弦清一心。——唐·常建《江上琴兴》

松风吹解带，山月照弹琴。——唐·王维《酬张少府》

携琴上高楼，楼虚月华满。——唐·李冶《相思怨》

援琴鸣弦发清商，短歌微吟不能长。——三国魏·曹丕《燕歌行二首·其一》

离堂思琴瑟，别路绕山川。——唐·陈子昂《春夜别友人》

梦觉半床斜月，小窗风触鸣琴。——唐·韦庄《清平乐》

竟日微吟长短句，帘影灯昏，心寄胡琴语。——宋·贺铸《蝶恋花·改徐冠卿词》

琴书倦，鹧鸪唤起南窗睡。——宋·谢逸《千秋岁·咏夏景》

写入琴丝，一声声更苦。——宋·姜夔《齐天乐》

明时思解愠，愿斫五弦琴。——宋·王安石《孤桐》

且挂空斋作琴伴，未须携去斩楼兰。——宋·辛弃疾《送剑与傅岩叟》

琴韵对薰风，有恨和情抚。——五代·魏承班《生查子》

# 棋

## 江村① 唐·杜甫

【原文】

清江一曲抱村流②，长夏江村事事幽③。

自去自来梁上燕，相亲相近水中鸥。

老妻画纸为棋局，稚子敲针作钓钩。

多病所须唯药物④，微躯此外更何求⑤。

【注释】

①江村：公元760年，杜甫到四川，住在四川成都浣花溪畔的草堂。

②一曲：曲折。抱：围绕，环绕。

③长夏：盛夏。

④须：需要。唯：只是。

⑤微躯：微贱的身躯，诗人谦称。

【译文】

清澈的江水曲折地环绕着村庄，漫长的夏日中，江边的村庄显得十分清幽。

梁上的燕子自由自在地飞来飞去，江水中的鸥鸟相亲相近。

相伴多年的妻子在纸上画着棋盘，年幼的孩子敲弯钢针制成鱼钩。

年老多病的我只是需要一些药物，除此之外也就没有什么所求了。

【赏析】

唐肃宗上元元年（760），诗人在饱经战乱之苦后，来到了这淡雅宁静的浣花溪畔，在朋友的资助下，盖了一间草堂，终于有了一个暂时得以安住的栖身之所，妻子儿女同聚一处，重新获得了天伦之乐。此诗正是这期间所写。

诗的首联描写了村庄宁静清幽的环境；颔联写村里的景致，通过对自由自在的燕子，无忧无虑的沙鸥的描写，勾勒了一派和谐景象；颈联写妻子用纸画出棋局，小儿子拿针做钓钩，描画了一幅家人团聚，闲适安乐的画面；尾联从眼前和乐安宁的生活场景中发出凄婉的感叹，表述别无他求，心满意足的心境。看似如此平静从容的表白，其实蕴藏着诗人多少的悲苦和酸辛，不由得让读者也为之动情而心酸。

全诗结构严谨，语言流畅，点染出了浣花溪畔幽美宁静的自然风光，以及村居生活清悠闲适的乐趣，将夏日江村最寻常而又最富于特色的景象，描绘得真切生动，自然可爱。整体来看，此诗原本是写闲适心境，但结合生活历程感想，诗人在最后结尾，不由得吐露了落寞不欢之情，给人以惆怅之感。由此也体现了杜诗沉郁顿挫的风格。

## 别房太尉墓　唐·杜甫

【原文】

他乡复行役①，驻马别孤坟。

近泪无干土②，低空有断云③。

对棋陪谢傅④，把剑觅徐君⑤。

唯见林花落，莺啼送客闻。

【注释】

①复行役：一再奔波忙碌。

②"近泪"句：意谓泪流处土为之不干。

③断云：一片片不连缀的云彩。

④对棋：下棋，对弈。谢傅：指东晋名士谢安。

⑤"把剑"句：汉刘向《说苑》载：吴季札出使晋国，与徐君交友，知徐

君爱其佩剑，及还，徐君已故，便解剑系其冢树而去。

【译文】

又要到他乡奔走行役了，今日来到你的孤坟前立足致哀。

泪水沾湿了泥土，哭泣之哀使天上的云也不忍离去。

当年与你对棋，比你为晋朝谢安，而今在你墓前，像季札拜别徐君。

眼前只见这林花错落，只听见莺啼的送客之声。

【赏析】

这是一首悼亡诗，抒写感伤情怀。诗题中的房太尉，即房琯，玄宗幸蜀时拜相，为人正直。至德二载（757），房琯为肃宗所贬。杜甫曾毅然上疏力谏，结果得罪肃宗，差一点遭受刑戮。房琯被罢相后，于宝应二年（763）拜特进、刑部尚书，不幸在途中遇疾而亡，卒于阆州（今四川阆中），死后赠太尉。二年后，杜甫经过阆州，特地来到他的坟前凭吊，并写下了此诗。

首联写尽管公事在身，还是驻马停留，来到孤坟前悼念亡友。"孤坟"二

字，表现了房琯晚年的坎坷和身后的凄凉。颔联以"无干土""有断云"表述泪水倾盆、愁惨寂寥的哀伤情怀。颈联中化用典故道出谢安和徐君。据《说苑》载：吴季札聘晋过徐国，心知徐君爱其宝剑，等到他回来的时候，徐君已经去世，于是解剑挂在徐君坟的树上而去。诗人以延陵季子自比，表示对亡友的深情厚谊，虽死不忘。这又照应前两联，道出他为何痛悼的原因。尾联意思是，只看见林花纷纷落下，只听见莺啼送客之声。以此作结，显得余韵袅袅。诗人着意刻画出一个幽静肃穆之极的氛围：林花飘落似珠泪纷纷，啼莺送客，也似哀乐阵阵。此时此地，诗人只看见这样的场景，只听见这样的声音，格外衬托出孤零零的坟地与孤零零的吊客的悲哀。

　　全诗无论描写人物还是抒情表意，都得体恰当，既雍容典雅，又一往情深，于感情真挚之中不失委婉含蓄。

## 弈棋二首呈任公渐①（其二）　宋·黄庭坚

【原文】

偶无公事客休时，席上谈兵校两棋②。

心似蛛丝游碧落③，身如蜩甲化枯枝④。

湘东一目诚甘死⑤，天下中分尚可持。

谁谓吾徒犹爱日⑥，参横月落不曾知⑦。

【注释】

①任公渐：任渐，黄庭坚的好友同僚，一说即任伯雨。

②校：通"较"，较量；一本作"角"。

③碧落：天空。

④蜩：蝉的总名。蜩甲，指蝉蜕的壳。

⑤湘东一目：南朝梁湘东王萧绎，自幼盲一目。

⑥爱：爱惜。日：时光。

⑦参横月落：参星横斜，月亮落下，指夜深。

【译文】

偶然没有公事要办，也没有客人来访的时候，就在坐席上边谈起兵法——较量一下棋艺。

精神，好像轻盈的蛛丝，悠悠地飘扬在天空；身体，好像蜕化后的蝉壳，挂在枯干的树枝上。

如果像湘东王那样只有一只眼，那就真的甘心就死；棋局像天下中分，双方各占一定地盘，那还是可以争持下去的。

谁说我们还是爱惜时光的？连参星横斜、月亮西落，都不曾知道呢！

【赏析】

这首诗表现了与友人对弈之趣。首联讲述自己乘偶然没有公事、朋友休闲之时，在坐席上对弈较量一番，为下面的描述展开铺垫。颔联意思是说，精神好像轻盈的蛛丝，悠悠地飘扬在天空；身体好像蜕化后的蝉壳，挂在枯干的树枝上。这是一个静静的棋手的形象，前一句用了比喻的手法，以蛛丝来形容棋手心思缜密，将偌大的棋盘比作苍穹，在这棋盘中自然处处都要极其细心。颈联中"湘东一目"，是说一位被封为"湘东王"而又是一只眼的贵族。他自幼瞎了一只眼睛，看来"湘东一目"说的是他。这一典故在这里化用巧妙，围棋需要两眼才能成活，"一目"就只能等死了。而笔锋突然一转，说天下从中间划分下去尚且可以把握。也就是说边角一目不成活，但如果把握中盘，还是很有希望的。尾联以反问的语气，说不要总认为我们这些读书人特别吝惜时间来读书处理政务，如果是抽空来下盘棋，也还是舍得的，有时候因为专注于棋局，甚至忘记了时间已到深更半夜。

全诗生动地描写了沉浸在棋中的心境，甚至认为下棋比山水之乐更具魅力，也胜过与凡夫俗子聊天。

# 约客① 宋·赵师秀②

【原文】

黄梅时节家家雨③，青草池塘处处蛙。

有约不来过夜半，闲敲棋子落灯花④。

【注释】

①约客：约请客人相会。

②赵师秀（1170—1219），字紫芝，号灵芝，又号天乐。永嘉（今浙江温州）人，南宋诗人。他开创了"江湖派"一代诗风，与徐照、徐玑、翁卷并称"永嘉四灵"。其诗风格清丽，瘦劲清苦。

③黄梅时节：每年的农历四五月间，江南的梅子正熟之时，大都是阴雨连连的时候，所以称江南雨季为"梅雨季节"或"黄梅时节"。

④灯花：旧时以油灯照明，灯芯烧残后会变成花一样的形状。

**【译文】**

黄梅时节，江南细雨绵绵，家家户户都笼罩在烟雨之中，长满青草的池塘里，传来一片青蛙的鸣叫声。

已经是夜深之时，朋友却没有如约到来，无所事事地敲动着棋子，把灯花震落在了棋盘上。

**【赏析】**

这是一首写景诗，描写了诗人在一个风雨交加的晚上期待客人到来的情景。

诗的开头点明了时令，说明是梅子黄熟的江南雨季，接着用"家家雨"三个字写出了"黄梅时节"的特别之处，描绘了一幅烟雨蒙蒙的江南诗画，每一家每一户都笼罩在蒙蒙的细雨之中。第二句以池塘中喧聒盈耳的蛙鸣，反衬出了一种江南夏夜特有的寂静的美。第三句写主人等待"约客"来访，"过夜半"说明了等待时间之久，主人耐心地而又有几分焦急地等着，可听到的并不是约客的敲门声，而只是一阵阵的雨声和蛙声，比照之下更显示出作者焦躁的心情。末句是全诗的诗眼，使诗歌陡然生辉。久等客人未至，下意识地在灯前闲敲棋子。这一个看似不经意间的小动作，却入木三分地刻画出诗人耐心等待和期盼客人到来的心情。

全诗生活气息浓郁，情景交融、清新隽永、耐人寻味。

# 清平乐　宋·周晋

**【原文】**

图书一室，香暖垂帘密。花满翠壶熏研席①，睡觉满窗晴日②。
手寒不了残棋③，篝香细勘唐碑④。无酒无诗情绪，欲梅欲雪天时。

**【注释】**

①翠壶：指花瓶。研席：笔墨纸砚与坐席。

②睡觉：睡醒。

③不了：结束不了。

④篝（gōu）香：薰衣服的竹笼上所发出的香味。唐碑：唐代的刻石或碑帖。

**【译文】**

图书摆满了屋子，屋内弥漫着梅花的香气，悬垂的帘子密严地遮挡窗子。翠色的瓷瓶中插满了鲜花，使桌上的笔墨纸砚与坐席间沾满了香气，在这儿可以美美地一觉睡到阳光照进窗户里。

眼前是昨夜因手冷而没下完的棋局，点上香火细细体会唐代碑文的含义。只可惜现在没有美酒可饮，也就没有了吟诗作赋的情绪，此刻我真想入住到那梅花怒放、大雪纷飞的环境里。

**【赏析】**

这是一首闲适词，通过对图书一室的描写，表现了宋代读书人幽雅芳洁的书斋韵味。

开头点明图书满屋这一地点，让人耳目一新，得之以精神上的愉悦。"垂帘密"，暗示着冬日时节。接着写瓶中的花香弥漫于书案与座位之间，一觉醒来，只见阳光已洒照在窗户上，给屋内送来春意。后面"手寒不了残棋"，意为昨夜弈棋太晚，因天寒手冷而棋局没完。那么，诗人残棋没完又去干嘛了呢？"篝香细勘唐碑"，告诉我们，诗人燃上香火，又坐到了书案前凝神读帖，专注地揣摩起唐代碑文，由此表达了读书人怡然读书的乐趣。结尾以无诗无酒、欲梅欲雪之句，呈现出一种清雅的韵致。

纵观全篇，词中用图书、翠壶、砚席、棋局、唐碑等名物，及其所构成之境，将宋代时期的人文风貌作了细致的勾勒，浸润着艺术文化的品位。该词虽无关重大主题，但别具一种艺术化的生活之美，它与其他赏花饮酒的闲适词自有不同，写出了一种书斋清雅的生活气息。

# 满庭芳　清·纳兰性德

**【原文】**

　　堠雪翻鸦①，河冰跃马，惊风吹度龙堆②。阴磷夜泣③，此景总堪悲。待向中宵起舞④，无人处、那有村鸡。只应是、金笳暗拍⑤，一样泪沾衣。

　　须知今古事，棋枰胜负，翻覆如斯。叹纷纷蛮触⑥，回首成非。剩得几行青史⑦，斜阳下、断碣残碑。年华共、混同江水⑧，流去几时回。

**【注释】**

　　①堠：古代瞭望敌情的土堡，或记里程的土堆。

　　②龙堆：古西域沙丘名，即白龙堆。《汉书·匈奴传》扬雄谏书云："岂为康居、乌孙能逾白龙堆而寇西边哉！"注："孟康曰：'龙堆形如土龙身，无头有尾，高大者二三丈，埤者丈，皆东北向，相似也，在西域中。'"

　　③阴磷：即阴火、磷火，俗称鬼火。

④中宵起舞：用晋祖逖中夜闻鸡起舞的典故。

⑤金笳：指铜笛之类。笳，指古代北方民族的一种乐器，类似笛子。

⑥蛮触：《庄子·则阳》："有国于蜗之左角者，曰触氏；有国于蜗之右角者，曰蛮氏；时相与争地而战，伏尸数万。"后有"触蛮之争"之语，意谓因为极小之事而引起了争端。

⑦青史：古时用竹简记事，所以后人称史籍为青史。

⑧混同江：指松花江。

**【译文】**

乌鸦从被大雪覆盖的土堡上翻飞，冰封的河面上几乎可以跃马奔驰，凛冽的寒风吹过尘沙飞扬的大漠。鬼火幽幽，仿佛冤魂在哭泣。想要学古人闻鸡起舞，而这里寂寥无人，村鸡也无处寻找。只听得金笳声声，不由得伤怀落泪，泪湿衣襟。

应该知道古往今来，世事正如那棋局，或胜或负，翻覆无常。可叹人们拼命相争，回首间都成了过往云烟。剩得几行青史，又能说明什么呢？历史上的风云人物，最后只剩下夕阳下的断石残碑罢了。这年华岁月如同江水一般流去，再也没有回来的时候了。

**【赏析】**

这首词为作者于康熙二十一年（1682）赴梭龙时所作。当时纳兰性德随驾到达吉林，来到了混同江（现松花江）畔，这里原是一片古战场。入关之前，女真族在统一过程中，建州、海西、野人诸部互相残杀，彼此并吞，拼命争夺，给后世留下了无尽的心灵创伤。词人触景伤情，一时百感丛生，情怀怆楚，写下了此词。

此词上片写绝塞隆冬的荒凉景况和词人悲怆的心情。开头前五句是景语，写古战场的荒寒阴森，营造一种厚重、凄迷的历史氛围。第六句转进，先说有"中宵起舞"的爱国之心，但"那有村鸡"一句转折，表明不被赏识的悲情。接着采用烘托的艺术手法，以金笳声烘托作者报效祖国的雄心壮志无法实现的悲伤之情。

下片承接上面所述的情景转为议论，喟叹古今兴亡中体现出人生的空幻，表达了作者满怀哀怨和痛苦的情感。诗人认为古往今来的事都是虚无的、短暂的，一切纷争，一切功业，到头来除了"剩得几行青史"，"断碣残碑"之外，余皆成空。这虽是消极的意绪，但从中亦可窥见诗人长期积于心中的苦闷之情。

全词写景、抒情、议论，三者互相映衬，又一气贯通，融合为茫茫边愁。

**【诗句扩展】**

酒食罢无为，棋槊以相娱。——唐·韩愈《示儿》

闻道长安似弈棋，百年世事不胜悲。——唐·杜甫《秋兴八首》

不信君看弈棋者，输赢须待局终头。——唐·白居易《放言五首·其二》

琴剑酒棋龙鹤虎，逍遥落托永无忧。——唐·吕岩《七言》

莫近弹棋局，中心最不平。——唐·李商隐《无题》

雨暗残灯棋散后，酒醒孤枕雁来初。——唐·杜牧《齐安郡晚秋》

斜飘看棋簟，疏洒望山亭。——唐·温庭筠《秋雨》

草际成棋局，林端举桔槔。——唐·王维《春园即事》

棋图添路画，笛管欠声镌。——唐·路德延《小儿诗》

阴沉画轴林间寺，零落棋枰葑上田。——宋·林逋《孤山寺端上人房写望》

碧纱窗下水沉烟。棋声惊昼眠。——宋·苏轼《阮郎归·初夏》

似琼台、涌起弹棋局。——宋·蒋捷《贺新郎·梦冷黄金屋》

一茶可款从僧话，数局争先对客棋。——宋·戴复古《汪见可约游青原》

幽谷云萝朝采药，静院轩窗夕对棋。——宋·陆游《破阵子·仕至千钟良易》

一把算未能下，万户棋苦不高。—　宋·刘克庄《村居即事六言十首·其一》

万里山河一局棋，旷怀百感独伤悲。——元·王冕《秋兴·其一》

玉局类弹棋，颠倒双栖影。——清·纳兰性德《生查子·散帙坐凝尘》

高田如楼梯，平田如棋局。——明·杨慎《出郊》

# 参考文献

[1] 彭定求. 全唐诗 [M]. 北京：中华书局，1960.

[2] 唐圭璋. 全宋词 [M]. 北京：中华书局，2009.

[3] 王琦. 李太白全集 [M]. 北京：中华书局，1977.

[4] 仇兆鳌. 杜诗详注 [M]. 北京：中华书局，1979.

[5] 张草纫. 纳兰词笺注 [M]. 上海：上海古籍出版社，2003.